Gabriel Zoran
Apfel, Birne und Zimt

Gabriel Zoran

Apfel, Birne und Zimt

Neue Märchen aus dem Vorderen Orient

Aus dem Hebräischen von
Barbara Linner

Mit Illustrationen von
Cornelia von Seidlein

Sanssouci

Die Originalausgabe erschien 1995 unter dem Titel
agas, tapuach wekinamon
im Schocken Verlag, Tel Aviv.

1 2 3 4 5 02 01 00 99 98

ISBN 3-7254-1125-5

Einbandentwurf: Grootius + Malski, Bremen
Satz und Lithos:
Satz für Satz. Barbara Reischmann, Leutkirch
Druck und Bindung: Kösel, Kempten
Printed in Germany

Apfel, Birne und Zimt

1

Festtag im Reich der Äpfel. Prinzessin Zimt, die Thronfolgerin, wird achtzehn Jahre alt, und der gesamte Palast bereitet sich darauf vor. In der Küche werden Apfelbraten und Apfelpasteten, flambierte Äpfel und geeiste Äpfel, gebackene Äpfel und gebratene Äpfel zubereitet, Äpfel in jeder Form, die das Herz begehrt. Aus den Schornsteinen steigt der Rauch auf, und in den Abwasserkanälen wälzen sich Ströme von Apfelschalen und Apfelkernen. In den Nähstuben beugen sich die Schneider fleißig über die letzten Stiche an den Festtagskleidern, nähen das Apfelwappen auf die Rockaufschläge, und die Zofen tragen die Kleider in die Gemächer der Minister und der königlichen Familie. Die Mitglieder der königlichen Familie baden ihre Körper einstweilen in Apfelblütenbädern, salben ihre Leiber mit Apfelöl, parfümieren sich mit Apfelduft und lassen sich danach, eingehüllt in Apfeldunstschwaden, von den Zofen helfen, die Festtagskleider anzulegen.

Draußen flattern die Nationalfahnen mit dem Apfelwappen, und das Volk strömt schon auf der Straße zusammen. Alles lärmt, schwenkt Fahnen und wirft Äpfel in die Höhe. Apfeldekorierte Soldaten wachen darüber, daß die Menge in geordneter Reihe steht und nicht die Palasttore sprengt.

Und da schmettert eine Trompete vom Ostturm herab. Schmettert eine Trompete vom Nordgiebel. Ein Feuerwerk wird vom Palastdach in die Abenddämmerung geschossen und zersplittert in Tausende kleiner Lichter. Und der Zeremonienminister steigt mit schnellem Schritt zum Balkon des Palastes hinauf, der die zehntausendköpfige Menge überblickt, und verkündet, daß jetzt, genau in diesem Augenblick, das feierliche Ereignis beginnt.

Ein Orchester betritt den Balkon und hebt zu musizieren an. Der Zeremonienminister ist ratlos, was tun, um der Größe seiner Aufregung Ausdruck zu verleihen, und bringt nichts anderes zustande, als den Innenminister in Ehren einzuladen. Der Innenminister, auch er feierlich erregt, findet sich bereit, den Außenminister herauszubitten. Der Außenminister tritt ohne Zögern nach draußen und bittet sogleich den Sicherheitsminister herbei, und der Sicherheitsminister in Paradeuniform zitiert sofort den Schatzminister herauf, und der Schatzminister, o weh, er wird seiner Gefühlsbewegung leider, leider nicht Herr, und schon nach zwei, drei Sätzen lädt er den Justizminister auf die Bühne. Und dem Justizminister geht es durch Mark und Bein, daß ihm hier, vor der Menge, das Glück zuteil wird, König Yekutiel und seine Tochter Zimt auf den Balkon des Palastes zu bitten.

Und wieder eine Trompete, das Orchester spielt, die Volksmenge jubelt, ein Schwarm weißer Tauben fliegt vom Ostgiebel auf, und König Yekutiel Apfelsohn und seine Tochter, Prinzessin Zimt, betreten den Balkon und präsentieren sich dem Volk.

»Mein teures Volk«, sagt der König, »heute feiern wir alle gemeinsam den achtzehnten Geburtstag unserer Tochter, der Thronfolgerin. Heute hat unsere Tochter das heiratsfähige Alter erreicht, und aus einem Mädchen, das im Heim ihrer Eltern sitzt, wird eine Frau, die es selbst in der Hand hat zu entscheiden, wohin sie sich wendet, eine Frau, die sich zu gegebener Zeit einem Manne vermählen wird, und wenn auch ich in meine Welt eingegangen sein werde, werden sie und ihr Gemahl über dieses Reich herrschen. Ich beglückwünsche meine Tochter, ich beglückwünsche uns alle, daß es uns vergönnt ward, diesen Tag zu erleben.

Aber welche Zukunft birgt das Schicksal für uns? An einem solchen Festtag ist es nur billig, daß wir den Meister der Astronomen, den königlichen Astrologen, zu Rate ziehen, gemäß welcher Bestimmung unsere kommenden Tage ihren Lauf nehmen werden. Was birgt das Leben für unsere Tochter Zimt?«

»Der königliche Astrologe!« ruft der Zeremonienminister.

»Der königliche Astrologe!« ruft der Kommandant der Palastwache.

»Der königliche Astrologe!« ruft der Türhüter.

Und vom Westturm, dem höchsten der vier Türme des Palastes, steigt auf der Wendeltreppe, die ihn umläuft, ein kleiner alter Mann mit einer Pergamentrolle in der Hand herab.

»Wohlan«, sagt der Mann, »Jahre saß ich im Turm, habe Stern mit Stern verbunden, die Bahn der Planeten verfolgt, die Position der Fixsterne untersucht, ihre erstaunlichen, sich verflechtenden Kreise auf dem Bogen eingezeichnet, habe abgewogen und erforscht, und allmählich entschlüsselte sich mir das Zeichen, das uns die Himmel künden. Und das Zeichen hier ist«, so spricht der königliche Astrologe, setzt seine dicken Brillengläser auf, befeuchtet seinen Finger mit Spucke, entrollt den Bogen und liest: »Jenseits des Meeres gibt es einen Prinzen, der von Prinzessin Zimts Hand eine Birne erbitten wird, und wenn Prinzessin Zimt ihm eine Birne zu geben geruht – wird er ihr Gemahl werden und mit ihr über dieses Königreich herrschen.«

Diese Worte verliest der königliche Astrologe, und es herrscht Stille. Die Menge auf dem Platz steht bestürzt und mit gespitzten Ohren da – bestürzt stehen alle Minister in der Reihe, vom Zeremonienminister bis zum Justizminister, bestürzt stehen der König und seine Tochter da, und auch das Orchester steht still und stumm. Nur der Pauker läßt vor lauter Entsetzen einen Schlegel fallen, und dieser trifft auf das Becken neben ihm, das einen leise rollenden Klang ertönen läßt, und der Trompeter dreht sich um und sagt: »Schschsch! ...«

Es herrscht Stille. Und der königliche Astrologe blickt in die Runde, dann nimmt er seine Brille ab und rollt den Bogen wieder zusammen. Auch seinen Finger befeuchtet er wieder, doch es ist unklar, wozu.

»So«, sagt schließlich der König.

»So«, sagt der Justizminister.

»So«, sagen der Außenminister und der Schatzminister.

»So«, raunt die Menge und summt das Orchester.

Und nur Prinzessin Zimt sagt nichts, und dabei ist doch von ihr die Rede.

Großes Staunen liegt über der Menge, ein ungemein großes Staunen, doch keiner kann etwas sagen, bevor der König sich nicht geäußert hat. Und dann endlich, nach langem Schweigen, streicht sich der König über seinen Bart und fragt: »Aber mein Herr Hofastrologe, es besteht keinerlei Zweifel, daß du in der Sprache der Sterne höchst bewandert bist, nur sind wir in deiner Sprache nicht bewandert. Was ist das, diese Birne, von der du gesprochen hast? Ist es ein Edelstein? Oder eine Königskrone? Oder ein Ring?« Nun sind die Worte gefallen, und groß ist die Erleichterung. Was ist eine Birne, deren Namen im Königreich bis dato unbekannt war?

»Ich muß zugeben«, sagt der königliche Astrologe, »daß auch mein Wissen nicht bis dahin reicht. Mit diesen Worten haben sich mir die Zeichen des Himmels entschlüsselt, und so gebe ich sie Euren werten Ohren wieder. Soviel ich auch studierte und forschte – das sind die Worte, die mir immer wieder offenbart wurden, und darüber hinaus weiß ich nichts.«

»Nun denn«, sagt der König, »wir müssen die Frage an den ältesten Gelehrten richten. Vielleicht weiß er uns Rat.«

»Der älteste Gelehrte!« ruft der Zeremonienminister.

»Der ältestete Gelehrte!« ruft der Kommandant der Wache.

»Der älteste Gelehrte!« ruft der Türhüter.

Und aus der Reihe der Ratgeber, die hinter der Reihe der Minister steht, tritt der älteste Gelehrte des Königreiches hervor, mit weißem Bart und – wie könnte es anders sein? – einem großen, schweren Buch in seinen Händen.

Zwei Diener bringen in Windeseile einen Tisch herbei, und der älteste Gelehrte legt das Buch darauf. Auch er setzt seine Brille auf, auch er befeuchtet einen Finger mit Spucke, und jetzt, jetzt beginnt er in den Seiten des Buches zu blättern. Langsam geht er von Seite zu Seite, läßt seinen Finger die Zeilen entlanglaufen, und da – er hält inne. Sein Finger heftet sich auf eine Stelle, und er bedeutet dem König: »Birne – hier steht es geschrieben: eine süße und saftige Baumfrucht aus der Familie der Rosazeen – Pirus communis, und hier ist auch das Bild! Ihrem Aussehen nach könnte man meinen, auch sie sei eine Art Apfel, aber sie ist länglicher und schmaler am Ende, und ihr Geschmack – wer weiß? Hier, das ist die ganze Birne.«

Und ein Raunen der Verwunderung erhebt sich überall – wie fern und doch so nah. Fast ein Apfel, ihm ganz ähnlich, aber noch nie hat man sie im Apfelreich gesehen noch ihren Namen je vernommen!

»Und jetzt«, sagt der König, »haben wir zwei schwere Aufgaben vor uns, Aufgaben, die über das Schicksal des Königreiches bestimmen werden. Wir müssen die Birne suchen, und wir müssen den Prinzen suchen, der sie aus der Hand meiner Tochter Zimt erbitten wird. Ich weiß kaum, womit beginnen. Vielleicht könnt ihr es mir sagen, meine Minister und Ratgeber?«

Der Schatzminister bittet ums Wort. »Es besteht keinerlei Zweifel in der Angelegenheit«, sagt er, »zuerst gilt es, die Birne zu suchen. Wir müssen Boten in alle Ecken und Enden des Königreiches und in die benachbarten Reiche entsenden. Und wenn sie gefunden ist – werden wir sie in unserem Lande horten, sie zuhauf anpflanzen und auf der

Welt verbreiten können. Und dann wird sich sicher auch ein Prinz finden, der Birnen begehrt.«

»Wohl gesprochen«, sagt der König, und alles klatscht Beifall. Aber sogleich bittet der Außenminister darum, das Wort ergreifen zu dürfen.

»Erlaubt mir«, so sagt er höflich, »der Umsicht und weitreichenden Einsicht meines Freundes, des Schatzministers, meine aufrichtige Bewunderung zu zollen. Wahrlich, seine Loyalität gegenüber den Besitztümern des Königs und des Königreiches kennt keine Grenzen, doch ich hege die Befürchtung, daß gerade diese Hingabe, mit Verlaub gesagt, ihn zu höchst folgenschweren Erwägungen verleitet, die gar nicht in seinem Zuständigkeitsbereich liegen. Ich dagegen möchte den Blick des Königs und aller Anwesenden auf eine Tatsache hinlenken, die dem ehrenwerten Schatzminister und dem hochverehrten hier anwesenden Publikum vielleicht entgangen ist: Die Birnen, so wichtig sie sein mögen, gleichen einander, und die Unterschiede zwischen ihnen, wenn es sie denn gibt, nützen nichts und schaden nichts, und uns ist es einerlei, wo wir sie finden. Die Prinzen dagegen sind sehr verschieden voneinander, kein Prinz gleicht dem anderen, wofür ich mich als derjenige, der für die Außenbeziehungen des Reiches zuständig ist, mit meiner langjährigen Erfahrung verbürgen kann. Ich schlage daher vor, zunächst gut zu überlegen, wer der vorgesehene Prinz ist, wessen Sohn er ist und welchem Königreich er angehört. Und eine Birne werden wir schließlich irgendwo bekommen können.«

»Auch du hast wohl gesprochen«, sagt der König, und alles klatscht Beifall.

Doch auch der Innenminister bittet ums Wort: »Verehrte Herrschaften«, sagt er, »es gibt nichts, was das Herz mehr erfreut, den Geist in höherem Maße beflügelt und die Seele stärker bewegt, als die Worte dieser so getreuen und klugen Männer zu hören, die alle beide ihrer jeweiligen Aufgabe nachkommen, ihrem Beruf und ihrer Verantwortung. Doch erlaubt mir nur hinzuzufügen, daß über die fachliche Perspektive hinaus unsere Angelegenheit auch aus der umfassenden Sicht des Staates zu betrachten ist, und dann könnte es das Nächstliegende sein, wenn wir uns in zwei Aufgabengruppen spalten: Die eine Gruppe würde das Königreich kreuz und quer durchkämmen, um Birnen zu suchen, und die zweite Gruppe würde alle benachbarten Königreiche durchstreifen, um Prinzen zu suchen, die Birnen suchen.«

»Auch deine Worte sind höchst gut gewählt«, sagt der König, und die ganze Menge jubelt. Schon ist der König gewillt, den Vorschlag des Innenministers gutzuheißen, als Prinzessin Zimt ihre Hand erhebt.

»Zimt, meine Tochter?« sagt der König mit Staunen. »Bist du der Meinung, daß du den Worten der weisen Ratgeber etwas hinzuzufügen hast?« Und alles ist verwundert, denn noch nie hat man vernommen, daß die junge Prinzessin sich in den Rat der Großen einmischt.

Aber Zimt wankt nicht und sagt: »Diese Prophezeiung betrifft schließlich mein Schicksal, und das heutige Fest findet mir zu Ehren statt. Hört also, was ich zu sagen habe: Die Aufgaben, die zur Debatte stehen, fallen nicht in den Bereich des Schatz- oder Finanzministers und auch nicht unter die Rubrik der Außenbeziehungen, und die umfassende Sicht des Staates ist zu weit bemessen für solche Aufgaben. Die Frage ist, wie ich einen Gemahl für mich finde, was er von mir erbitten wird und was ich ihm geben werde. Und dies kann keine Gruppe der Welt an meiner Statt bewerkstelligen. Und weiter – vielleicht sind es gar keine zwei Aufgaben? Vielleicht ist es nur eine? Vielleicht werden mich der Geschmack der Birne und ihr Aussehen bereits zu dem Prinzen führen? Oder vielleicht wird mich die Bitte des Prinzen zur Birne führen? Schließlich weiß man nichts, genug, daß wir die Worte des Astrologen gehört haben. Es bleibt nichts anderes übrig, als daß ich mich aufmache und die Sache selbst zuwege bringe. Und die Sterne, die die Fäden meines zukünftigen Schicksals zu knüpfen wußten – sie werden mich zu seiner Verwirklichung führen.«

So spricht Prinzessin Zimt, und der König und die Minister machen große Augen. Erst gestern noch war sie ein kleines Mädchen, und nun übertrifft sie mit ihrer Klugheit und ihrem Mut alle Ratgeber des Königs!

»Du hast wohl gesprochen«, sagt der König, »besser als die weisen Ratgeber, und es gibt niemanden, der so berufen wäre, sich auf den Weg zu machen, wie du, meine Tochter. Aber wie wirst du es anstellen, und wer wird dich begleiten?«

»Ich habe gehört, Vater, daß Ihr in sieben Tagen in See stechen werdet, zu unseren Freunden jenseits des Meeres, König Honigkuchen und Königin Honigmet vom Königreich der Kirschen. Bitte erlaubt mir, Euch zu begleiten. Prinz Nektar, der Prinz des Königreiches, hat sich mit seinem Verstand und seinem Mut schon einen Namen gemacht, und wer weiß, vielleicht lassen sich dort auch Birnen finden? Und falls nicht, werde ich aus dieser Reise zumindest an Erfahrung reicher hervorgehen.«

»Gut, meine Tochter«, sagt der König, »haben die Herren Ratgeber noch etwas zu sagen?«

Aber die Ratgeber stehen alle mit offenem Mund und erbleichten Gesichtern da.

»Nun denn«, sagt der König, »deiner Bitte soll entsprochen werden, und du wirst mit mir zum Königreich der Kirschen kommen. Inzwischen jedoch haben wir noch sieben Tage für das Festgelage, und wir werden es mit größter Freude begehen. Vorwärts also mit Feuerwerk und Tanz!«

Und das Orchester stimmt eine fröhliche Weise an, und die Feuerwerke explodieren am Himmel, und drei Kanonen, im Palastgarten aufgestellt, werden auf den Balkon abgeschossen – die eine schießt eine Reissalve ab, die zweite einen Schauer winziger Apfelblüten und die dritte einen Regen kleiner, zierlicher Goldmünzen, und Prinzessin Zimt steht inmitten dieser Salven, ihr Haar, ihr Gesicht und ihre Kleider sind blüten-, gold- und reisbedeckt, und das Gold und die Blüten leuchten weithin, und die Reiskörner fallen leise rieselnd von ihr ab, und so schön ist ihr Anblick wie der einer Sirene, dem Meer entstiegen, bedeckt von Muscheln, Algen und Salz, so groß ist ihre Schönheit, daß das ganze Volk und alle Ratgeber und alle Minister kein Auge von ihr wenden können, auch der König nicht, und er seufzt tief und denkt an Birnen.

2

Die Festlichkeiten waren beendet. Alle Apfellandbürger schliefen tief und fest. Sie waren sehr müde.

Als erste erwachte Prinzessin Zimt. Heute – heute müssen wir in See stechen, zum Reich der Kirschen! fiel ihr ein, und sofort sprang sie aus dem Bett. Es war die frühe Morgenstunde. Die Sonne war noch nicht aufgegangen. Auf den Ästen des Baumes vor dem Fenster schwatzten ein paar Vögel miteinander. Auf dem Westturm stand ein Wachposten und gähnte. Davon abgesehen lag der ganze Palast im Schlummer.

Die Prinzessin ging barfuß, nur mit ihrem Nachthemd am Leib hinaus. Die Zofen lagen auf dem Sofa neben der Tur ausgestreckt. Im Korridor lagerten die Wächter, jeder in seinem Traum. Vom Balkon aus war die Szenerie der Hauptstadt zu sehen, still und schlafversunken. Auf der Straße segelten ein paar bunte Papiergirlanden von den Festlichkeiten im Wind. Zwei Spatzen nippten an den Weintropfen, die in der Nacht auf dem Bürgersteig verschüttet worden waren, und stoben trunken in die klare Luft auf.

Die Prinzessin wanderte durch die Räume – die Ministerhallen, die Ratssäle, die Gästezimmer, die Vergnügungssalons. Die Räume waren alle still und leer, und das Herz der Prinzessin begann vor Freude zu schwellen. Zu solcher Stunde war sie die Alleinherrscherin über das ganze

Reich. Nicht nur über das Reich – über die ganze Welt. Niemand konnte ihr etwas sagen. Alles lag in ihren Händen.

Die Freiheit war so groß und unermeßlich, daß sie nicht wußte, was sie damit anfangen sollte. Das einzige, was ihr einfiel, war, mit ihren nackten Füßen inmitten des königlichen Empfangssaales »Himmel und Hölle« auf den großen Marmorfliesen zu spielen. Aber es war klar: Dazu war die große Freiheit nicht bestimmt. Was also tun?

Sie raffte ihr Nachthemd zusammen und rannte zum Gemach ihres Vaters, König Yekutiel.

Der König schlief einen angenehm süßen Schlaf in seinem Bett, die Schlafhaube war ihm in die Stirn gerutscht, und die Krone lag auf dem Nachtschrank neben seiner Lesebrille.

Nahe der Türe schlummerten die beiden Leibdiener – der Träger der königlichen Robe und der Träger des Zepters –, der eine lächelte im Schlaf, und der zweite machte ein ernstes Gesicht.

Prinzessin Zimt trat ans Bett ihres Vaters und flüsterte ihm zu: »Vater, heute ist der Tag der Schiffsreise.«

»Heute?« fragte der König und öffnete ein Auge. »Heute?« sagte er und öffnete ein zweites Auge. »Schiffsreise?« sagte er und richtete sich im Bett auf.

»Ja«, sagte die Prinzessin, »zum Kirschenreich, zu König Honigkuchen und Königin Honigmet!«

»Natürlich, aber natürlich, meine Tochter«, sprach der König, sprang aus seinem Bett und weckte alle Diener, und sogleich war das Zimmer von Rennen und Lärmen erfüllt. Prinzessin Zimt kehrte still und leise in ihr Zimmer zurück, streckte sich auf ihrem Bett aus und sank in tiefen Schlaf. In ihrem Traum sah sie Birnen und Äpfel und Kirschen, aber was genau mit ihnen geschah – dies steht in den Chroniken nicht verzeichnet. Als sie wieder erwachte, stand die Sonne schon hoch am Horizont. Zwei Zofen neben ihrem Bett hielten die Reisekleidung bereit, und der König stand in seinem Königsgewand in der Tür.

»Guten Morgen, mein verwöhntes Töchterchen. Wenn du tatsächlich immer noch festen Sinnes bist, mit uns zum Reich der Kirschen zu reisen, ist die Stunde des Aufstehens gekommen.«

In allen Ecken des Palastes herrschte emsiges Treiben. Die Zofen holten Kleider aus den Schränken, die Diener füllten Truhen damit, und die Träger luden die Truhen auf den Rücken und brachten sie zum Hafen. Vom Fenster aus war bereits das Schiff vor Anker zu sehen, die Rampe zum Kai ausgefahren, und die Stauer luden Truhen, Säcke und Fässer ein – alles Notwendige für die Reise.

Sofort sprang die Prinzessin auf, kleidete sich an und machte sich zurecht, und gegen Abend war alles schon zum Auslaufen bereit.

Zimt ging mit ihrem Vater, dem König, mit dem Außenminister und dem Schatzminister zusammen die Schiffsrampe hinauf. Der Innenminister blieb zurück, um in ihrer Abwesenheit die Staatsgeschäfte zu führen, und er stand mit den restlichen Ministern und Ratgebern am Kai. Alle winkten zum Abschied, die Mitglieder des königlichen Hofstaates, die Hafenarbeiter, die Stauer und das ganze Volk ringsherum.

Das Segel wurde gehißt und füllte sich allmählich mit Wind, und das Schiff begann aus dem Hafen hinauszugleiten. Es passierte die kleinen Fischerboote, die schweren Lastkähne, die leichten Ausflugsboote, ließ die Kais hinter sich und die Sommerstrände, und dann war es auf dem offenen Meer.

Der Kapitän befahl, alle Segel zu setzen, ein übermütiger Wind bauschte sie, die abendliche Sonne sandte ein weiches Licht aus, und die Fahnen flatterten vergnügt. In Kürze war die Küste gänzlich fern, nur die Palasttürme waren noch am Horizont zu sehen, und nun verschwanden auch sie. Das Schiff segelte inmitten des Meeres dahin, und Prinzessin Zimt spürte allmählich, wie die Macht der Erregung ihr Herz höher schlagen ließ. Dies war das erste Mal, daß sie die Grenzen des Königreiches verließ, und wer weiß, was ihr das Schicksal bringen würde?

Möwen umkreisten das Schiff, und Delphine sprangen tänzelnd im Kielwasser. An Deck saß ein kleines Orchester und spielte, Diener servierten dem König, der Prinzessin und den Ministern Wein und Küchlein.

Der Außenminister, beschwingt vom Wein, sagte: »Wahrlich, eine solch wunderbare Schiffsreise habe ich zeitlebens noch nicht gemacht.« Und der König sagte: »Wahrlich.«

Der Schatzminister verzog sein Gesicht und sagte: »Nichtsdestotrotz, in Anbetracht der hohen Summe, die diese Reise die Staatskasse kostet, hätte ich vom Orchester erwartet, daß es erhabenere Klänge vernehmen läßt, die die Mannen vereinigen und zu wahrer Größe aufrichten. Zum Beispiel Zimbeln.« Und der König sagte: »Wahrlich und wahrhaftig.«

Die Prinzessin stand zur selben Zeit an der Reling, zerkrümelte Küchlein und verteilte sie an die Möwen, die Delphine und die kleinen Fische, und dabei sammelte sich, wie's der Zufall wollte, eine kleine Träne in ihrem Auge und fiel ins Meer hinein.

3

So fuhren sie in aller Annehmlichkeit sechs Tage lang auf See. Am siebten Tag legten sich auf einmal die heiteren Winde, und die Segel hingen herab. Die Möwen zogen sich zurück und wurden nicht mehr gesehen, und auch die Delphine ließen von ihren Tänzen ab. Keine Welle weit und breit – das Meer erstreckte sich glatt, flach und hell von Horizont zu Horizont, die Luft stand still, und eine große Sonne, in Gazeschleier eingehüllt, brannte hoch am Himmel.

Die Prinzessin, der König und all die Ratgeber saßen an Deck und versuchten, sich mit Fächern Kühlung zu verschaffen. Das Orchester hatte keine Kraft mehr zum Spielen. An der Spitze des Mastes war ein Späher aufgestellt, der allen mitteilen sollte, wenn die Gestalt einer Wolke ins Blickfeld geriete, eine Brise zu spüren wäre oder sich ein anderes Schiff zeigte. Und der Kapitän trat zum König und zu den Ministern und gab bedauernd bekannt, daß man die Reise vorläufig nicht fortsetzen könne: »Wir müssen hier, an dieser Stelle, vor Anker gehen und warten, bis die Winde wieder wehen.«

»Unter Berücksichtigung der Umstände ist dies ohne Zweifel eine weise Entscheidung«, sagte der Schatzminister.

»Wahrlich«, sprach der König.

Der Außenminister verzog sein Gesicht: »Unter Berücksichtigung der Tatsache jedoch, daß König Honigkuchen und seine Ratgeber unsere Ankunft am fünften Tage des Monats erwarten, ist dies eine äußerst unglückselige Verzögerung.«

»Wahrlich und wahrhaftig«, sprach der König, aber es lag nicht in seiner Hand, irgend etwas zu tun. Zwei Matrosen schleppten den riesigen Anker herbei und versenkten ihn im Meer. Das Schiff stand auf der Stelle. Die Sonne versank ganz langsam, und schon herrschte Nacht, eine totenstille, endlose Nacht.

Wegen der Hitze legten sich alle Passagiere zum Schlafen an Deck, und nur eine Laterne im Bug des Schiffes brannte noch. Prinzessin Zimt tat kein Auge zu. Die ganze Nacht wälzte sie sich auf dem Teppich, der für sie ausgebreitet worden war, schaute die Laterne an, verfolgte den Mondaufgang und danach den Untergang, heftete ihren Blick auf die Sterne, dieselben Sterne, die über ihre Zukunft entschieden hatten. Und erst als sich das Antlitz des Ostens rosa färbte, erhob sich die Prinzessin und begann, auf dem Schiff umherzuwandern.

Das Meer blieb, wie es gewesen – glatt, faltenlos bis zur Grenze des Horizonts. Aber was war das für ein dunkler

Schatten, der sich dort abzeichnete? Etwas Schweres, Massives, das tags zuvor nicht zu sehen gewesen war, trennte nun das Schiff vom Horizont im Westen. Und der Glanz der hervorbrechenden Sonne erhellte diese Formation, und jetzt wurde es klar und ganz offensichtlich – Festland, Erde. Ein Land, das gestern nicht dagewesen war. Wunder über Wunder.

Sofort weckte die Prinzessin ihren Vater, den König, und der König weckte den Außenminister, und der Außenminister weckte den Schatzminister, und der Schatzminister weckte den Kapitän, und der Kapitän weckte den Späher an der Spitze des Mastes, und der Späher formte seine Hände wie eine Ohrmuschel um seinen Mund und begann zu rufen: »Land in Sicht! Ahoi! Land!«

Erregung erfaßte die Schiffspassagiere. Alle Fernrohre richteten sich auf das Land, das sich offenbarte. Der Kapitän saß schwitzend und verstört über seinen Karten. Wieder und wieder zog er mit dem Finger all die Routen nach, gemäß den Gestirnen und den Längen- und Breitengraden, und fand keinen Fehler. Das Land, das hier zu sehen war, fand sich in keiner Karte verzeichnet, und es gab nicht den leisesten Zweifel: Das Schiff hatte sich nicht von der Stelle gerührt, und doch war hier gestern nichts gewesen.

Der König sprach: »Meine Herren Ratgeber und Herr Kapitän, da wir dieses Land vergebens auf den Karten suchen, sollten wir vielleicht ein kleines Boot zu Wasser lassen und an die Küste rudern, um zu sehen, worum es sich handelt?«

»Eure Majestät«, sagte der Außenminister, »das ist eine Idee, so blendend wie der Glanz des Himmelsgewölbes, und ich glaube, daß es, so hell wie ihr Glanz erstrahlt, ebenso gewiß ist, daß ohne mein Zutun als Außenminister des Reiches keine solche Delegation vorbereitet werden kann. Dies vorausgesetzt, möchte ich untertänigst den bescheidenen Vorschlag meinerseits dartun, daß wir eine große Truhe voll Geldmünzen und Perlenketten mit uns nehmen, mit deren Hilfe wir gewiß das Herz des hier ansässigen Volkes gewinnen, diplomatische Beziehungen aufnehmen und internationale Abkommen erzielen können, und vielleicht wird uns dies beim Fortgang unserer Reise von Vorteil sein.«

»Sehr schön«, sprach der König, »wir werden deinen Vorschlag wohlwollend in Erwägung ziehen.«

»Eure Majestät«, beeilte sich der Schatzminister zu sagen, »ich schließe mich von ganzem Herzen der Ansicht meines geschätzten Freundes, des Außenministers, an, sowohl was den Glanz angeht, in der die königliche Idee erstrahlt, als auch die unverzichtbare Lebensnotwendigkeit meiner Teilnahme als Schatzminister betreffend. Doch bezüglich der anderen Worte meines Freundes möge man mir einen kleinen Einwand erlauben, eine scheinbar harmlose Frage: Was soll aus dem Staatsschatz werden, wenn wir Geldmünzen und Perlen an die Angehörigen eines Volkes verteilen, von dem wir überhaupt nicht wissen, was für eines es ist? Ich habe nämlich sagen hören, daß das Herz der Wilden auf den Inseln des Meeres mit einfachen Glasperlenketten gewonnen werden könne und daß das Gold auf ihren Straßen herumliege wie nutzloser Tand. Das Wohl des Staates verlangt zwingend, daß wir nicht eine Truhe, sondern zwei mit uns nehmen, eine kleine für die Glasperlen und eine große, um das Gold einzusammeln, das sich vielleicht finden wird.«

»Auch du hast wohl gesprochen«, sprach der König, »und auch dein Rat soll mit gebührender Ernsthaftigkeit geprüft werden.«

Der Kapitän gab einen Befehl, und zwei Matrosen schleiften ein kleines Boot von Deck herab und ließen es mit Stricken zu Wasser. Die Träger und die Leibdiener des Königs stiegen in den Bauch des Schiffes hinunter, um von dort drei Truhen zu holen und auch sie ins Boot hinabzulassen.

In diesem Augenblick sagte Prinzessin Zimt: »Vater, erlaubt bitte auch mir, mich anzuschließen. Es gelüstet mich so sehr, festen Grund zu betreten nach dem langen Schiffsaufenthalt, und ich bin so neugierig zu erfahren, welch wundersames Land dies ist.«

»Wie könnte ich es dir abschlagen, meine Tochter«, sprach der König, »nachdem ich zwei Minister erhört habe? Komm, und steig auch du mit uns ein.«

Jedoch der Kapitän sagte: »Eure Majestät, wenn die Prinzessin an der Reise teilnimmt, kann das Boot die drei Truhen Eurer werten Minister nicht tragen.«

Da dachte der König ein Weilchen nach und sagte schließlich: »Nun denn, dann steig du, Zimt, mit uns ins Boot, und die Truhen laden wir aus. Zimts Glück ist mir teurer als alle Goldbarren und alle internationalen Verträge, die noch in den Sternen stehen.«

Sogleich zogen die Träger die Truhen wieder auf das Schiff hinauf. Der Außenminister wurde ganz blaß und stieg ins Boot. Der Schatzminister ward von einem schweren Husten ergriffen und stieg auch ins Boot. Danach kletterten der König und Prinzessin Zimt hinab. Der Kapitän stand am Bug, zwei Matrosen ergriffen die Ruder, und das Boot entfernte sich langsam von dem ankernden Schiff und näherte sich dem Festland.

Die Sonne, die von Osten her aufstieg, begann mit ihren Strahlen die Küste zu überfluten, und die Morgenschleier zerstreuten sich. Zerklüftete Berge, mit dichtem Gestrüpp bewachsen, boten sich dem Blick dar, eine Felsküste, Bäume und Felder, die fast bis an die Wasserlinie reichten, und zwischen den Küstenfelsen gab es eine Mole mit einem Bootsanlegeplatz, und dahinter einen Hafen und Schiffe, die dort vor Anker lagen.

Das Boot erreichte die Mole, die zwei Matrosen vertäuten es an einem Pfosten, und der König mit der Prinzessin, die beiden Minister und der Kapitän brachen zu einem Erkundungsgang auf. Sie gingen den Steg hinunter und betraten das Festland. Sie schritten einen Weg zwischen Baumreihen entlang, kamen an Kornfeldern und Pflanzungen vorbei, gingen zwischen Bauernhütten hindurch und näherten sich den Toren einer kleinen Stadt.

Durch die Stadttore gingen Menschen ein und aus, die verschiedenste Waren trugen. Alle erschienen sie fleißig und arbeitsam, doch ließen all ihre Bewegungen eine gewisse Schwere, Müdigkeit und Trauer erkennen.

»Verzeiht mir, mein junger Herr«, sagte der Außenminister zu einem Bauern, der zwei Kornsäcke trug, »könntet Ihr uns sagen, wie der Name dieses Ortes lautet und wer das Volk ist, das hier wohnt?« Aber der Bauer schaute ihn mit einem fremden und entrückten Blick an, zuckte die Achseln und sagte nichts.

»Verzeiht mir, mein Fräulein«, wandte sich der Schatzminister an ein Mädchen, das an ihnen vorbeiging und ein Tragjoch mit zwei Milcheimern trug, »wie lautet der Name dieses Ortes, und wer ist das Volk, das hier wohnt?« Aber das Mädchen sah sie schweigend an, senkte ihren Blick und setzte ihren Weg fort. Als wären sie stumm, die Einwohner des Ortes. Als nähmen sie die Fremden nicht wahr.

Sie traten durch das Stadttor und gelangten zum Marktplatz. Ringsherum Gerüche, Farben, Gewühl – doch kein einziger Laut. Totenstille über allem.

Die Handler, die Hausierer und die Kaufleute saßen stumm hinter ihren Ständen, die erlesenste Waren boten. Kupfer- und Tongefäße, Leinen und Webstoffe, Spitzen und Stickereien, Parfüms und Duftstoffe. Und alles in perfekten geraden Stapeln angeordnet. Auf der Straße brachten die Träger immer noch mehr Waren zu den Ständen, eimerweise Milch, säckeweise Weizen und Mehl, Weinfässer und Ölkrüge. Ein Reigen von Farben und Gerüchen, die sich miteinander vermischten. Und an den Ständen baumelten Schilder: »Kupferkönig«, »Parfümritter«, »Stiefelbaron«, »Tonwarengraf«, »Weinfürst«, aber die Stille war ungebrochen. Kein Händler pries seine Ware an, kein Verkäufer rief nach Kundschaft, kein Hausierer feilschte. Es schien Markttag zu sein, aber die Käufer waren noch nicht eingetroffen, und nur die Verkäufer standen da und häuften Waren auf, noch und noch, und boten sie zum Kauf feil.

Pinzessin Zimt und ihre Begleiter gingen an den Ständen vorüber, durchquerten den Stoffmarkt, kamen am Geschirrmarkt vorbei und erreichten den Obstmarkt. Berge von Äpfeln, Aprikosen, Bananen und Pflaumen – eine Augenweide. Und am Ende der Gasse befand sich ein Stand in frischem Grün mit einer Frucht, die sie noch nie gesehen hatten, und dennoch wollte ihnen scheinen, als hätten sie sie zeitlebens gekannt, und über dem Stand hing ein großes Schild, und darauf stand »Birnenprinz«. Und dieses Schild nahm Prinzessin Zimts Blick gefangen, und sie las auch die Erläuterungen, die darunter geschrieben standen: »Schmackhafte und erlesene Birnen aus regionalem Anbau«, und darunter in kleineren Buchstaben:

Hast du probiert, gekauft und genommen –
hast du ewiges Leben gewonnen,
ein glückliches Schicksal, nie gedacht,
bis dahin nie geseh'ne Pracht:
besser als Brot, Öl und Wein,
hast du's nicht versucht, laß die Worte sein!

Und hinter dem Stand der Birnenverkäufer – ein junger Mann mit bleichem Gesicht und hellem Haar. Er saß schweigend da, zu seiner Rechten eine eiserne Geldkassette und zu seiner Linken eine Waage, aber sein Blick starrte durch sie hindurch, durch seine Birnen, durch das Schild, durch die Gäste, die ihn aufsuchten, durch den ganzen Markt hindurch – starrte in weite Fernen.

Und Prinzessin Zimt, der König und die Minister rissen die Augen sperrangelweit auf. Da waren sie, jene sagenhaften Früchte; die Birnen, wirklich wie sie in dem Buch des ältesten Gelehrten dargestellt waren, ebenjene Birnen, denen es bestimmt war, über das Schicksal Zimts und des Königreiches zu entscheiden.

»Wir müssen dem Händler alles abkaufen, was ihm zur Verfügung steht!« sprach der König.

»Aber wie können wir etwas kaufen?« – der Außenminister rang die Hände, und die Röte kehrte in seine bleichen Wangen zurück – »die Münztruhe, die ich mitzunehmen riet, haben wir doch auf Befehl Seiner Majestät auf dem Schiff zurückgelassen, damit Prinzessin Zimt mit uns einsteigen konnte!«

»Und sogar wenn wir etwas kaufen könnten« – auch der Schatzminister rang die Hände, und die Heiserkeit in seiner Stimme klärte sich wieder –, »auch wenn wir kaufen könnten, wie sollten wir sie tragen? Denn die leere Truhe, die ich mitzunehmen riet, haben wir doch auf Befehl Seiner Majestät auf dem Schiff zurückgelassen, damit Prinzessin Zimt mit uns einsteigen konnte!«

Beide Minister und der König blickten Prinzessin Zimt an, und der König sprach, mit leichtem Vorwurf in seiner Stimme: »Wahr sind die Worte der werten Minister. Und was machen wir jetzt, meine Prinzessin Zimt?«

Und Zimt schwieg betrübt, doch plötzlich leuchteten ihre Augen auf.

»Vater, vertreibt die Sorge aus Eurem Herzen«, so sprach sie, »Ihr erinnert Euch gewiß an die Salven von Reis, Apfelblüten und kleinen Goldmünzen, die an meinem Geburtstag mir zu Ehren abgeschossen wurden? Nun also, eine kleine Goldmünze blieb an meiner Haut haften, hier, zwischen Schulter und Hals, und ich wollte sie nicht entfernen, denn ich fand es so hübsch. Und hier ist sie.«

Die Prinzessin hob ihre Haarflechten und neigte den Kopf zur Seite, und die goldene Münze glänzte auf ihrem Hals.

»Wie viele Birnen könnt Ihr uns zum Preis einer Münze verkaufen, Herr Verkäufer?« fragte der König. Und der Birnenhändler heftete seinen Blick auf den Hals der Prinzessin, und Röte überzog sein bleiches Gesicht.

»Wie viele Birnen, mein Herr?« fragte der König.

(»Er wird nicht antworten«, flüsterte der Außenminister, »ich sage Euch, er wird nicht antworten. Sie sprechen nicht mit uns, sie sind ein feindseliges Volk, ich habe es ja gleich gesagt.«)

Der Birnenverkäufer sagte kein Wort, hob nur seine Hand und hielt einen Finger hoch.

»Eine Birne?« fragte der König.

(»Das ist Preistreiberei«, flüsterte der Schatzminister voll Entsetzen, »wartet, wartet, wir werden einen anderen Stand finden, an dem wir für den gleichen Preis mehr erhalten können!«)

Aber die Prinzessin hüpfte vor Freude: »Für die Prophezeiung genügt uns doch eine Birne«, sagte sie. Und sogleich nahm sie vorsichtig die Goldmünze von ihrem Hals ab und reichte sie dem Verkäufer. Der warf die Münze in die eiserne Kassette neben sich und machte eine auffordernde Geste zum Stand hin, daß sie die Birne nach Belieben auswählen sollte.

Die Prinzessin ließ ihren Blick über die Birnen wandern, die Früchte, die sie nie zuvor gesehen und deren Geschmack sie zeitlebens nicht gekostet hatte, sie prüfte diese, betastete jene, und jede von ihnen erschien ihr, als berge sie ihr eigenes Geheimnis. Schließlich wählte sie eine nicht allzu große Birne mit sauberer, glatter Schale, grün geschmückt auf der einen und gelb auf der anderen Seite, mit einem kleinen rosigen Flecken in der Mitte. Die Prinzessin nahm die Birne in die Hände und steckte sie in den Ärmel ihres Kleides.

Und da – im gleichen Augenblick, in dem sie das tat, oder vielleicht wenige Sekunden danach, war von fern ein grollendes Geräusch zu vernehmen, das sich näherte. Ein Beben durchlief die Erde unter ihren Fußsohlen. Der Boden senkte sich ein wenig, hob sich und sank wieder. Grauenerregend.

Prinzessin Zimt klammerte sich an ihren Vater, den König. Der Kapitän richtete sich zu seiner vollen Größe auf und salutierte wie ein Schiffbrüchiger, dessen Schiff gerade in den Meerestiefen versinkt. Der Schatzminister und der Außenminister verzogen ihre Gesichter vor Abscheu: Es blieb ihnen keine andere Wahl, als sich aneinander festzuhalten. Nur der Birnenverkäufer war nicht erschrocken. Seine Augen weiteten sich, sein Gesicht leuchtete, und er flüsterte – das war das erste Mal, daß er einen Laut vernehmen ließ: »Fürchtet euch nicht, meine verehrten Gäste.«

Und da ertönte eine laute Explosion. Wieder bebte die Erde, doch gleich darauf war alles vorbei, und sie wurde wieder ruhig und fest, und Prinzessin Zimt hatte das Gefühl, als sei sie erst jetzt wirklich vom schwankenden Schiff herabgestiegen und betrete nun sicheren Boden.

»Das Wunder ist geschehen«, sagte der Birnenverkäufer, »fürchtet euch nicht.«

Und mit einemmal – Jubelklänge aus allen Straßen und vom Marktplatz her. Die Stummheit und das Schweigen wichen von der Welt. Die Straßenhändler riefen ihre Ware aus, die Hausierer feilschten, die Straßensänger sangen, die Pferde wieherten, die Schafe blökten, und ein lieblicher Wind strich durch die Gassen, als wäre der gesamte Ort eben erst geboren.

Und die Marktleute scharten sich um den Birnenstand, umringten den König, die Prinzessin und die Minister. »Da sind sie! Da sind sie!« rief alles und jubelte.

»Was geht hier vor, bitte, erklärt es uns«, sprach der König.

»Gesegnet seid ihr unter den Menschen«, sagten die Leute, »ihr habt unserem Lande gerade die Erlösung gebracht, eine Erlösung, auf die wir Jahre gewartet haben!«

»Welche Erlösung, und wie haben wir sie herbeigeführt? Und welches Reich ist das hier, und welchem Volk gehört ihr an?«

Und ein hochbetagter buckliger Händler vom Pfirsichstand, der Nachbar des Birnenstandes, hob zu sprechen an: »Diese Insel wird Birnenland genannt. Aber es gibt keine

Landkarte, die ihre Lage verzeichnet, und keinen Kompaß, der zu ihr führen würde, denn der böse Zauberer Chaschbaz, der Herr der Meere, mit seinem schrecklichen Gehilfen Chaschmal, belegte uns mit einem Fluch und versenkte das Reich der Birnen in die Tiefen des Meeres und tilgte es aus dem Gedächtnis all derer, die es kannten. Und dort, am Meeresgrund, lag es in der Finsternis der kalten Wasser in tiefem Schlaf, und nur einmal alle sieben Jahre tauchte es für einen Tag aus dem Meer auf, und das war unser Markttag. Aber welch unvergleichlich bedrückender, trauriger Markttag, denn so viele Waren hatten wir zu verkaufen, doch keinen Menschen, der kam, um sie uns abzukaufen. Und so lautet die Prophezeiung: Wenn eines Fremden Fuß das Reich betreten wird und er zufällig am Markttag kommen und von unseren Waren kaufen sollte, und sei es die geringste Kleinigkeit – sogleich wird der Fluch aufgehoben sein, das Birnenreich wird sich unten mit dem Meeresboden verbinden, und sein oberer Teil wird für immer der Luft, den Winden und dem teuren Sonnenlicht ausgesetzt sein.

Wie können wir das Leid und die Not des öden Lebens in den Meerestiefen beschreiben, die traurigen und düsteren Markttage, an denen niemand kam, das Schweigen der Tiefe, das uns ewig einhüllte, die dahinschwindenden Hoffnungen, daß wir jemals aus der Finsternis herauskämen? Doch siehe, jetzt ist der Fall eingetreten, und es hat euch hierher verschlagen, genau an dem Tag, an dem wir an die Wasseroberfläche gelangten, und um der einen Birne willen, die das junge Mädchen kaufte, habt ihr die Erlösung für uns alle gebracht.«

Und der greise Händler wandte sich an seine Landsleute und fuhr fort: »Nichts Schöneres gibt es für das Birnenland, als daß seine Erlösung mittels einer Birne komme, und nichts wäre angemessener, als daß an seiner Spitze der Birnenverkäufer stehe, der Mann, der uns die Erlösung brachte. Und ihr alle, jubelt unserem neuen Herrscher zu, denn der Besitzer des ›Birnenprinz-Standes‹ wird hiermit zum Birnenland-Prinzen gekrönt!«

Und alles Volk jubelte, und die Menschen warfen ihre Hüte in die Luft.

Der Händler wandte sich wieder an die Prinzessin und ihre Begleiter: »Und auch ihr, die ihr die Erlösung herbeigeführt habt, seid gesegnet, und doppelt und dreifacher Segen über das Haupt des jungen Mädchens. Seht diesen Ort als euer Zuhause an. Aller Reichtum dieses Landes sei euch zur Belohnung für den Gefallen gegeben, den ihr unserem Volk erwiesen habt. Doch nun, bitte sagt mir doch, woher ihr kommt und wohin euer Weg euch führt?«

König Yekutiel antwortete, und er sprach: »Wir alle stammen aus Apfelland, eurem Nachbarreich jenseits des Meeres. Wir kamen auf unserem Weg hier vorbei, und nach einer vollständig windstillen Nacht, in der wir gezwungen waren, inmitten des Meeres zu ankern, entdeckten wir plötzlich euer Land, das aus dem Wasser aufgetaucht war. So wie unser Besuch für euch Gnade und Erlösung war, so war er es auch für uns, denn die Zukunft unseres Königreiches hängt an einer Birne, und wir wußten nicht, was das ist und wo sie zu finden sei, und nun, an dieser Küste, haben wir die Birne gekauft, die für uns der Anfang der Erlösung ist und für euch – die Vollendung der Erlösung.«

»Was Anfang der Erlösung und was Vollendung der Erlösung ist, das können wir niemals mit Sicherheit wissen«, sagte der greise Händler, »doch was wir sagen können, ist, daß ihr, die Apfelländer, für immer Verbündete und Freunde des Birnenreiches sein werdet. Wollt ihr euch nicht hier mit uns zusammensetzen, und wir feiern gemeinsam unsere Errettung aus den Meerestiefen?«

»Habt größten Dank«, sagte der König, »doch zu unserem Bedauern können wir der Einladung nicht folgen: Die Winde haben zu wehen begonnen, unser Schiff harrt auf dem Meer, und König Honigkuchen erwartet unsere

Ankunft. Und nun, da wir eine Birne gefunden und wahre Freunde gewonnen haben und das Schicksal uns wohlgesinnt zu sein scheint, verspüren wir nur mit doppelter Kraft den glühenden Wunsch, die Mission zu vollenden, die uns die Sterne auferlegt haben.«

Und nun hob der Birnenprinz, der dagestanden und geduldig der Unterhaltung gelauscht hatte, zu sprechen an: »Mir als demjenigen, der zum Herrscher dieses Reiches ernannt wurde, scheint es nur recht und billig, daß auch ich den verehrten Gästen meine Segenswünsche entbiete. Wenn es euer Wunsch ist – es steht euch frei, eures Weges zu ziehen. Denn wenn das Glück lacht und das Herz drängt – darf man nicht aufgehalten werden. Auch das Urteil der Sterne und die Mühsal des Weges, alles Heil und Unheil sind nichts als das Spiegelbild geheimer Herzenswünsche. Daher laßt eure Wünsche die Reise lenken, und da ihr uns bereits ein solch teures Geschenk habt zuteil werden lassen, werden sie gewiß auch euch an den rechten Ort führen. Und den Untertanen meines Volkes befehle ich, euch mit allen Annehmlichkeiten zu versehen und mit Würden und Ehren zu eurem Schiff zu geleiten.«

Die Menge jubelte und klatschte, und danach brachten die Leute für die Delegation des Apfelreiches von allem das Beste herbei, Kleider, Geschirr, Schmuckstücke, verstauten die Sachen in Kisten und Säcken und luden sie auf Maultiere. Mit Gesang begleiteten sie die Gäste bis zur Mole, umringten ihr kleines Boot mit ihren eigenen kleinen Schiffen und beluden sie mit all den Geschenken. Und Prinzessin Zimt saß an der Seite ihres Vaters im Boot, und ihr Herz klopfte. Der Wind streichelte sie mit leichter Brise, Wasser sprühte von den Rudern in ihr Gesicht, und die Birne steckte in ihrem Ärmel. Vom königlichen Schiff wurde eine Leiter herabgelassen, und die ganze Gesellschaft kletterte wieder hinauf. Von den Begleitschiffen wurden alle Geschenke hinaufbefördert. Der Kapitän befahl, den Anker zu lichten und auf der Stelle die Segel zu setzen, um die Stunden, die sie durch die Windstille verloren hatten, wieder wettzumachen, und sofort blähten sich die Segel, und die Apfelfahnen flatterten fröhlich im Wind, als das Schiff sich in Bewegung setzte. Die Boote der Birnenländer gaben dem Schiff noch ein Weilchen das Ehrengeleit. Als die Sonne ihren Lauf vollendete, kehrten die Boote zum Birnenland zurück, die Möwen kamen wieder und begleiteten das Schiff, die Delphine sprangen hinterdrein, und die Laternen wurden alle entzündet. Prinzessin Zimt stand an der Reling und blickte übers Meer, und ihr Herz weitete sich wie ein mächtiges Segel – und es war nicht ganz klar, von welchem Segel getrieben das Schiff über die Wellen stob.

4

Die Seereise endete, und die Delegation erreichte Kirschenland. Ein feierlicher Empfang, wie es zwischen benachbarten und befreundeten Staaten angebracht ist. Ein Abendessen, wie es sich gehört, mit viel Wein, Kirschen mit siebenundsiebzig Geschmäcken, Musik und Tanz – was kann man mehr wollen?

Und danach berieten sich die beiden Könige in den Gemächern des Palastes, saßen mit den Ministern und Ratgebern beieinander, verfaßten Memoranden, besprachen Themen und Fakten, einigten sich über Handelswege zu Wasser und zu Land, setzten ihre verschnörkelten Signaturen auf Pergamentrollen und besiegelten die Verträge, indem sie das Glas darauf erhoben. Zur selben Stunde führte Königin Honigmet Prinzessin Zimt in den Palastgärten umher, zeigte ihr die Teiche, die Kirschhaine, die zahmen Pfauen, die schwarzen Hirsche, die auf den Wiesen ästen. Und in den frühen Abendstunden, als die Verhandlungen ihr Ende gefunden hatten, brachen die Könige und ihre Berater mit den Damen des Palastes zu einem Ausritt in die

Umgebung auf und durchstreiften die Küstenlandschaft, ihre Felsen und Weiden.

Ruhe und Frieden überall, doch Prinzessin Zimts Herz kam nicht zur Ruhe, und auch das Herz des Königs nicht. Denn es war wohlbekannt, daß König Honigkuchen einen Sohn hatte, Prinz Nektar, der Thronfolger, der sich bereits einen Namen gemacht hatte. Aber wo war er? Weder bei den Festgelagen noch bei den Bällen, nicht bei den Jagdausritten und nicht bei den Parkspaziergängen – nirgendwo war er zu sehen oder fiel sein Name. Was war mit ihm geschehen?

Nach Ablauf einer Woche ihres Aufenthaltes im Palast fragte Prinzessin Zimt ihren Vater, den König, ob es denn nicht stimme, daß es einen Kronprinzen im Reich der Kirschen gebe.

»Soviel ich weiß«, sagte der König, »gibt es sehr wohl einen. Aber wohin ich meinen Blick bei allen Besprechungen und Beratungen auch richte, weder sehe noch höre ich etwas von ihm. Auch mir erscheint die Sache merkwürdig. Denn keiner schien mir ein besserer Bräutigam für meine Tochter zu sein, unter der Bedingung natürlich, daß er die Birnenprüfung besteht. Doch ich verstehe nicht, ich verstehe ganz und gar nicht, was dies zu bedeuten hat. Kann denn ein Mensch einfach so von der Erdoberfläche verschwinden, ohne eine Spur zu hinterlassen, nicht einmal in den Herzen derer, die ihn liebten? Nein, wenn wir ihn bis morgen nicht zu Gesicht bekommen, werde ich zu König Honigkuchen gehen und ihn fragen.«

Auch an jenem Abend und auch am nächsten Tag war der Prinz weder zu sehen, noch wurde sein Name erwähnt. Schließlich, als sich der Tag zu Ende neigte, traten König Yekutiel und Prinzessin Zimt in König Honigkuchens Kabinettzimmer.

König Yekutiel hob zu sprechen an: »Das Herz ist mir schwer, König Honigkuchen. Alles kündete doch von Eures Sohnes Nektar Ruhm, seiner Weisheit, seinem Mut und seinem edlen Sinn. Sein Ruf ist in alle Ecken des Landes vorgedrungen – sind ihm denn Flügel gewachsen, ist er fortgeflogen und hat diesen Palast im Stich gelassen? Denn seit unserer Ankunft hier in seinem Zuhause findet sich weder eine Spur seines Namens noch seiner Person. Wurde er vom Antlitz der Erde getilgt? Oder wurden meine Tochter und ich etwa nicht für wert erachtet, dieses Kronjuwel zu sehen? Oder hat man vielleicht befunden, daß er selbst seines Namens nicht würdig ist? Oder hat sich gar etwas ereignet, das Euch davon abhält, ihn uns oder uns ihm vorzustellen? Ich weiß nicht, was geschehen ist, aber es gibt nichts auf der Welt, das erklären würde, wie ein Mensch, über den alles hier sprach, plötzlich verschwindet, als sei er nie dagewesen!«

Während er noch sprach, fiel König Honigkuchens Gesicht ein, er sackte in sich zusammen, und Tränen flossen ihm aus den Augen.

»Es kann nur etwas ganz Schreckliches geschehen sein«, sagte Prinzessin Zimt, »aber auch wenn es so ist, so sind wir doch Freunde und können unsere Hilfe anbieten. Bitte, verbergt uns nichts.«

Und König Honigkuchen wischte seine Tränen ab und seufzte. »Bei allen höfischen Festlichkeiten und Jagdausflügen weicht mein Unglück nicht einen einzigen Augenblick von mir. Ich lache, doch mein Herz weint. Aber ich kann die Schuld niemand anderem als mir selbst geben. In der Tat, mein Sohn Nektar war der Stolz des Königreiches. Und jetzt ist von alldem nichts geblieben, nichts.«

»Aber was ist ihm zugestoßen?« fragte die Prinzessin. »Ist er, Gott bewahre, etwa gestorben?«

»Nein«, sprach König Honigkuchen, »vielleicht sogar schlimmer als das. Es ist alles das Werk des schrecklichen Zauberers Chaschbaz, des Beherrschers der Meere, und seines furchtbaren Gehilfen Chaschmal. Die Geschichte ist lang und verwickelt, da Ihr jedoch aus aufrichtiger Freundschaft heraus darum gebeten habt, sie zu erfahren, so hört die Begebenheit von Anfang an.

Zwischen unserem Königreich und dem Zauberer Chaschbaz gibt es einen uralten Bund. Einst war es Brauch, uns jeden erstgeborenen Sohn zu nehmen, doch nach einem harten Krieg und einer Reihe von Auseinandersetzungen kam man überein, daß Chaschbaz nur den ersten Schrei des Neugeborenen erhalten solle, der Säugling aber in unseren Händen bleibe. Und so kam es, daß man, wenn der erste Sohn geboren wurde und seinen ersten Schrei ausstieß, diesen Schrei sogleich packte, ihn in eine Windel wickelte, die man fest verschnürte, und ihn auf den Felsen ans Ufer des Meeres legte, wo Chaschbaz' Palast steht.

Und nun gebar Königin Honigmet, nach zehn Jahren der Unfruchtbarkeit, unseren einzigen Sohn Nektar, und endlich hatte das Reich einen Thronerben. Die Freude, die alle Palastangehörigen und Bewohner der Hauptstadt ergriff, war unbeschreiblich. Die Glocken läuteten, die Kanonen schossen Salut, die Menge jubelte, und erst als sich die Gemüter beruhigt hatten, wurde uns plötzlich klar, daß der erste Schrei bereits ausgestoßen war, und nach ihm noch viele weitere, die wir in unserer Aufregung hatten entschwinden lassen, und sie hatten sich in alle Winde zerstreut. In unserem Entsetzen sandten wir sogleich Diener mit Windeln aus, damit sie den Schrei irgendwie einfingen. Doch Ihr könnt ja erahnen, wie gering jemandes Chancen sind, der einen Schrei erhaschen möchte, der längst ausgestoßen wurde und sich verflüchtigt hat.

Wir sandten Chaschbaz eine gutverpackte Windel, und Chaschbaz hielt sie an sein scharfes Ohr, und er wurde bleich: ›Nein‹, sagte er, ›das sind Glockengeräusche.‹

Wir sandten eine weitere Windel, und Chaschbaz hielt sich angewidert die Ohren zu: ›Das ist doch das Geräusch einer Kanone!‹

Wir wußten uns weder Rat noch Hilfe.

›Damit bist du mein Schuldner geworden‹, ließ mir

Chaschbaz mittels Boten überbringen. ›Sei unbesorgt, ich werde mich nicht beeilen, die Schuld einzutreiben, aber du sollst wissen, daß der Zins deine Schuld täglich ansteigen läßt, und je länger ich mir mit dem Einfordern Zeit lasse, um so mehr wird mein Anteil wachsen. An dem Tag und zu der Stunde, die ich wählen werde, werde ich kommen und von deinem Sohn Nektar jeden Teil nehmen, an dem ich Gefallen finde, und dir werde ich den Rest lassen.‹

Dies ließ mir der Zauberer Chaschbaz ausrichten, und was vermag meine Macht, und die Macht des gesamten Königreiches, gegen Zauberei und Schwarze Magie?

Mein Sohn wuchs heran und war die Zierde des Reiches und Quelle allen Stolzes und Glücks. Und als er seinen zwanzigsten Geburtstag erreichte, von wohlgefälligem Anblick, klug, mutig und edel, kamen eines Nachts Chaschbaz und sein Gehilfe Chaschmal, in schwarze Roben gehüllt, in mein Haus. Um ihre Schulden einzufordern, waren sie gekommen, und mir drehte sich das Herz im Leibe um. Bevor ich dazu kam, jemanden aufzuwecken, jemanden zu warnen, hatten sie bereits sein nächtliches Zimmer betreten und genommen, was sie nahmen, und das, was sie zurückließen – befindet sich bis jetzt im Palast.

Und insgeheim denke ich, ob es nicht besser gewesen wäre, sie hätten meinen Sohn ganz mitgenommen und ihn nicht so unvollständig zurückgelassen. Unser beider Tod wäre besser als ein solches Schicksal. Und nun werdet Ihr von selbst verstehen, daß ich die Hälfte, die bei uns verblieb, keinen Gästen bei Gelagen, Ratsversammlungen und Feierlichkeiten vorstellen kann.«

Die Geschichte rührte Prinzessin Zimts Herz, und sie preßte das Halstuch auf ihren Mund und fand nicht die Kraft zu sprechen. Und auch König Yekutiel war wie vor den Kopf geschlagen: »Aber König Honigkuchen«, sprach er, »es ist doch auch mit der Hälfte der Vorzüge genug, die man Eurem Sohn nachsagt, um den Neid einer ganzen Prinzentruppe zu erwecken!«

»Wie wahr«, sprach König Honigkuchen, »aber Chaschbaz hat sich einfallen lassen, alle Vorzüge meines Sohnes mitzunehmen und in meinen Händen eine Hälfte zurückzulassen, die wie ein leeres Gefäß ist!«

Da nahm Prinzessin Zimt endlich das Tuch von ihrem Mund und sagte: »Ich kann das nicht mit anhören. Wie ist es möglich, von der Hälfte eines Menschen zu sprechen? Jeder Mensch ist vollkommen auf seine Art, sei er klein oder groß, weise oder dumm, mutig oder feige. Solange er lebt und atmet, ist er doch ganz und gar eins!«

Doch König Honigkuchen blickte sie traurig an und antwortete nicht.

»Können wir Euren Sohn denn nicht zu Gesicht bekommen?« fragte König Yekutiel. »Jetzt, da wir die Geschichte kennen, besteht doch keine Notwendigkeit mehr, uns seinen Anblick vorzuenthalten?«

»Wie Ihr wollt«, sprach König Honigkuchen, »aber die Begegnung wird für Euch gewiß nicht angenehm sein.«

Er nahm einen Schlüsselbund und führte seine Gäste durch eine Seitentür zu einem schmalen Korridor, öffnete Türen und schloß sie hinter sich. Sie gelangten zu einer Wendeltreppe und stiegen hinauf, höher und höher, ruhten sich hin und wieder auf einem Absatz aus. Schließlich erreichten sie die Turmspitze, und dort, neben einer Türe, standen zwei Diener mit einer Schubkarre, voll beladen mit Kirschen. Die Diener salutierten vor dem König und seinen Gästen und öffneten ihnen die Türe.

Ein großzügiger, lichtdurchfluteter Raum tat sich auf. In seiner Mitte ein Tisch und ein Stuhl, und auf dem Stuhl flegelte ein junger Mann, die Füße auf dem Tisch. Wegen des blendenden Lichts war er nur als dunkler Umriß vor dem Hintergrund des Fensters auszumachen. Auf der Fensterbank scharten sich Vögel, die an die Scheibe pickten, als erwarteten sie Körner. Das Profil des Prinzen erinnerte die Prinzessin an ein Gesicht, das sie einmal gesehen hatte, nur zeigte der Ausdruck darauf eine Kälte und dumpfe Gleichgültigkeit, wie sie sie noch nie zuvor gesehen hatte.

Der Mann blieb so hingeflegelt sitzen und nahm ab und zu eine Kirsche aus einer Schüssel neben sich, kaute sie ganz langsam und spuckte den Kern in hohem Bogen aus. Das war sehr unhöflich, was ansonsten nicht die Art des Palastes war. Ein Haufen von Kernen lag vor dem Tisch, und ein Diener mit Schaufel und Besen hastete herbei, um sie zusammenzukehren und in einer Schubkarre zu verstauen. Und ein anderer Diener schob die Schubkarre mit den Kirschen, die draußen stand, ins Zimmer herein und füllte die Schüssel auf.

»Sei gegrüßt, mein Sohn«, sagte König Honigkuchen, »wie hast du den Tag verbracht?« Der Prinz wandte ihm die Hälfte des Kopfes zu, drehte ihn dann wieder zur Wand und nahm sich noch eine Kirsche.

»Ich möchte dir zwei hohe Gäste vorstellen, die unserem Palast einen Besuch abstatten«, sprach König Honigkuchen, »dies ist König Yekutiel, und das ist Prinzessin Zimt, beide aus dem uns befreundeten Reich der Äpfel.«

Der Prinz kaute die Kirsche zu Ende und spuckte den Kern aus.

»Im Apfelreich«, sprach König Honigkuchen, »ißt man Äpfel. Genau wie du Kirschen ißt, so essen sie den ganzen Tag Äpfel.«

Der Prinz nahm sich eine neue Kirsche.

»Aber nicht nur Äpfel«, brachte König Yekutiel hervor, »es gibt auch andere Früchte. So haben wir zum Beispiel auf unserem Wege hierher eine neue Frucht entdeckt, deren Kunde nie zuvor an unser Ohr drang: eine Birne.«

»Eine Birne«, sagte König Honigkuchen, »interessant, zeit meines Lebens habe ich noch keinen solchen Namen vernommen.«

»Eine entschieden wohlschmeckende Frucht«, sprach König Yekutiel, »so steht es jedenfalls in den Büchern.«

Und der Prinz, der die Kirsche wieder ganz zu Ende gekaut hatte, spuckte in hohem Bogen den Kern aus.

»Möchtest du unsere Gäste denn nicht begrüßen?« fragte König Honigkuchen. Der Prinz nahm sich wortlos eine neue Kirsche und steckte sie sich in den Mund.

Es herrschte Schweigen, und die Silhouette des Prinzen verdunkelte sich zunehmend gegen die sinkende Sonne im Fenster.

»Ich bin der Ansicht, wir können uns wieder verabschieden«, sprach König Honigkuchen, »sei gegrüßt, mein Sohn, und auf Wiedersehen bis morgen.«

Und auch König Yekutiel und Prinzessin Zimt murmelten einen Abschiedsgruß und gingen leise hinaus. Als sie an der Tür waren, wandte Zimt noch einmal ihren Kopf. Der Prinz saß weiterhin an seinem Platz und fuhr fort, Kirschen zu essen. Der Diener trat ans Fenster und öffnete es, und der Vogelschwarm platzte ins Zimmer, begierig, die auf dem Boden verstreuten und in der Schubkarre aufgehäuften Kerne aufzupicken. Prinzessin Zimt stand bereits in ziemlicher Entfernung, und vielleicht hatten ihre Augen sie getrogen? Fast hätte sie schwören können, daß sie die Vögel im Flug durch den Körper des Prinzen hindurchstreifen und auf der anderen Seite herauskommen sah.

5

So endete der Besuch im Reich der Kirschen, und der König und die Prinzessin mitsamt ihrem Gefolge befanden sich wieder auf dem königlichen Schiff, segelten heimwärts.

Die Prinzessin lehnte an der Reling, mit verschlossenem Gesicht, ihr Herz leer und hohl.

Schließlich und endlich, so dachte sie, ist dies vielleicht nicht der Prinz, der mir bestimmt ist. Ein unglücklicher Mann. Wie weh es im Herzen tut, sein Leid zu sehen. Aber wer weiß um die Geheimnisse des Schicksals und die Wege

des Herzens. Sicher wird sich für alles eines Tages eine Lösung finden. Auf alle Fälle ist es unmöglich, daß eine Reise, die mit solch einem guten Omen begann, in einer Enttäuschung ihr Ende finden soll. Wenn das Schicksal uns die Birne geschickt hat, wird sich gewiß auch ein Weg finden, der uns zum Prinzen führt. Und wenn uns das Schicksal dazu ausersehen hat, dem Birnenreich in der Stunde der Not beizustehen, wird es uns sicher auch dabei helfen, dem Kirschenreich zu Hilfe zu kommen.

Doch da erfaßte die Prinzessin mit einemmal die Ungeduld, und sie sehnte eine schnelle und endgültige Lösung herbei oder wenigstens eine verläßliche Zusicherung, daß die Lösung schon hinter der Tür stünde. Sie wischte sich eine Träne aus den Augen und flüsterte: »Teures Schicksal, ich habe eine Bitte an dich, ich werde so geduldig sein, wie ich nur kann, aber du, bitte beeile dich ein wenig. Vor fast einem Monat bin ich achtzehn Jahre alt geworden, bitte laß mich nicht zu einer neunzehnjährigen alten Jungfer werden.«

Soweit die Unterredung der Prinzessin mit dem Schicksal, und wenn sie mit übertriebenen Forderungen kam oder für einen Moment ihre Seelenstärke verlor, seien wir nicht zu streng mit ihr: Gleich wird sie wieder zu Kräften kommen und ihre Haltung wiedererlangen – das dürfte jedem klar sein, der sie kennt.

Und so erholte sich die Prinzessin wieder und blickte aufs Meer, auf die tanzenden Delphine und die Möwen, die sich auf die Essensreste vom Schiff stürzten.

Und da geschah es wieder. Die Winde standen still, die Delphine und die Möwen verschwanden in der Ferne, lastende Hitze herrschte, und das Meer war glatt wie ein Spiegel, zu glatt, um das Herz in Sicherheit zu wiegen. Der Kapitän befahl, die Segel so straff wie möglich zu spannen, um noch die leichteste, flüchtigste Brise zu nutzen, und das Schiff bewegte sich ganz langsam und schwerfällig vorwärts.

Und da zeigte sich in der Ferne eine Küste. Eine bekannte Küste, die Küste des Birnenreiches.

Der Kapitän und der König entschieden, nachdem sie, bis erneut Wind aufkam, ohnehin verweilen mußten und da nun schon ein befreundeter Staat in ihrer Nähe war, an seiner Küste anzulegen und sich dort die Zeit zu vertreiben, statt inmitten des Meeres vor Anker zu gehen.

Das Schiff bewegte sich langsam auf die Birnenlandküste zu, bis es dicht an die Mole gelangt war. Dort wurde der Anker ausgeworfen, und sie stiegen in ein Boot und ruderten zum Strand. Aber die Küste sah gänzlich anders aus als beim vorangegangenen Besuch – sie war fast nicht wiederzuerkennen. Die grünenden Wälder, die bis ans Wasser hinabreichten, waren alle welk und grau geworden. Die Wiesen an den Hügelhängen waren gelb geworden. Alles war von Dornen und Disteln überwuchert. Wieder herrschte Totenstille überall, so wie am Tage ihrer Ankunft damals, aber diesmal war die Stille um ein Vielfaches drückender und quälender. Nirgendwo war eine lebende Seele zu sehen. Die emsig beschäftigten Birnenlandbewohner waren wie vom Erdboden verschluckt, nur das lästige Summen und Sirren von Fliegen und Grillen zerriß die Luft.

Sie traten durch die Tore der Stadt, und o weh, welch ein Anblick – von den schönen Häusern bröckelte der Putz. Die Schilder waren alle abgerissen und zerfetzt, die Marktstände waren am Zusammenfallen, und die Waren kugelten auf der Straße herum, verfaulte und verschimmelte Nahrungsmittel, zersplitterte Tonkrüge, Öl- und Weinfässer im Rinnstein verschüttet, verblichene und zerrissene Stoffe taumelten im Wind. Hinter den Verkaufsständen saßen noch immer die Händler, aber auch sie teilnahmslos, abgemagert und erschlagen von der Hitze. Wie verschieden war der Anblick von der schönen und pulsierenden Stadt, die sich ihnen vor wenigen Wochen erst gezeigt hatte! Was war mit all dieser Fülle und Schönheit geschehen?

Sie lenkten ihre Schritte eilig in die Obstgasse, um den Birnenstand zu suchen; vielleicht würden sie dort etwas in Erfahrung bringen. Aber was sie zu Gesicht bekamen, war noch schrecklicher: Das Schild »Birnenprinz« war zerfetzt und flatterte im Wind. Die Birnen waren alle verfault, lagen auf dem Boden verstreut und verbreiteten Gestank. Fliegen tanzten summend um sie herum. Und in einem Unterstand bot sich ihrem Blick der Birnenverkäufer dar, der der Stadt die Erlösung gebracht hatte und zum Herrscher ernannt worden war, zum Prinzen des Birnenreiches, wie er auf einer Matte lag, mit verdörrtem, bleichem Gesicht und ausgetrockneten Lippen, und daneben ein weiteres bekanntes Gesicht, der greise Pfirsichhändler.

Sie gingen geradewegs dorthin. »Was ist geschehen?« fragten sie den Händler. »Welches Unglück hat diese Stadt befallen, nachdem wir schon im Glauben waren, sie sei erlöst?«

Der Händler blickte sie kummervoll an und geizte, wie üblich, nicht mit Worten: »Ich vermag nicht mehr zu sagen, ob dies ein Unglück oder der Preis der Befreiung ist. Aber wie dem auch sei, ihr seht selbst, dieses Leid ist unerträglich. Im Laufe der vielen hundert Jahre, in denen wir in den Meerestiefen schlummerten, waren wir wenigstens geschützt und wohlbehütet. Unsere Kraft und unsere Energie gingen nicht zur Neige, das Alter fiel uns nicht an, es suchten uns keine Krankheiten heim – unser Land blieb so erhalten, wie es war, grünend, reich und fruchtbar, lieblich wie eine Verheißung, und unsere ganze Lebenskraft erschöpfte sich in Träumen vom Glanz der Erlösung, die da kommen würde.

Aber nun sind wir mit einemmal urplötzlich aus den Tiefen emporgetaucht an die Luft der Welt, und es stellt sich heraus, daß wir nicht die Kraft aufbringen, um dem standzuhalten. Das helle Sonnenlicht dörrt uns aus und verbrennt uns. Die Winde peitschen uns und reißen uns in Stücke, die finsteren Nächte lassen unsere Leiber erstarren, der auf- und untergehende Mond treibt uns in den Wahnsinn, die Hitze und die Kälte, das Licht und die Dunkelheit, die Trockenheit und die Feuchtigkeit, alles setzt uns böse zu, läßt den Putz unserer Häuser zerbröckeln, unsere gepflasterten Straßen aufspringen, unsere Knochen von Schmerz durchbohren. Unsere Felder sind verdorrt, unsere Pflanzungen vernichtet, die Früchte auf dem Markt faulen, wir haben bereits alles verloren, was wir hatten.

Und weil wir nicht auf den Landkarten verzeichnet sind und fern von bevölkerten Gegenden, betritt kein Fuß unsere Gestade, und seit ihr damals kamt, hat niemand mehr seinen Weg hierher gefunden. Wir bringen also unsere Tage in der Erwartung von Käufern hin. Wir haben nicht einmal eine gängige Münzwährung, in der einer vom anderen etwas kaufen könnte, und daher bleibt jeder von uns auf seiner Ware sitzen, und die gesamte Staatskasse besteht aus einer einzigen kleinen Goldmünze, dem Preis der Birne, die Ihr, mein Fräulein Prinzessin, hier an diesem Stand gekauft habt.«

»Was soll man da sagen – ein hoher Preis für die Erlösung«, sprach der König, und der Prinzessin wurde weh ums Herz.

»Und was ist mit eurem Oberhaupt, dem Birnenprinzen? Es scheint, daß er von euch allen am schlimmsten dran ist.«

»Wollte Gott, ich könnte andere Worte im Munde führen«, sagte der Greis, »aber es gibt weder Rat noch Hilfe. Es gibt keinen vergleichbaren Mann, der über das Reich herrschen könnte, aber die Krankheit, an der wir alle leiden, hat ihn unglückseligerweise im Übermaß gepackt. Schon sieben Tage liegt er hier, ohnmächtig vor Durst und Hunger, alle Nahrung ist vom Erdboden getilgt, und es gibt nichts, was ihm Heilung bringen kann. Ich fürchte, er wird den Tag nicht mehr überstehen.

Die Erlösung, die uns geschah, reichte nicht aus, und vielleicht ist es nicht genug mit einem Wunder, um die Seele zu retten. Aber was kann ich noch sagen? All unsere Besitztümer sind verloren. Worauf soll man hoffen? Wenn sich jetzt kein Ausweg findet – dann werden wir zu Staub zerfallen und mit den Winden übers Meer verstreut werden, und es wird keine Wiederauferstehung mehr für uns geben.«

»Nein«, sprach die Prinzessin Zimt, »nicht alle eure Besitztümer sind verloren. Hier ist die Birne, die mir der Birnenprinz verkaufte, sie befindet sich in meiner Hand, aufbewahrt im Ärmel des Kleides, frisch und unversehrt, wie sie war, und wenn der Prinz sie nur will – ist sie sein.«

Als sie dies sprach, drehte sich der Birnenprinz auf seiner Liegestatt mit letzter Kraft um, streckte eine zitternde Hand nach ihr aus und sagte mit heiserer Stimme: »Bitte, Prinzessin, gebt mir die Birne, und ich werde Euch auf ewig dankbar sein.«

Da reichte ihm Prinzessin Zimt die Birne, und er öffnete die rissigen Lippen und schlug die Zähne hinein. Und siehe, o Wunder – sogleich kehrte die Farbe in sein Gesicht zurück, seine Augen leuchteten, und er richtete sich auf.

Er nahm noch einen Bissen – und ein Summen erklang von den Birnen, die ringsherum verstreut lagen. Die Fliegen verließen sie, die Fäulnisflecken und Schimmelstellen fielen von ihnen ab, die Gerüche und der Gestank verloren sich, und die Birnen formierten sich von alleine auf dem Stand zu Reihen.

Er nahm noch einen Bissen, und der ganze Putz kehrte an die Häuser zurück, die Schilder nahmen wieder Farbe an, und die Stände richteten sich auf und schwankten nicht mehr.

Und noch ein Biß, und all die Bäume ringsherum wurden wieder grün und trugen wieder Früchte. Und beim nächsten Bissen ertönten auf dem Markt wieder fröhliche Stimmen von Kaufleuten, Straßenhändlern und Bauern.

Und da hatte der Prinz die Birne aufgegessen. Er schritt ins Zentrum des Marktplatzes, grub mit seiner Ferse eine kleine Mulde und ließ das Kerngehäuse hineinfallen.

Und sogleich schoß ein kleiner Trieb aus der Erde, und noch ein Trieb, und danach ein dünner Stengel, und der Stengel wuchs und wurde zu einem Stamm, und der Stamm wurde hoch und höher, ein riesiger Baum ersproß, ragte in gewaltige Höhen auf und beschirmte den ganzen Platz, wuchs immer noch weiter und weiter, bis ihm zu beiden Seiten, wie zwei Äste, zwei riesige Brücken gewachsen waren, die eine nach Nordwest und die zweite nach Südost.

Als all die Wunderwerke ihr Ende gefunden hatten, kehrte der Prinz der Birnen zu dem dürftigen Unterstand zurück und fiel vor dem König und der Prinzessin auf die Knie: »Hochverehrter König Yekutiel, bevor ich jedes andere Wort spreche, möchte ich Euch um die Hand Eurer Tochter Zimt bitten. Wenn sie will, natürlich. Sie hat mein Leben sowohl aus der Finsternis der Meerestiefen als auch vor dem sengenden Glanz des hellen Tageslichtes errettet. Ich mag mich nicht mehr von ihr trennen, und ich kann den Gedanken nicht ertragen, sie würde fern von mir weilen.«

Der König war bestürzt. Obgleich er das Urteil der Sterne ganz anders ausgelegt hatte, war nicht zu leugnen, daß hier alles, worauf die Zeichen hingedeutet hatten, bis ins kleinste erfüllt worden war.

»Gut«, sprach der König, »doch bevor ich dir antworte und bevor wir meine Tochter dazu hören, wäre es angebracht, daß wir erfahren, wer und was und wessen Sohn du bist, nicht wahr?«

»Gewiß«, sagte der Prinz der Birnen, »Ihr könnt schließlich in Euer königliches Geschlecht nicht einen Menschen aufnehmen, von dem Ihr nicht wißt, woher er kommt. Und so wisset, ich bin Prinz Nektar, der Sohn König Honigkuchens. Wegen eines unglückseligen Streites, den mein Vater mit dem verfluchten Zauberer Chaschbaz und seinem Gehilfen Chaschmal hatte, wurde ich meiner Heimstatt entrissen. Eines Nachts tauchten die beiden vor mir auf, hochgewachsen und furchterregend standen sie über meinem Bett und debattierten in hastigem Flüsterton miteinander. Es stellte sich heraus, daß sie mich mitnehmen wollten. Die Schuld jedoch, die mein Vater zu begleichen hatte, beinhaltete nicht mein gesamtes Wesen, sondern nur eine Hälfte. Sie mußten wählen, welche Hälfte sie mitnehmen würden, und konnten sich nicht einig werden. Jeder meiner Teile schien ihnen in gleichem Maße verlockend. Schließlich, um dem Streit untereinander ein Ende zu machen und nicht vom ersten Licht des heraufdämmernden Morgens gefangen zu werden, faßten sie einen Entschluß und trennten mich unter ungeheuren Schmerzen von meinem Schatten. Mich brachten sie in die Meerestiefen hinab, wo sie alle ihre Gefangenen festhalten, während sie meinen Schatten im Palast zurückließen.

Und so saß mein Schatten während dreier Jahre, nährte sich von Kirschen und war der Melancholie verfallen. Ich dagegen weilte im tiefen Schlaf in der Dunkelheit des Meeresgrundes, Austern bedeckten meinen Körper, Algen verstrickten sich in meinem Haar, und die Träume wucherten aus meinen Augen wie Wasserschlingpflanzen. Und so zahlreich wanden sich die Träume, bis sie mit ihrer dichten Pflanzenwelt den Meeresboden überzogen und sich mit den Traumgespinsten der Menschen dieses Ortes hier verknüpften, alles Gefangene des Zauberers, und die Träume verwoben sich immer mehr miteinander, so daß wir gemeinsam das Land des Birnenreichs erträumten, seine goldenen Birnen, seine lärmenden Märkte, seinen blauen Himmel und das blaue Meer, das es umschließt.

Aber um am Grunde des Meeres zu schlummern, braucht der Mensch keinen Schatten. Im Sonnenlicht dagegen kann er keinen einzigen Tag ohne ihn überstehen. Und so geschah es, daß, sosehr die anderen auch unter der brennenden Sonne und dem grellen Licht litten, ich doch hundertmal mehr litt, denn zur Stunde, da ich von der Sonne versengt wurde und meine Lippen vor Durst aufsprangen, saß mein Schatten jenseits des Meeres und verschlang

Kirschen, statt mich zu beschirmen, mich zu schützen, und sei es auch in noch so geringem Maße. Und so geschah es, daß ich, der ich zum Staatsoberhaupt ernannt worden war, ich, der ich die Erlösung herbeigeführt hatte, von allen Einwohnern am schlimmsten von der Volkskrankheit befallen wurde. Und es war mir bereits klar, daß meine Tage gezählt wären, wenn mir nicht etwas, und sei es nur ein Fingerhut, von der Fülle, die mir einst zuteil geworden, wiedergegeben würde.

Und Ihr, verehrte Prinzessin, Ihr seid der Mensch, den das Schicksal bestimmt hat, etwas von der Fülle zu bekommen und auch zu geben. Von der Stunde an, da ich von der Birne aß, haben sich alle Dinge wieder zusammengefügt, die auseinandergerissen waren, sich voneinander gelöst hatten und zu zerfallen drohten. Die Risse in meinen Lippen schlossen sich wieder, mein Schatten heftete sich wieder an meine Fersen, meine Träume verflochten sich wieder mit den Träumen des Birnenlandes, und das Reich der Birnen verbindet sich gerade in diesem Augenblick über die Brücken mit dem Reich der Kirschen in südöstlicher und dem Apfelreich in nordwestlicher Richtung, und binnen einer Stunde können wir zu Pferd oder auch zu Fuß zum Hause meines Vaters sowie zu Eurem Palast gelangen.

Habt Ihr dem etwas hinzuzufügen, ehrwürdiger König? Habt Ihr dem etwas hinzuzufügen, mein teures Fräulein, Prinzessin Zimt?«

»Rein gar nichts«, sprach der König, »wenn es meiner Tochter genehm ist, so habe ich von meiner Seite aus keinerlei Einwände. Sogleich werden wir Boten in mein Land und ins Reich der Kirschen schicken.«

Prinzessin Zimt neigte ihren Kopf zum Zeichen der Zustimmung, und der Birnenprinz umarmte sie und küßte sie auf Stirn und Wangen. Danach saßen die Abordnungen auf, ritten auf die funkelnagelneuen Brücken und galoppierten davon, um die Botschaft allen zu verkünden, die ihrer würdig waren.

6

Ganz und gar unbeschreiblich war das Glück, das Königin Honigmet und König Honigkuchen angesichts ihres wiedergefundenen, heimgekehrten Sohnes und der Braut, die er sich erwählt hatte, erfaßte. Der Zeitpunkt der Hochzeit wurde auf einen Monat später festgesetzt, und sie wurde im Apfelreich ausgerichtet. Eine solche Hochzeit kann wahrlich nur am Ende eines Märchens gefeiert werden.

Und auch ich war dort, ich, der ich das Märchen von Anfang an und bis hierher begleitete, die ganze Zeit darauf bedacht, vorsichtig auf Zehenspitzen zu gehen, um alles zu sehen, ohne gesehen zu werden. Und dennoch, vielleicht habe ich mehr gesehen, als ich zu sehen befugt war, und deswegen wurde ich am Ende entdeckt.

Es war zu später Nachtstunde. Die Geladenen, die Kirschländer, die Birnenländer und die Apfelländer, alle müde und weinselig, lagerten in diversen Ecken der Halle und dösten vor sich hin. In einer Ecke saßen der König, der Schatzminister und der Außenminister.

»Meiner Seel«, hörte ich den Außenminister sagen, »solch eine schöne Festlichkeit habe ich mein Lebtag noch nicht gesehen. Das ist ja wirklich, wirklich …«, doch er schlief mitten unterm Satz ein.

»Auch ich fühle mich meinerseits verpflichtet, meinem verehrten Amtskollegen zuzustimmen«, hörte ich die Stimme des Schatzministers, »doch man erlaube mir nur untertänigst anzumerken, daß aus dem Orchester irgendein ohrenbetäubender Krach drang, der mir bis jetzt noch im Kopf pocht und mir keine Ruhe läßt …«

»Möglicherweise«, sprach König Yekutiel gähnend, »wäre es möglich, daß die Sache von dem Wein herrührt, den du getrunken hast. Doch es ist ebenso möglich, daß es das Zimbelpaar ist, das wir unserer reduzierten musikalischen Besetzung hinzugesellt haben, nachdem du uns mit deinem klugen Rat die Augen geöffnet hattest.« Aber der

Schatzminister hörte die Antwort offensichtlich nicht mehr, denn ich sah deutlich, daß er bereits eingenickt war und den Schlaf der Gerechten schlief. Der König gähnte noch einmal, und ich sah, daß auch ihm die Augen zufielen.

Nun schlief schon alles.

Nur Prinz Nektar und Prinzessin Zimt saßen inmitten der Halle auf ihren Stühlen und unterhielten sich leise, eine kleine Fackel brannte an ihrer Seite. Und ich, ich war natürlich wach, denn wäre dem nicht so gewesen, könnte ich das, was meine Augen sahen, nicht erzählen: An der gegenüberliegenden Wand, zwischen den Schatten der Gäste, zeichnete sich der Schatten des Prinzen ab. Aber während der Prinz dasaß und mit Prinzessin Zimt plauderte, flegelte der Schatten an der Wand breit auf seinem Stuhl, seine Füße auf dem Schatten des Stuhles gegenüber, nahm sich Schattenkirschen aus einem Korb und spuckte die Schattenkerne in hohem Bogen aus. Ich traute meinen Augen nicht. War mir der Wein derart zu Kopf gestiegen?

Ich trat ganz leise, voller Befürchtungen, auf den Prinzen zu, denn im Lichte der neuen Situation, die entstanden war, erwachte in meinem Inneren schon der Zweifel, ob ich das Märchen wohlbehalten bis an sein Ende bringen könnte.

»Mein Herr und Prinz«, sagte ich zu ihm, »mein Prinz ...« Und ich deutete in Richtung Wand. Der Prinz und die Prinzessin brachen ihre Unterhaltung ab und wandten den Blick. Der Schatten saß weiterhin dort, unhöflich, wie es seine Art war, und spuckte die Schattenkerne aus. Die beiden betrachteten ihn ein Weilchen entsetzt, bis der Prinz schließlich sagte: »Mein Herr Schatten!«

Augenblicklich fuhr der Schatten von seinem Platz auf, nahm seine Füße von dem Schattenstuhl, verbarg die Schattenkirschen im Schatten des Aschenbechers neben ihm und wandte sich an den Prinzen: »Tausendmal Verzeihung, lieber Prinz, ich bitte tausendmal um Verzeihung, wirklich. Es ist äußerst schwierig, alte Gewohnheiten abzulegen.«

»Keine Ursache«, sagte der Prinz lächelnd, »wer wüßte besser als ich, wie schwierig das ist, aber wir werden uns ein wenig anstrengen und die Kooperation zwischen uns verstärken müssen, denn sonst sehe ich keine Chance, weder für mich noch für dich.«

Danach besann sich der Prinz und wandte sich an mich. Er reichte mir einen kleinen Teller, auf dem sich ein gebackener Apfel mit Birnenschnitzen und Zimt befand. »Mein Herr Erzähler«, sagte er zu mir, »würden Sie diese Köstlichkeit bitte jenem Herrn dort an der Wand anbieten? Vielleicht könnte dies ein wichtiger Schritt zur Einübung neuer Gewohnheiten sein.«

»Es ist mir ein Vergnügen, mein Herr und Prinz«, sagte ich, nahm den Teller und trug ihn zur Wand.

Der Schatten des Prinzen bemerkte mich, blickte nach links und nach rechts, ob es auch niemand sähe, und streckte dann eine lange, durchsichtige Hand nach dem Teller aus, nahm den Apfel weg und ward wieder von der Wand verschluckt.

Da war ich nun wirklich sprachlos. Immer wieder blickte ich abwechselnd zur Wand und zum Prinzen, aber sosehr ich meine Augen auch bemühte, ich sah nichts Außergewöhnliches mehr. Um die Wahrheit zu sagen, ich beginne zu zweifeln, ob ich in jener Nacht nüchtern war. Der Teller zwar, den mir der Prinz in die Hand gab, ist noch immer bei mir aufbewahrt: Da ist er, und hier sind sogar die Wappen von Apfel, Birne und Kirsche eingraviert. Aber ich würde bei Gott nicht zu behaupten wagen, daß dies irgendeinen Beweis für etwas darstellt, das der Natur zuwiderläuft.

Die Geschichte vom linken Stiefel

1

Der Schuster preßte seine Lippen aufeinander, und das nicht ohne Grund. Zwischen den Lippen hielt er dünne Nägel, und er hatte keinen anderen Platz zum Festhalten, denn seine beiden Hände waren beschäftigt. Mit der einen zog er jetzt einen Nagel heraus und setzte ihn auf den Absatz des Stiefels, und mit der anderen griff er nach dem Hammer und schlug darauf – hämmer, hämmer, hämmer, der erste Nagel saß fest. Hämmer, hämmer, und der zweite steckte drin. Und hämmer, hämmer, hämmer, auch der dritte war drinnen.

Der Schuster kniff ein Auge zu und betrachtete mit Genugtuung das Werk seiner Hände. Hier, das war ein Stiefel. Ein Stiefel, der wahrlich würdig war, an eine königliche Fußsohle zu gelangen. Und nicht nur dessen würdig – er würde wirklich und wahrhaftig dorthin kommen, und der König würde sich über ihn freuen, und wenn sich der König freute, freuten sich schließlich alle.

Dieses Paar Stiefel war eigens für den König Melechyeschua bestellt worden. Vor drei Tagen war der Schuster in den Palast gerufen worden. Er passierte einen Saal nach dem anderen auf seinem Weg ins Innere, zeigte den höchst erstaunten Schildwachen das eigenhändig vom Hofmarschall unterschriebene Einladungsschreiben, bis er zum Kabinett seiner Exzellenz des Hofmarschalls höchstselbst gelangte. Dort gab es einen langen Tisch, an dessen weit entferntem Ende, irgendwo am Horizont, der Hofmarschall saß, zurückgelehnt, sein Doppelkinn in tausend Falten gelegt – und am anderen Ende stand der Schuster, mit eingezogenen Schultern vor lauter Beflissenheit.

»Wohlan«, sagte der Minister mit öliger Stimme, »zuallererst möchte ich gerne wissen, ob du einer der Unsren bist oder von der Gegenseite?«

»Als wenn das überhaupt eine Frage wäre«, sagte der Schuster, und sein Herz machte einen Satz, »ich gehöre doch mit Haut und Haar unserem erhabenen König. Wie hätte es mir denn je in den Sinn kommen sollen, Verbindung mit jemandem aufzunehmen, der ein fremdes oder, Gott bewahre, gar feindliches Element ist? Ich bin doch in aller Bescheidenheit nur ein kleiner Schuster, der den König zufriedenstellen und wohlbehalten nach Hause zurückkehren möchte.«

»Schön«, sagte der Minister. »Unser König liebt nämlich den kleinen Bürger, je kleiner, desto lieber. Aber Widersacher und Feinde gibt es sehr wohl, und es obliegt uns, Vorsicht walten zu lassen: Die verschwörerischen und unruhestiftenden Elemente breiten sich bei uns aus wie eine Krankheit. Zwar stellen sie gegenüber der schweigenden Mehrheit eine unerhebliche Minderheit dar, und wer sind sie schon, daß sie unseren Frieden trüben könnten, aber nichtsdestotrotz wissen alle von jenem Kapitän, dessen Name in respektabler Gesellschaft besser keine Erwähnung findet, der jedoch unter dem Namen Holzbein bekannt ist. Seit dieser Umstürzler aus der königlichen Flotte abtrünnig wurde und sich im Gemein-Bezirk niederließ, hat er nicht aufgehört, die Gemüter in Erregung zu versetzen, und daher ist es an uns, die Augen dreifach offenzuhalten, und wir sind verpflichtet, jeden, dem wir irgendeine Verantwortung übertragen wollen, zuvor einer scharfen Prüfung zu unterziehen. Kann ich mich auf dich verlassen?«

»Ihr könnt!« sagte der Schuster.

»Nun denn«, sagte der Minister, »ich halte hier ein erlesenes Stück Leder in Händen. Ich vertraue es deinen Händen an, und du wirst daraus ein Paar Stiefel für Seine Hoheit anfertigen. Ich werde dem König die Stiefel in einer Woche übergeben, wenn er zur königlichen Jagd aufbricht. Wenn die Stiefel zur Zufriedenheit ausfallen sollten und der König sie ohne jegliche Einwände und Vorbehalte anzieht, wirst du mit großzügigem Lohn bedacht werden. Sollte der König etwas sagen, das über den Rahmen des Üblichen hinausgeht, beispielsweise ›Schön‹ oder ›Hurra‹ oder irgendein Wort des Lobes, das besondere Aufmerksamkeit gegenüber den Stiefeln und seine Wertschätzung für sie erkennen läßt, dann wirst du nicht nur den Lohn für deine Arbeit erhalten, sondern auch eine Ernennung zum königlich bestallten Hofschuster und wirst berechtigt sein, bis ans Ende deiner Tage das Wappen des geflügelten goldenen Hammers mit dem Lorbeerkranz zu führen. Wenn sich der König jedoch von den Stiefeln distanziert und etwas wie ›Es drückt‹ oder ›Zu weit‹ sagt – denkbar wäre auch eine allgemeinere, weiter gefaßte Formulierung wie zum Beispiel ›Ähhh‹ oder ›Bähhh‹ –, dann mußt du den Preis des Materials aus eigener Tasche bezahlen. Und in diesem Punkt halte ich es für angebracht, eine Warnung anzuschließen: Das Leder, das ich deinen Händen anvertraue, ist ein seltenes und auserlesenes Leder, dessen Wert unbezahlbar ist. Es ist das Leder des schwarzen Hirsches, der seltensten Hirschart; ihn zu sehen ist noch keinem in unserem Königreich je gelungen, geschweige denn ihn zu jagen, und nur von Zeit zu Zeit erklingt seine brünstige Stimme von den Bergen. Dieser Hirsch wurde von dem königlichen Jäger des Kaisers von China erlegt, und seine Haut wurde unserem König als Geschenk gesandt. Eine unvergleichlich teure und rare Haut, und nicht jeden Tag erhält ein Gerber die Gelegenheit, so etwas zu bearbeiten, oder ein Schuster, daraus Stiefel anzufertigen, oder ein König, sie anzuziehen. Ich vertraue sie dir also zu treuen Händen an, und du bürgst dafür mit deinem Kopf. Willigst du ein?«

Der Schuster sah den Minister an, betrachtete das Stück Leder, das der Diener jetzt auf dem Tisch ausbreitete, blickte zu den kristallenen Kronleuchtern empor, dachte an die unteren Abteilungen des Palastes, wo sich die königliche Hofschusterei etablieren würde, wenn seine Arbeit des Königs Wohlgefallen fände, und er schwieg lange, damit er später einmal würde sagen können, er habe seine Antwort erst nach gründlichster Abwägung gegeben.

»Ja«, sagte er schließlich, »gewiß werde ich dies tun.«

Drei Tage waren seitdem verstrichen, und der Schuster hatte ohne Unterlaß gearbeitet und hatte Leisten und Ahle nicht mehr aus der Hand gelegt. Noch nie hatte er solch angenehmes und weiches Leder bearbeitet, nie zuvor war seine Arbeit von solch hoffnungsfrohen und erfreulichen Gedanken begleitet worden.

Er stellte sich den schönen König Melechyeschua vor, wie er die Hand auf seine Brust legt, die Augen halb schließt und sagt: »Hurra!« Und dann: »Wie schön!« Und danach: »Herrlich!« Und alle Hofschreiber des Königs notieren die Worte, die aus seinem Munde kommen, und überbringen sie dem Hofmarschall. Daraufhin quartieren sie den Schuster in der königlichen Hofschusterei ein, und er spaziert mit dem Wappen des geflügelten goldenen Hammers in den Gemächern des Palastes herum. Ein märchenhaftes Leben, die Welt ganz und gar zu seiner Verfügung, eine Welt, die er sich innerhalb eines Tages erobern wird. So begeistert war der Schuster, daß er selbst halb die Augen schloß und sich zuflüsterte: »Wunderbar, herrlich.«

Und nun bestrich der Schuster die Sohlen mit Leim und Lack, glättete die Ränder der Stiefel und stellte sie nebeneinander. Das Werk war vollbracht. Es gab nichts hinzuzufügen und nichts wegzunehmen. Eine wahre Pracht von Stiefeln, und morgen – morgen würde er zum Palast gehen.

Es war schon zu später Abendstunde, und der Schuster war todmüde, aber mehr noch als müde war er aufgeregt.

Er stellte die königlichen Stiefel ins Regal, danach schloß er seine Schusterwerkstatt ab und ging hinaus, um den Abschluß der Arbeit mit einem Glas zu feiern.

Doch o weh, zu seinem großen Leidwesen entwickelten sich die Dinge nicht so, wie er es sich gerne vorgestellt hätte, sondern es kam völlig anders, wie es niemandem je eingefallen wäre. Und was der Grund dafür war – das ist bis zum heutigen Tage noch nicht klar. Vielleicht lag ein Zauber auf dem Leder, das dem König aus dem Lande China gesandt worden war? Oder vielleicht war dies auch Teil der verderblichen Umtriebe, die sich in letzter Zeit im Königreich ausbreiteten und hinter denen nichts anderes als die gemeine Tücke gewisser verschwörerischer Elemente stand, die alles taten, um Verwirrung und Zweifel zu säen und den Frieden braver und gesetzestreuer Bürger zu stören? Doch vielleicht war hier auch der Einfluß des Mondes am Werk, der in seiner Fülle stand und dessen Schein durchs Fenster drang und den Stiefeln machtvolle Sehnsucht einflößte? Und vielleicht waren es diese Stimmen, die von den fernen Bergen zu vernehmen waren, Stimmen, die vom Mondlicht magisch angezogen wurden, das Knurren der Bären, das Klagen der Zikaden, das Geheul der Schakale und der Lockruf des schwarzen Hirsches? Ja, in dieser Nacht war zwischen all den anderen Stimmen undeutlich auch der Brunftschrei des schwarzen Hirsches zu hören, den noch nie ein Mensch mit eigenen Augen gesehen hatte. Und daher ist der Einfluß auf Schuhwerk dieser Sorte durchaus wahrscheinlich.

All diese Dinge liegen immer noch in Nebel gehüllt, aber Tatsache ist, daß genau zur Mitternachtsstunde, als der Schuster bereits schlief, niedergestreckt von des Tages Müdigkeit und dem nächtlichen Trunk, und in seinem Traum Ehrungen und Ritterparaden und mit Lorbeerkränzen geschmückte goldene Hämmer sah, daß sich genau zu dieser Stunde der linke Stiefel, der in der Ecke des Regals stand, mit einemmal schüttelte, hierhin und dorthin hüpfte, sich vom rechten Stiefel entfernte, einen Schritt nach vorne tat und begann, sein eigenes Leben zu führen.

Ja, er beschloß, daß er dem König niemals gestatten würde, einen Fuß in ihn zu setzen, so würdig der Fuß auch sein mochte, daß er ihn niemals damit sein Pferd würde anspornen lassen, so edel das Pferd auch sein mochte, und daß er ihn niemals damit auf dem königlichen Marmorboden tanzen ließe, mochte der Marmor noch so prächtig sein – nein, nicht dies war das Schicksal, das ihm bestimmt war. Er würde ein unabhängiges Leben führen, ohne jeden Fuß, der seine Schritte lenkte. Er würde in die weite Welt hinausziehen, gehen, wohin sein Herz begehrte, und tun und lassen, wie es seinem Herzen beliebte. Er würde für sich leben.

So dachte der Stiefel, und nachdem nichts von einem Stiefel bekannt ist, der sich je zuvor so benommen hätte, kann man nicht sagen, ob er sich dies in seinem Herzen, seinem Kopf, ob mit Sohle, Absatz oder Fußbett dachte – oder wie kann ein Stiefel wohl denken? Aber er dachte, und Tatsache ist, daß er unterdessen zur Türe hüpfte, sie einen Spaltbreit öffnete, sich durchschlängelte, über die Treppe sprang, die Abflußrinne überwand, und hopp – schon war er draußen.

Da hüpft nun ein einzelner Stiefel im Mondlicht die Straße entlang auf seinem Weg in die große weite Welt.

Links, links, links, marschiert er, hämmert auf die Pflastersteine, das Leder knarzt, und er geht einer unbekannten Zukunft entgegen.

2

Inzwischen ging bereits die Sonne auf, und der Schuster erhob sich aus dem Bett, ging zur Werkstatt und wollte die Stiefel holen, doch o weh – Raub und Verderben! Von dem Stiefelpaar in seiner Pracht war nur der rechte Stiefel übriggeblieben, er stand noch stumm in der Ecke des Regals, so wie ihn der Schuster zurückgelassen hatte. Während sein Gefährte, der linke Stiefel, spurlos verschwunden war. Dem Schuster wollte kein anderer Platz einfallen, wo er den linken Stiefel, getrennt von seinem Gefährten, vielleicht hingetan hatte, nicht auf den Leisten, nicht in den Schrank; und er konnte sich auch nicht vorstellen, daß ihm jemand einen einzelnen Stiefel stehlen wollte, kein Mensch würde das wollen, außer vielleicht irgendein umstürzlerisches, unruhestiftendes Element, dessen alleiniges Ziel es war, den Frieden der gesetzestreuen Bürger zu stören. Aber wer und was und wozu eigentlich? Der Schuster wußte es sich nicht zu erklären, und noch weniger wußte er, wie er dem Hofmarschall gegenübertreten sollte. Wie könnte er ihm bloß einen einzigen Stiefel überreichen? Was sollte er ihm sagen? Und was war mit dem teuren Leder, das der Minister seinen Händen anvertraut hatte?

Ich muß weitersuchen, dachte er und verließ das Haus, ging die Treppe hinunter, sprang über die Abflußrinne und ging die Straße entlang.

»Guten Morgen, Kamerad Schuster«, begrüßte ihn sein Nachbar, der Schankwirt, »was läßt du den Kopf so hängen?«

Der Schuster erzählte ihm, was geschehen war, und der Wirt war entsetzt.

»Wenn mich meine Augen nicht getrogen haben und mir nicht nur der Wein zu Kopf gestiegen ist und mir die Dunkelheit vor Anbruch der Dämmerung nicht den Verstand verwirrt hat, dann scheint mir, als hätte ich etwas gesehen: Als ich heute morgen unterwegs war, um meine Schenke zu öffnen, schien mir, als sähe ich einen einzelnen Stiefel, der im Morgengrauen allein vor sich hin ging. Da solche Dinge im allgemeinen nicht vorkommen, mißtraute ich dem Augenschein. Aber wenn ich betrunken gewesen wäre, hätte ich den Stiefel ja doppelt gesehen, und ich kann beschwören, daß ich nur einen einzelnen sah. Dann hat er sich also einfach davongemacht, und dich hat er in der Falle sitzenlassen. Wirklich, ein flegelhafter Stiefel!«

Des Schusters Gesicht brannte vor Scham. Wie kann ich das dem Minister erklären, dachte er, und was wird er dazu sagen? Niedergeschlagen ging er zum Palast, in der Hand den rechten Stiefel.

»Wohlan«, sprach der Minister von seinem fernen Tischende, »eine schöne Arbeit. Und wo ist der zweite?!«

»Davongelaufen«, sagte der Schuster kaum hörbar.

»Davongelaufen? Was soll das heißen, davongelaufen?« donnerte ihn der Minister an. »Seit wann haben Stiefel ein Eigenleben?«

»Das habe auch ich mich gefragt«, sagte der Schuster, »und zu meinem größten Bedauern habe ich keinerlei Antwort gefunden. Er ging einfach aus meiner Schusterwerkstatt hinaus und hopp – auf und davon. Er hinterließ keinerlei Erklärung.«

Das Gesicht des Ministers wurde rot vor Zorn. »Und das Leder, das ich deinen Händen überantwortet habe, was ist damit?«

»Bitte erzürnt Euch nicht«, murmelte der Schuster, »ich werde alles zurückerstatten, bezahlen …«

»Nie und nimmer wirst du den Preis dieses teuren Leders bezahlen können! Die Haut werde ich dir abziehen, wenn du es nicht unversehrt zurückbringst! Wenn du bei deiner Meinung bleibst, daß der Stiefel davongelaufen ist – dann folge seinen Spuren und suche ihn, und wage es nicht, ohne den linken Stiefel in Händen zum Palast zurückzukehren!« So sprach der Minister und hieb kräftig auf den Tisch, und der Schuster zog mit traurigem Gesicht und eingezogenem Kopf von dannen.

»Welches Verbrechen und welche Sünde habe ich begangen, daß mir solches beschieden ist«, klagte der Schuster bei sich, »ich habe doch mein Lebtag streng darauf geachtet, alles zu tun, wie es sich gehört, bestes Schuhwerk herzustellen, voranzukommen, vom Lehrling zum Schuster, vom gemeinen Schuster zum königlichen Hofschuster aufzusteigen. Doch du hast ein schlechtes Geschäft gemacht:

Plötzlich läuft dir der Stiefel des Königs davon, und alles ist verdorben, deiner Hände Werk ist verloren, und all deine Bemühungen bringen dir nur Schande ein. Nein, ich werde mich auf die Spur dieses aufsässigen Stiefels setzen, und überall, wo er hingeht, werde ich ihm auf den Fersen sein. Ich werde nicht rasten und nicht ruhen, bis ich ihn erwischt habe, und ich werde ihn eigenhändig dem Fuß des Königs anlegen. Denn ein Stiefel hat kein Recht, so in die Welt hinauszuziehen. Es ist bestimmt, daß ein jedes Ding an seinem Platz sein solle: der Stiefel am Fuße des Königs, der Fuß des Königs im Stiefel und ich in der königlichen Hofschusterei!«

Der Schuster machte sich also auf den Weg und begann, den Spuren des Stiefels zu folgen, aber ihn zu finden war nicht leicht. Geh und such mal einen einzelnen Schuh in einem so weiten und dichtbevölkerten Land! Geh und frag die Vorübergehenden, ob sie einen linken Stiefel sahen, der allein vor sich hin marschierte, und geh und frag sie, wohin er des Weges zog! Ein Verrückter, ein Verrückter, werden sie bei sich sagen und auf die andere Seite des Weges wechseln.

Aber es gab hier und da auch Menschen, die ihn gesehen hatten und etwas von ihm zu berichten wußten. Der eine sagte, er habe tatsächlich einen Stiefel marschieren sehen, wie ihm schien, in Richtung Norden. Ein anderer sagte, er habe etwas in Richtung Süden laufen sehen, und ihm schien, daß es ein Stiefel gewesen sei. Der dritte war bereit, bei allem, was ihm teuer war, zu schwören, daß die Marschrichtung nordwärts war, aber seiner Ansicht nach handelte es sich um einen Wasserkessel, nicht um einen Stiefel. Was tun?

Der Schuster wandte sich hierhin und dorthin, und je weiter er nach Norden vordrang, desto zahlreicher wurden die Gerüchte.

»Ein Stiefel«, sagte ein Bauer, »doch, direkt auf meinem Weg ins Dorf sah ich einen Stiefel laufen, und er pfiff und sang sich eins. Es war mir wirklich unbegreiflich, was er da macht, zu einer Zeit, zu der alle arbeiten. Er war wahrscheinlich auf dem Weg zum Gemein-Bezirk.«

»Aha«, dachte sich der Schuster, »genau die passende Richtung für ihn. Aber bevor er dort ankommt, werde ich ihn noch erwischen, und er wird meinen Schlag zu schmecken kriegen.«

Der Schuster wandte sich nordwärts dem Gemein-Bezirk zu, und unterwegs erzählte ihm ein Mann: »Ja, während ich mich auf dem Markt im Dorf aufhielt, sah ich Leute, die sich um etwas scharten, das ich nicht deutlich sehen konnte. Ich drängte mich dazwischen und sah einen einzelnen Stiefel, der Tanz- und Gesangstücke vorführte, und die Leute klatschten und warfen Kleingeld hinein.«

Der Schuster ging ins Dorf, aber der Stiefel war bereits nicht mehr dort: »Er ist fort«, sagte man ihm, »weggegangen. Er hat sich mit einem Wasserkessel und einer Schere zusammengetan, und gemeinsam sind sie ihres Weges gezogen.«

»So«, sagte der Schuster, »ein Stiefel, der für eines Köngis Fuß bestimmt ist, treibt sich in nichtswürdiger Gesellschaft herum. Macht nichts, macht nichts, meinen Händen wird er nicht entwischen!«

Andernorts erzählte man ihm, daß der Stiefel tatsächlich in Gesellschaft des Wasserkessels und der Schere gesehen worden war, sie traten gemeinsam auf Jahrmärkten auf, der Stiefel tanzte mit der Schere, und der Wasserkessel begleitete sie mit Gepfeife; angeblich hatten sie den Weg zum Gemein-Bezirk eingeschlagen.

»Ausgerechnet zum Gemein-Bezirk«, dachte der Schuster. »Das nimmt mich überhaupt nicht wunder, ein Ort, an dem all die umstürzlerischen und unruhestiftenden und gemeinen Elemente zusammentreffen. Aber ich werde nicht von ihm lassen und ihm überallhin folgen, wohin er auch gehen wird.«

Der Schuster ging und ging, und am Ende erreichte er das Grenzgebiet, dort erstreckte sich der Gemein-Bezirk.

Er wollte weiter nachforschen, aber hier konnte man nichts mehr erfahren. Hier gab es niemanden, der über die Frage des Schusters verwundert war, obgleich es nicht leicht war, darauf zu antworten. Es stellte sich heraus, daß es in einem Gebiet wie diesem schwierig war, den Stiefel zu identifizieren: Jeder hatte irgendeinen Schuh, irgendeinen Stiefel, irgendeine Sandale gesehen, wenn nicht gar einen Wasserkessel, einen hüpfenden Teller oder einen Fleischwolf, denn hier, im Grenzgebiet, sammelten sich alle möglichen sonderbaren Gegenstände, die in der Hauptstadt keinen Platz fanden. Kein Wunder, daß der Ort derart berühmt geworden war und die Leute der Meinung waren, daß alle, die ihr Joch abwarfen, hierherstrebten.

So kehrte der Schuster in eine Schenke ein, um sich zu stärken.

»Aus deinem Benehmen ist ersichtlich, daß du kein Ortsansässiger bist«, sagte der Mann zu ihm, der neben ihm am Tisch saß, »woher kommst du, und wohin gehst du?«

Der Schuster erzählte ihm seine Geschichte – wie er nahe dran gewesen war, königlicher Hofschuster zu werden, und wie der Stiefel, den er für seine königliche Hoheit angefertigt hatte, sich aufmachte, um ein unabhängiges Leben zu führen, und davonlief, und daß er ihn dem König zurückbringen mußte. Und wie sein ganzes Schicksal mit ein paar hingeworfenen Worten stand und fiel: Wenn der König »Schön« oder »Hurra« oder irgendein anderes Wort des Lobes sagen würde, würde er sofort zum königlichen Hofschuster bestellt werden. Und wenn er nichts sagen würde, auch dann würde er seinen großzügig bemessenen Lohn erhalten. Doch es war ausgeschlossen, daß er mit leeren Händen zum König zurückkam, während sich der linke Stiefel weiterhin einfach in der Welt herumtrieb. Wenn er ohne Stiefel zurückkehrte, erwartete ihn ein bitteres Schicksal, wobei man aber keineswegs behaupten könne, damit habe es nicht seine Richtigkeit, denn der König seinerseits sei entschieden im Recht.

Der Mann lauschte ihm geduldig und hatte gerade vor, ihm zu antworten, aber die Paukenschläge draußen, die immer lauter wurden, störten den Gang der Unterhaltung. Ein Herold wanderte durch die Straßen der Stadt und rief eine dringende Mitteilung aus, doch im Augenblick war er noch fern, und der Schall seiner Stimme ging im Getöse der Pauken und in den Marschtritten der sich nähernden Soldateneskorte unter.

Und dann hatte der Herold den Platz erreicht. Die Soldaten errichteten ihm ein kleines Podest, und alle Bürger liefen ringsherum zusammen, und der Herold begann aus vollem Halse die Mitteilung zu verlesen: »Bürger des Gemein-Bezirkes, Staatsbürger und Einwohner. Mit dem heutigen Tage hat unser Land seinen Namen geändert. Der König Melechyeschua, genannt der Schöne, der nicht für die Bedürfnisse seines Volkes, sondern nur für seine eigenen Bedürfnisse sorgte, wurde abgesetzt, von seinem Thron vertrieben und ins Exil geschickt, und unser Land ist kein Königreich mehr, sondern eine Republik. Der Königspalast wurde zum Sitz der vorläufigen Regierung umfunktioniert, und an die Spitze der Regierung und als amtierender Herrscher wurde der Anführer des Umsturzes eingesetzt, ein Sohn unserer Stadt, der allseits beliebte Kapitän, dessen voller Name nicht verlesen werden muß, den aber alle seine Freunde Holzbein nennen. Und hiermit wendet sich der Kapitän an euch und bittet um euer Vertrauen in seine Regierung, und er hofft, daß wir gemeinsam den Staat einer neuen Zukunft entgegenführen ...«

Der Herold schlug wieder auf die Pauke und wandte sich einem anderen Platz zu, um die Mitteilung zu wiederholen. Des Schusters Gesicht erbleichte. Für einen Augenblick schien ihm, als ob seine ganze Welt zertrümmert sei. Wie sollte er seinen Platz in einer Welt finden, in der es keinen Königspalast gab? Wie sollte er seinen Platz in einer Welt finden, von der ihm zeitlebens eingetrichtert worden war, daß sie die Verkörperung von Anarchie und Zügellosigkeit war?

Aber sein Gesprächspartner dachte nicht so: »Kamerad«, sagte er, »es scheint, als hättest du Glück. Königlicher Hofschuster wirst du nicht mehr werden, sogar wenn du mit einer ganzen Flotte von linken Stiefeln zum Palast zurückkämst. Und überhaupt, in solchen Zeiten lohnt es sich nicht, dem Palast allzu nahe zu stehen.«

Dem Schuster stand immer noch der Mund offen, und er wußte nicht, was er sagen oder denken sollte. Alles schien ihm neu und verändert, an einem anderen Platz, aber er hatte nichts an der Hand, was die Wirklichkeit der Geschehnisse widerlegt hätte. Und nun kamen die Zeitungsverkäufer mit den Extraausgaben vorbei und riefen aus vollem Halse die Schlagzeilen aus: »›Es drückt‹, sagte der König, als die Soldaten seine Arme ergriffen« – »›Ähhh‹, sagte der König, als man ihn vom königlichen Thron absetzte« – »›Bähhh‹, sagte der König, als er ins Exil geschickt wurde« ...

»Kamerad«, sagte der Gesprächspartner des Schusters, »der König hat nicht mehr Füße als jeder andere Bürger, und Schuhe brauchen alle. Bei uns wirst du kein königlicher Hofschuster werden können, aber du kannst bleiben und ein gemeiner Schuster sein. Und ich verspreche dir, daß dein Leben hier besser und angenehmer sein wird als das Leben in der Hauptstadt.«

Der Schuster dachte ein wenig bei sich darüber nach und sah, daß es wirklich so war. Er besann sich und eröffnete einen kleinen Schusterladen am Marktplatz, und weil er bei seiner Arbeit tüchtig war, erntete er Segen und hatte Erfolg mit seinem Geschäft, und schnell begann er, sich am Ort wie zu Hause zu fühlen, ja sogar noch besser.

Manchmal fragte er sich, was den Gemein-Bezirk von der Hauptstadt unterschied, doch er konnte keine richtige Erklärung dafür finden. Die Dinge, die die Menschen hier wie dort taten, waren schließlich die gleichen, in der

Hauptstadt jedoch waren alle schrecklich angestrengt, während sie hier ihren Tätigkeiten gemeinhin ganz unbefangen nachgingen.

Hin und wieder sann er auch über den wunderlichen Stiefel nach, der ihn auf so gewundenem und seltsamem Wege zu diesem Leben geführt hatte, aber allmählich begann er sein neues Leben als selbstverständlich hinzunehmen und hörte auf, darüber nachzudenken. Und am Ende hatte er das Gefühl, als wäre er schon seit jeher ein Bürger dieser Stadt gewesen.

3

So weit, so gut. Aber was ist mit dem Stiefel? Wie kann man einen linken Stiefel, der eine so große Rolle bei den Umwälzungen spielte, die sich ereignet hatten, auf der Straße herumziehen lassen? Was geschah mit ihm? Welches Schicksal erfuhr er von dem Tag an, an dem er auszog, um ein unabhängiges Leben zu führen?

An jenem Morgen verließ er jubelnd und jauchzend die Schusterwerkstatt. Die Winde und die klare Luft taten ihm gut, und er war voll frohen Mutes, und nachdem kein Fuß da war, der seine Schritte lenkte, und weil er so nigelnagelneu war, ging er recht verschlungene Wege, ein bißchen nach links und ein bißchen nach rechts, purzelte durch die Luft, verweilte bei schönen Blumen am Wegesrand, bei Baumstämmen und Wurzeln und weidete sich an der Bestürzung, die er bei den Vorübergehenden auslöste.

Eine Zeitlang ging er neben den Schuhen eines Holzfällers einher, die schlammverkrustet und schweißig waren, zwei arme Schlucker.

»Wohin des Wegs?« fragte er sie.

»Wir – in den Wald hinein, und dann zum Sumpf hinüber, und danach nach Hause, wie der Herr uns immer trägt. Und du?«

»Ich? Ich habe es nicht eilig, gehe ganz allgemein vor mich hin, immer der Stiefelspitze nach.«

»Eine seltsame Kreatur«, knarzten die Schuhe einander zu, »genug, machen wir uns aus dem Staub.«

Ein Stück weit hüpfte er an den Zweierreihen von Armeestiefeln vorbei, die in Kolonne an den Füßen einer Soldateneinheit marschierten, mit den Absätzen hämmerten und Staub aufwirbelten.

»Wohin des Wegs?« fragte er sie.

»Wir?« sagten sie. »Von den Kasernen zum Schlachtfeld. Solange der Kommandant sagt: springen, stampfen, treten, erst dies, dann das. Und du – man sieht, daß du was Besseres bist. Wo sind die Füße, die dich in Reih und Glied marschieren lassen?«

»Ich?« sagte er. »Mich wird überhaupt kein Fuß marschieren lassen, und niemals werde ich in gerader Reihe stehen und mir die Ferse wundstampfen. Ich bin mein eigener Herr, einen anderen habe ich nicht und werde ich auch nie haben, ich habe es nicht eilig, gehe ganz allgemein vor mich hin, immer der Stiefelspitze nach.«

Die Armeestiefel trampelten einander zu: »Das ist eine verderbte Kreatur, das ist ein Umstürzler und Unruhestifter, ein Verräter und vielleicht ein gefährlicher Spion, das ist nicht die feine Art eines anständigen Stiefels.«

Ein Stück weit lief er auch neben den Hufen eines Pferdes einher, das den Weg entlanggaloppierte. Von oben hingen Stiefel mit Sporen herab, und ab und zu wurden die Sporen in des Pferdes Leib gebohrt.

»Wohin des Wegs?« fragte er.

»Wir sind auf dem Weg zur Nachbarstadt. Bald werden wir in einer Herberge zur Nacht einkehren. Das Pferd wird in den Stall gebracht, und wir werden unter dem Bett Zuflucht finden, und der Herr – darüber. Und was machst du da unten ganz allein?«

»Ich?« sagte der Stiefel. »Ich habe kein bestimmtes Ziel,

kein Fuß wird mich je lenken, niemals werde ich zu beiden Seiten eines Pferdes herabhängen, und niemals werde ich Sporen tragen, ich habe es nicht eilig, gehe ganz allgemein vor mich hin, immer der Stiefelspitze nach.«

Aber die Stiefel des Reiters waren in großer Eile. Das Pferd stampfte mit den Hufen, die Sporen bohrten sich in seine Flanken, und noch bevor sie dazu kamen zu antworten, waren sie bereits über alle Berge.

»Eine seltsame Kreatur«, sagten sie zueinander, »wie kann man denn bloß so ganz allgemein leben, ohne Zweck und Ziel in der Welt, ist es etwa nicht mehr gut genug, wie alle anderen zu sein?«

Aber der Stiefel stiefelte einher und war eben aus diesem Grunde stolzgeschwellt. Er wollte nicht sein wie alle, und als er sich vergegenwärtigte, wie er dem Schicksal all der Gegenstände entronnen war, die immer mehr aufgerieben wurden, je länger sie an ihre Zweckbestimmung gekettet waren, spürte er, wie ihn Stolz und Heiterkeit erfüllten, und da fing er zu singen und zu pfeifen an.

Während er noch so vor sich hin pfiff, kam ihm ein blecherner Wasserkessel entgegen, der gleichfalls vor sich hin pfiff.

»Wohin des Wegs?« fragte der Wasserkessel.

»Nirgendwohin«, antwortete der Stiefel, »und wohin richtest du deine Schritte?«

»Auch ich lasse mich ganz allgemein treiben, ich will nicht mehr auf dem Herd hocken und Wasser kochen lassen, ich möchte in der Welt herumkommen und nur für mich allein sein. Und wie ich sehe, hast du ganz ähnliche Vorstellungen.«

»Wie wahr«, sagte der Stiefel, »auch ich will es so. Und wenn es dir behagt, können wir zusammen weiterwandern, bis wir einen Platz finden, an dem wir uns in Ruhe und Frieden niederlassen können.«

»Abgemacht«, sagte der Wasserkessel, und sie drückten Schnabel an Spitze und setzten ihren Weg gemeinsam fort.

Nach einem Stück Weg tauchte vor ihnen ein feines junges Fräulein auf, eine Schere.

»Wohin führt dich dein Weg, Fräulein Schere?« fragten sie.

»Ich«, sagte das Fräulein, »ich war im Dienste einer Näherin und schnitt fleißig Stoffe. Aber nicht das ist das Schicksal, das mir in Wahrheit bestimmt ist. Ich bin von Natur aus als Tänzerin geschaffen, ich stehe auf meinen äußersten Zehenspitzen und kann meine Beine nach oben schwingen, schaut, so, und so. Ich will nicht schneiden und schnipseln, sondern nur tanzen, und daher bin ich davongelaufen.«

Der Wasserkessel musterte sie vom Scheitel bis zur Sohle und sagte: »Dann kannst du dich uns anschließen. Auch wir treiben uns in der Welt herum, auf der Suche nach einem besseren Ort.«

»Hurra«, sprach das Fräulein Schere, »da komme ich gerne mit. Und vielleicht können wir durch die Dörfer tippeln und zusammen tanzen, wie wandernde Schausteller.«

»Schön«, sagte der Wasserkessel, »das ist eine gute Idee. Aber ich bin kein Tänzer. Ich kann am Rande stehen und pfeifen, und du kannst mit unserem Freund, dem Stiefel, tanzen. Wie würde euch das gefallen?«

»Sehr gut, und wie sogar«, jauchzten der Stiefel und die Schere.

Und so begannen sie, über die Dörfer und Jahrmärkte zu ziehen. Das Fräulein Schere warf ihre Füße hoch in die Luft wie eine Primaballerina, der Stiefel führte mit knallender Ferse, wie es seit jeher Stiefelbrauch ist, einen zackigen Soldatentanz auf, und der Wasserkessel begleitete sie mit Gepfeife und gab den Takt an. Nach der Vorstellung nahm er seinen Deckel ab, ging zwischen den Leuten umher und sammelte Groschen ein. So zogen sie von Dorf zu Dorf, und man konnte durchaus sagen, daß sie einen würdigen Lebensunterhalt gefunden hatten.

Der Wasserkessel entpuppte sich als fröhlicher und leichtsinniger Gesell, und neben seiner Gewohnheit, immer zu pfeifen, sprudelten die pikanten Geschichten nur so aus ihm heraus, wenn er sie dem Stiefel beiläufig schnabelzwinkernd erzählte, und die Schere überschüttete er mit Komplimenten und Avancen. Das Fräulein Schere war eine anspruchsvolle Dame mit vielerlei Forderungen und dazu auf sträfliche Art und Weise unvorsichtig, und es verging kein Tanz, ohne daß sie tiefe Schnitte in den Gegenständen ihrer Umgebung hinterlassen hätte, besonders bei ihrem Tanzpartner, dem Stiefel. Sie beanspruchte auch Sonderkonditionen für sich und begnügte sich nicht mit Strohlagern und Übernachtungen unter dem Himmelszelt.

Ganz allmählich begann die lärmende Gesellschaft der beiden dem Stiefel zur Last zu fallen. Er wollte seinen Weg machen, ohne aufzufallen, und in Ruhe sein Leben leben, und er brauchte dieses Getöse um sich herum nicht. Und noch dazu entpuppte sich der Wasserkessel als unaufrichtiger Gesell, vielleicht sogar als Schwindler. Ab und zu kamen sie in irgendein Dorf, in dem er Bekannte hatte. Einmal, auf dem Höhepunkt der Vorstellung, platzte irgendeine Frau Plätteisen auf die Bühne und behauptete mit Nachdruck, er, der Wasserkessel, hätte ihr die Ehe versprochen. Der Wasserkessel beteuerte, nie und nimmer habe er das, er erinnere sich nicht einmal an die Frau Plätteisen, während diese immer mehr in dampfende Hitze geriet. Es muß nicht gesagt werden, daß sich dieser Skandal vor den Augen und sehr zum Verdruß von Fräulein Schere abspielte. Solche Vorfälle wiederholten sich und geschahen gleichfalls mit einer Schöpfkelle und einer Sauciere, und der Stiefel mußte einsehen, daß der Wasserkessel zwar wahrhaftig ein fröhlicher Gesell war, man ihm jedoch nicht allzuviel Vertrauen schenken durfte.

Aber eines Tages war der Gipfel erreicht, als nämlich eine andere Schere daherkam, ein langes Fräulein Feinschnitt, die ebenfalls eine ähnliche Geschichte zu erzählen hatte. Das konnte das Fräulein Tänzerin nicht länger hinnehmen, und sie stellte sich zwischen den Wasserkessel und das Fräulein Rivalin und rief: »Entweder ich oder sie!«

»Also dann«, sagte der Wasserkessel, »weder du noch sie«, ging seines Weges und verschwand. Erst später stellte sich heraus, daß er auch die gemeinsame Kasse mitgenommen hatte.

Das Fräulein Schere überwand den Schmerz überraschend schnell, und nach ein paar Tränen, die ihre scharfen Scherenblätter entlangflossen, klemmte sie die Schneiden fest aneinander, kniff ihre Augen zusammen und zog ebenfalls ihrer eigenen Wege.

Der Stiefel blieb wieder allein zurück. Er stiefelte los, ging und ging, und am Ende erreichte er schließlich den Gemein-Bezirk im Grenzgebiet. Die Hauptstadt des Bezirks, die Gemeinstadt, wimmelte von Gegenständen, die aus allen Teilen des Königreiches hierher geflüchtet waren, hatten sie doch gehört, daß sie hier ein eigenständigeres Leben führen könnten, das nicht im Dienste eines Menschen stand.

An jeder Ecke gab es tanzende und singende Gegenstände, und der Trödel wirbelte nur so herum. Doch es stellte sich heraus, daß das Leben hier nicht so leicht war. Man kann eine Schere tanzen sehen und ihr sogar einen Groschen hinwerfen, aber wenn dieser Anblick sich wiederholt und immer wiederkehrt, wird er zum Ärgernis, und in einer solchen Situation ist es natürlich unmöglich, sein Leben wie gewohnt zu führen.

Die Notlage der Emigranten wurde immer drückender, und ein spezielles Büro wurde eröffnet, das dazu diente, die Gegenstände neuen Bestimmungen zuzuführen. Und diese scharten sich vor der Schwelle des Büros, standen Schlange und drängelten. Ein Reibeisen und ein Nudelholz leiteten das Büro, und sie flitzten herum, strampelten sich ab, registrierten all die Wartenden und versuchten, einen Platz für sie zu finden.

Der Stiefel stand eingezwängt zwischen einem Tintenfaß und einem Boxhandschuh. Der Boxhandschuh drängte ihn unablässig nach hinten, und das Tintenfaß bebte erbost: »Hör auf zu stoßen!«

»Auch ich werde gestoßen«, sagte der Stiefel.

Ein paar Plätze vor sich erkannte der Stiefel das Fräulein Schere. Sie stand aufrecht in der Mitte der Reihe, übersah ihren alten Bekannten zur Gänze und demonstrierte ihr Tanztalent. Alle Gegenstände um sie herum waren schrecklich aufgebracht: So, wie sie ihr langes, spitzes Bein schwang, gefährdete sie doch alle. Da war ein Taschenbuch, das sich besonders erzürnte: »Wenn ich schön fest gebunden wäre – na gut«, sagte es, »aber mit einem Einband wie dem meinen kann ich es mir nicht erlauben, eine Schere zur Gesellschaft zu haben.«

Kurzum, die Schlangestehenden ließen das Fräulein Schere überholen, nicht weil sie so großzügig waren oder wegen eines besonderen Verdienstes, das sich das Fräulein erworben hätte, sondern nur, damit sie sich außer Reichweite befand. Aber es war nichts zu machen, auch vorne an der Spitze der Schlange fand sich keine geeignete Tätigkeit für sie.

Ein Stück weit hinter sich entdeckte der Stiefel seinen früheren Bekannten, den Wasserkessel. Er stand dort, pfiff vor sich hin und unterhielt die ganze Umgebung mit seinen pikanten Geschichten. Der Stiefel grüßte ihn, aber der Wasserkessel gab vor, ihn nicht zu kennen.

So standen sie dort einen Tag, zwei Tage, drei. Das Reibeisen und das Nudelholz arbeiteten hart im Schweiße ihres Angesichts, aber es gab nicht genug Stellen, und die Schlange rückte nur langsam voran.

Den Stiefel beschlich das Gefühl, daß hier nun, ausgerechnet im Gemein-Bezirk, in dem er so gerne hätte leben wollen, kein Platz für ihn war.

Eines Tages erschien das Nudelholz ganz aufgeregt: »Linker Stiefel! Linker Stiefel! Wir brauchen dringend einen linken Stiefel!«

Der Stiefel traute seinen Ohren nicht. »Ich? Heißt das, daß sich ein Platz für mich gefunden hat?«

Aber noch bevor ihm eine Antwort vergönnt war, hörte man eine brummende Stimme. Es stellte sich heraus, daß der Wasserkessel ihn schleunigst überholen wollte, um seinen Dienst als linker Stiefel anzubieten. Alle Gegenstände um ihn herum wurden wütend und brachten ihre Erbitterung zum Ausdruck: »Das ist doch kein Stiefel, er gibt sich nur dafür aus! Habt ihr je so was Unverschämtes gesehen?!«

Und heftiger als alle anderen empörte sich ein Gemüseschäler am Ende der Reihe:

»Hübsch der Reihe nach! Kommt von nun an
etwa jeder hier als Stiefel dran?!
Wüßte nur zu gern, wer am Schluß
dann das ganze Gemüse schälen muß?!«

Aber den Wasserkessel erschreckte das nicht, und er wich nicht zurück. Er setzte einen verantwortungsvollen und treuherzigen Gesichtsausdruck auf und erklärte dem Nudelholz ruhig, er habe langjährige Erfahrung in der Arbeit mit einem linken Stiefel.

»Es tut mir leid«, sagte das Nudelholz, »aber ich kann dich für die Aufgabe nicht nehmen.«

»Warum?« beharrte der Wasserkessel. »Ich verbürge mich dafür, daß ich, auch wenn ich keine offizielle Anerkennung dafür habe, alles weiß, was ein linker Stiefel weiß. Und jeder Stiefel, den du fragen wirst, wird dir das sagen.«

Aber die Gegenstände ringsherum schrien und pfiffen und ließen nicht zu, daß der Wasserkessel den Platz einnahm, der ihm nicht zustand, und in ihrer heftigen Erregung zertrampelten sie beinahe den Stiefel – selbstverständlich ohne jede böse Absicht.

»Keine Sorge«, sagte das Nudelholz zu der wütenden Menge, »wir werden keinen Wasserkessel als Stiefel schikken, sogar wenn er sich auf den Kopf stellt und auf dem

Schnabel tanzt. Der Wasserkessel wird warten, bis er an die Reihe kommt, er kann die Sache vergessen. Und du, Stiefel, komm mit mir, denn für dich haben wir eine Regelung.«

Der Stiefel erhob sich und glättete seine schmerzenden Falten. Er folgte dem Nudelholz, und eine mächtige Hoffnung begann in ihm zu pulsieren. Sie zogen sich in einen schmalen Nebenraum zurück, und das Nudelholz sagte: »Du hast wirklich Glück gehabt, mein Lieber, und du fängst gleich ganz oben an. Der Herrscher dieses Staates, der an die Stelle des abgesetzten Königs getreten ist, der allseits mit Namen Holzbein bekannte Kapitän, hat neue Stiefel bestellt. Da er nur einen Fuß hat, haben wir daran gedacht, dir die Stelle anzubieten.«

»Es ist mir eine Ehre«, erwiderte der Stiefel.

»Also dann, der Mann wohnt nicht weit von hier, und jetzt ist er zu Hause und nicht in der Hauptstadt. Geh geradewegs den Hauptboulevard hinunter, und dann, bei der ersten Abzweigung rechts, wirst du den Ort finden.«

Der Stiefel machte sich jauchzend auf den Weg, und die verbleibenden Gegenstände blickten ihm neidvoll nach. Er stiefelte den Boulevard entlang, und an der Abzweigung nach rechts sah er schon das prächtige Haus, in dem Holzbein jetzt logierte. Am Eingang zum Haus standen bewaffnete Soldaten. Der Stiefel wollte hineingehen, aber die Soldaten versperrten ihm mit ihren Bajonetten den Weg.

»He da!« sagten sie. »Wer bist du?«

»Ich bin vom Stellenvermittlungsbüro für Gegenstände hierhergeschickt worden«, sagte der Stiefel.

Sie riefen den Hausverwalter herbei, der sofort ankam. Er war ein fetter Mann mit zahlreichen Kinnfalten und einem beflissenen Ausdruck im Gesicht. In seiner vorherigen Stelle, als Hofmarschall, hatte er sich zwar wohler gefühlt, aber die Zeiten ändern sich, und gemessen daran, welches Schicksal er hätte erleiden können, hatte er wirklich keinen Anlaß zur Klage. Nichtsdestotrotz kostete ihn die Einarbeitung in sein neues Amt einige Anstrengung.

»Hast du irgendein Zeugnis?« fragte er den Stiefel.

»Ich habe keine Zeugnisse«, sagte der Stiefel, »denn ich dachte …«

»Ich dachte, ich dachte …«, donnerte der Hausverwalter, »und wer verbürgt mir, daß du nicht von den konservativen und unruhestiftenden Elementen bist, die nur darauf sinnen, die Grundfesten der neuen Herrschaft zu unterminieren und den Staat in die finstere Vergangenheit zurückkehren zu lassen?«

»Gewiß habt Ihr irgendeine Mitteilung oder Benachrichtigung wegen eines Stiefels erhalten, der sich im Hause des Herrschers des Staates, allseits bekannt mit Namen Holzbein, einfinden soll.«

Der Hausverwalter spähte in seine Notizen. »Nein, es ist überhaupt keine Meldung eingetroffen. Die Rede war von einem Paar Stiefel.«

»Dann ist das die richtige Meldung. Denn der Herr, bekannt mit Namen Holzbein, hat schließlich nur ein Bein …«

»Tjaaa …«, sagte der Hausverwalter, »er hat ein Bein, so sagt man, momentan aber, solange er zum amtierenden Herrscher ernannt ist, pflegt er sein Holzbein genauso zu beschuhen, als sei es ein richtiges Bein. Unser Herrscher steht auf beiden Beinen, und er braucht ein Paar Stiefel. Was dachtest du denn, daß du es mit irgendeinem Bettler an der Straßenecke zu tun hättest? Es ist besser, du verschwindest eins-zwei-drei von hier, sonst werde ich dem Kommandanten der Wache befehlen, die Hunde auf dich zu hetzen.«

Der Stiefel kehrte zutiefst enttäuscht in das Vermittlungsbüro zurück und mußte sich wieder am Ende der Reihe anstellen. Er mußte sich Tag für Tag die Menge anschauen, die sich um die Schalter drängte, das Fräulein Schere, das so wunderbar tanzen konnte, jedoch alles mit ihren spitzen Beinen in Furcht und Schrecken versetzte, und wieder war er gezwungen, sich die Geschichten und das Geschwätz des nichtsnutzigen Wasserkessels anzuhören, und er mußte mit ansehen, wie Gegenstände, die ihm in Wert, Dienstalter und Können um vieles nachstanden, zu allen möglichen Gelegenheitsjobs geschickt wurden, während er zurückblieb und wartete, Tag für Tag.

Aber da, man glaubt es kaum, lachte ihm das Glück ein zweites Mal. Wieder trat das Nudelholz gehetzt mit seinen Listen heraus und suchte – »Ein linker Stiefel! Ein linker Stiefel!«

Und zum großen Glück hatte der Wasserkessel eine Beschäftigung als Gießer für einen Garten gefunden und konnte keinen Aufruhr mehr stiften. Der Stiefel trat aus der Reihe und wandte sich mit dem Nudelholz dem Nebenraum zu.

»Jetzt kann ich dir einen Posten anbieten, den du wirklich auch ganz allein, ohne Partner, ausfüllen kannst. Der Schuster vom Marktplatz hat eine große neue Schusterei eröffnet und ein Schild dort angebracht, und neben dem Schild soll es einen gläsernen Schaukasten geben, und dahinein möchte er einen Stiefel erlesener Qualität stellen. Er war der Ansicht, daß man, anstatt mühevoll teures Leder zu verschwenden, einen der eingewanderten Gegenstände beschäftigen könnte, die in unserer Stadt herumlaufen. Willst du?«

»Gewiß will ich«, sagte der Stiefel freudig.

»Also, dann geh in Richtung Marktplatz, immer geradeaus deiner Spitze nach, und du wirst die neue Schusterei nicht verfehlen können. Tritt ein und sag, daß ich dich geschickt habe. Hier, das verspreche ich dir, wirst du keine bewaffneten Leibwächter antreffen. Alsdann, auf Wiedersehen und viel Erfolg!«

Der Stiefel machte sich auf den Weg und gelangte zum Marktplatz, und dort war er sehr überrascht, das herauszufinden, was er im Innersten seiner Sohle schon längst gewußt hatte, daß der Schuster nämlich, der einen einzelnen Stiefel suchte, niemand anders war als der Vater seiner Entstehung, der ihn seinerzeit für den König angefertigt hatte, bevor er ihm davongelaufen war. Jetzt hatten sich die Zeiten geändert, und er war sehr froh, einen alten Verwandten aus der Heimat zu treffen. Und auch der Schuster freute sich.

»Da bist du also zu mir zurückgekehrt!« sagte der Schuster. »Und wenn du mir nicht davongelaufen wärst, wären wir beide heute nicht hier.«

»Wie wahr«, sagte der Stiefel, »und du kannst nicht sagen, du hättest es nicht gut getroffen.«

»Wenn ich dich unterwegs noch eingefangen und zum Palast gebracht hätte, wäre ich der königliche Hofschuhmacher geworden.«

»Stimmt«, sagte der Stiefel, »aber lange hättest du diese Position nicht innegehabt, sondern du wärst ganz schnell wieder aus dem Palast vertrieben worden, wie der König und all seine Helfershelfer, und wärst auf der Suche nach einem Stückchen Brot gewesen!«

»Ja«, sagte der Schuster, »und wenn dich des Königs Fuß angezogen hätte, wärst auch du mit ihm in die Verbannung gegangen. Nein, es ist des Schicksals glückliche Hand, die uns wieder zusammengebracht hat, es hat es wahrhaftig nicht schlecht mit uns gemeint.«

Der Schuster gab dem Stiefel einen Platz auf einem kleinen Regal hinter einer Glasscheibe, über der Eingangstür neben dem »Schuster«-Schild. Und so stand unser Stiefel Tag und Nacht am Ladeneingang und zog die Blicke der Vorübergehenden auf sich. Die Leute ersahen aus dem Stiefel, daß sich hier der Laden des Schusters befand, aber mehr noch, sie erkannten den Wert des Schusters an der erlesenen Qualität des Stiefels, die trotz all der Irrungen und Wirrungen, die er durchgemacht hatte, jedem ersichtlich ward. Und die Leute, die ihn sahen, wollten vom Schuster, daß er ihnen ebensolches Schuhwerk anfertigte. So hatte der Schuster Erfolg mit seiner Arbeit, und die Schusterei wuchs und gedieh, und es sah aus, als hätte auch unser Stiefel seinen Platz gefunden.

4

An dieser Stelle, an der man die Geschichte fast beenden könnte, beginne ich zu zögern. Ist es denn wirklich so? Ist solch ein häuslicher Friede genug, um Ruhe in des Stiefels Seele einkehren zu lassen? Genügt es einem Stiefel, so voller Geist und Leben wie er, auf einem Regal in einem Glaskasten ausgestellt zu sein? Nein, nein, das ist einfach unmöglich, und noch dazu lassen die Lockrufe des schwarzen Hirsches nicht einen Augenblick nach. Diese Rufe erklingen zuweilen von den Bergen und können einem Menschen den Verstand rauben. Niemand hat den schwarzen Hirsch bisher je gesehen, aber wenn seine Stimme ertönt, dreht sich einem das Herz im Leibe herum, erbebt die Seele, und was Wunder, daß hinter all den sonderbaren Ereignissen in unserer Geschichte unablässig jener Ruf zu vernehmen war?

Und wenn er mir schon keine Ruhe läßt – dann gewiß erst recht nicht dem Stiefel. Denn er hat ja eine besondere Beziehung zu dem Leder des schwarzen Hirsches.

Auch der Stiefel begann, Nacht für Nacht diese Laute wahrzunehmen , bis er es schließlich nicht mehr aushielt. Er zertrümmerte die gläserne Scheibe, sprang vom Regalbrett über der Tür hinunter und landete auf der Schwelle.

»Was soll denn das, Stiefel?« fragte der Schuster und hob erstaunt seinen Kopf.

»Ich kann nicht mehr hierbleiben«, sagte der Stiefel, »ich muß fort.«

»Was fehlt dir denn?« fragte der Schuster.

»Irgendwo auf der Welt habe ich einen Zwillingsbruder, einen rechten Stiefel, und ich muß ihn finden!«

»Der rechte Stiefel! Er blieb doch im Palast des Königs zurück, und der Palast wurde geplündert und auf den Kopf gestellt, mit allem, was drin war. Wie solltest du ihn finden?«

»Ich werde eben suchen«, sagte der Stiefel.

»Ich werde wacker gehen, wohin die Stiefelsohle mich trägt,
von morgens bis abends und weiter, bis Licht sich wieder regt,
jeden Ort werd' ich durchkämmen, durchleuchten jedes Eck,
bis meinen Bruder, den Zwilling, ich endlich doch noch entdeck'!«

Er ging ein zweites Mal auf Wanderschaft, und seitdem hat sich seine Spur verloren. Jahrelang war nichts über seinen Verbleib bekannt, erst vor kurzem wurde gerüchteweise laut, man habe ihn irgendwo und nirgendwo gesehen. Manche sagen, auf einem verstaubten Speicher, manche sagen, in einem vergessenen Keller, und es gibt auch welche, die sagen, er sei in einer Kiste mit altem Gerümpel gesichtet worden, in Gesellschaft einer Schere, eines alten blechernen Wasserkessels und mit allerlei anderem Trödel.

Kanne, Porträt und Maler

1

Wart ihr schon einmal im Reich der Nüsse? Nein? Und habt auch noch nicht davon gehört? Nun, dann bleibt euch keine andere Wahl, als die Augen zu schließen und dorthin aufzubrechen, zu einem kurzen Ausflug.

Stellt euch kleine, sanft gewellte Hügel vor. Grüne Felder, Wasserläufe, Nußhaine und Nußplantagen, die sich in die Weiten erstrecken, bis hin zu dem Ort, an dem die Wege beginnen aufwärts zu streben, zu den Wäldern und Bergen. An diesem Ort stellt euch ein kleines Städtchen vor, die Häuser hübsch anzusehen, enge, saubere Gassen und weite Plätze. Und jeder, der auf dem Weg in die Hauptstadt ist, freut sich, hier, in dem Städtchen, vorbeizukommen und einige Tage zu verweilen, bevor er die Reise fortsetzt. Und da es so viele sind, die die kleine Stadt besuchen, blüht und gedeiht sie, und ihre Bewohner leben in Wohlstand und Frohsinn.

Und der Frohsinn, der das ganze Jahr über herrscht, ist noch gar nichts gegenüber der Fröhlichkeit während des Jahrmarktes am Ende des Sommers. Es lohnt sich unbedingt, einmal dabeizusein, und man sollte sich schon beeilen, bevor die kurzen und kalten Wintertage beginnen. An diesen Tagen zu Ende des Sommers ist das Städtchen voller Lichter und Farben, Gerüche und Klänge. Viel Volk versammelt sich am Marktplatz neben dem Rathaus, und aus der ganzen Umgebung kommen Kaufleute, Straßenhändler und Krämer, Tänzer und Zauberkünstler. Hier verkauft man glänzendes Porzellan, dort geflochtene Körbe, hier feine, transparente Glasware, und woanders wiederum getriebenes Kupfergerät, Tabletts, Krüge und alles, was das Herz begehrt. An jedem Stand liegen die Waren zuhauf, Stoffe, Geschirr, Kleider, Eßwaren, und die Händler rufen die Kundschaft, und ihre Stimmen vermengen sich ineinander, wie die Farben und die Gerüche.

An einem Platz zwischen den Verkaufsständen wirft ein Jongleur zehn Bälle in die Luft und fängt sie der Reihe nach wieder auf. Ein Seiltänzer schreitet über ein zwischen den Hausdächern gespanntes Seil. Ein schwitzender, rotgesichtiger Mann spuckt Feuer, und ein anderer, groß und dick, stemmt schwere Gewichte. Spaßmacher und Tänzerinnen hüpfen und drehen sich, ein Zigeuner tanzt mit einem Bären, eine Zigeunerin liest aus den Karten, ein Marktschreier steht auf einem Podest und will einen Truthahn an den Meistbietenden verkaufen, und die Leute drängen sich um ihn herum, während sich der Truthahn immer mehr aufplustert, je höher sein Preis steigt.

Kurz: Es ist ein fröhliches Treiben dort auf dem Jahrmarkt. Aber eines Tages geschah etwas Sonderbares: Die Menge begann zu schrumpfen. Der Feuerschlucker, so gewohnt an die Beifallskundgebungen, schaute sich beunruhigt um und versengte sich beinahe die Zunge. Der Seiltänzer spähte nach unten, und fast wäre er gestrauchelt beim Anblick des sich leerenden Platzes. Der Jongleur ließ um ein Haar seine Bälle fallen, und der Marktschreier auf dem Podest wischte sich den Schweiß von der Stirn, als ihm plötzlich aufging, daß außer dem Truthahn keine Menschenseele bei ihm zurückgeblieben war. Wohin, wohin waren sie nur alle verschwunden?

Sie waren alle am Rande des Marktes, drängten sich um einen Maler, kein Ortsansässiger, den es auf seinem Weg in die Hauptstadt hierher verschlagen hatte, der den Markt gesehen und seine Staffelei hier aufgebaut hatte, und seine fertigen Gemälde hatte er zum Teil auf einer Matte ausgebreitet, andere an den Zaun eines der Häuser gelehnt. Und die gesamte Menge umringte den Künstler, betrachtete seine Bilder und war begeistert. Und der Maler stand an der Staffelei, malte und malte und kam gar nicht dazu, die gelichteten Reihen der verkauften Bilder wieder aufzufüllen. All die Szenerien, die sein Blick auf dem Weg hierher eingefangen hatte, strömten aus seinem Pinsel hervor und wurden zu hellen, luftigen Bildern. Weite Felder mit grasenden Kühen darin, Salbeibüsche am Wegesrand, Nußbäume, Gasthöfe, Reisende, Pferde und Wagen, Raben und Tauben, weiße Reiher, ferne nebelverhangene Berge, kleine Bäche, Brücken und Dorfhäuser – Bilder ohne Ende. Und die Leute standen alle um ihn herum und verfolgten seine flinken Hände. Wer es sich leisten konnte, kaufte eines der Gemälde, wer nicht, stand nur da und erfreute sich an ihnen, und alle wollten sie mehr und immer mehr sehen, und so malte und malte der Maler ohne Pause.

Da befand sich ein hochgewachsenes hübsches Mädchen in der Menge, mit einem Strohhut, der ihr Gesicht beschattete. In der einen Hand hielt sie einen Korb, den sie auf dem Markt gekauft hatte, und mit der zweiten Hand lüpfte sie ein wenig den Hut über ihren Augen, um die Bilder besser sehen zu können. Hinter ihr stand ihre ältere Begleiterin, die ebenfalls einen Einkaufskorb in der einen Hand trug, und mit der zweiten hielt sie einen schwarzen Hund an der Leine, hochbeinig und dünn, mit schimmerndem Fell und einem goldenen Halsband.

Das Mädchen besah sich mit großem Interesse die auf dem Boden ausgebreiteten Bilder und die Arbeit des Malers. Dann bat sie den Maler, ihr die Bilder zu zeigen, die er in der Mappe neben sich aufbewahrte, weil der Platz auf der Matte nicht ausgereicht hatte. Der Maler legte seinen Pinsel nieder, trocknete sich die Hände und begann, die Bilder durchzublättern, zeigte ihr eines nach dem anderen, Bilder mit Bäumen und Büschen, Kühen und Pferden, Reihern und Falken, und es sah ganz so aus, als gefielen sie ihr und auch den Umstehenden, und sogar der Hund hechelte leise, mit weit aufgerissenen Augen. Aber da gelangte er zu einem Bild, auf dem ein großer grauer Straßenkater zu sehen war, der einer kokett getigerten Hauskatze nachstellte. Auf einmal brach der Hund in lautes Gebell aus, machte einen gewaltigen Satz nach vorne, zerrte an der Leine und die Frau, die sie hielt, hinter sich her. Er versuchte, sich von der Leine loszumachen, und die Leine schlug dem Mädchen den Korb aus der Hand, und dessen Inhalt ergoß sich über die ausgebreitete Matte und die Bilder.

»Schäm dich, Jokatan«, sagte das Mädchen tadelnd, »was machst du denn, hast du nicht gelernt, echte Katzen von gemalten zu unterscheiden?«

Die Begleiterin packte die Leine, zog fest an und versuchte, den Hund durch Streicheln und ermahnende Worte zu beruhigen, und das Mädchen kniete nieder, um die Sachen, die aus dem Korb gefallen waren, wieder einzusammeln. Der Maler legte die Bildermappe aus den Händen und kniete ebenfalls nieder, um zu helfen, aber das Mädchen war sehr flink: Was dem Maler zum Aufheben übrigblieb, waren eine aus Kupfer gearbeitete Teekanne, die auf eine der Skizzen gerollt war, und der Deckel, der daneben lag. Der Maler nahm Kanne und Deckel und reichte sie dem Mädchen, und das Mädchen streckte ihre schmale, zarte Hand aus und nahm die Kanne aus seiner farbverschmierten Hand entgegen.

Da geschah plötzlich etwas, doch was es war, ist unklar. Unsichtbare Funken stoben, vielleicht von der Kanne oder den schlanken Fingern, die sie ergriffen, oder von den Augen, in denen sich die Kupferkanne spiegelte und die unter dem Schatten des Strohhuts hervorblickten und von denen man den Blick gar nicht mehr abwenden konnte. In dem Augenblick, in dem das Mädchen die Kupferkanne berührte, spürte der Maler eine Art Brennen: als glühe die Kanne mit einemmal und übertrage Stromstöße und Funken. Aber das Mädchen legte die Kanne in den Korb, und die Funken erloschen, als wären sie nie gewesen.

»Vielen Dank«, sagte sie zu dem Maler, »es tut mir leid wegen des Aufruhrs, den ich hervorgerufen habe. Ich hoffe, deine Bilder haben keinen Schaden genommen.«

»Ganz und gar nicht«, sagte der Maler, »ich fürchte, ich selbst habe sie an keinem guten Platz ausgebreitet und hätte vorsichtiger sein müssen.«

»Gott bewahre«, sagte sie, »es besteht nicht die geringste Notwendigkeit, sich zu entschuldigen. Denn eigentlich lag die Gefahr in den Bildern selbst: Sie sind wirklich dazu angetan, einen Hund in die Irre zu führen, der keine ausreichende Bildung genossen hat. Aber auch ich, die ich nicht wenige Gemälde gesehen habe, möchte sie wieder und wieder ansehen, so sehr haben sie mein Herz eingenommen. Ich möchte eins von deinen Bildern kaufen, aber ich muß mir überlegen, welches von ihnen mir am meisten entspricht. Oder vielleicht könnte ich ein bestimmtes Bild bei dir bestellen?«

»Auch dies liegt im Bereich des Möglichen«, sagte der Maler.

»Dann werde ich mir also etwas ausdenken und mit Freuden wieder zu dir kommen, wenn ich mich entschieden habe.«

»Die Freude wird ganz meinerseits sein«, sagte der Maler überaus höflich und spürte plötzlich, wie eine Empfindung in ihm aufwallte, die weit über die bloße Höflichkeitsfloskel hinausging.

Das Mädchen rückte ihren Strohhut wieder zurecht und ging mit ihrer Begleiterin und dem Hund ihrer Wege. Und der Maler blieb wie betäubt, mit leichtem Schwindelgefühl im Kopf zurück und konnte nicht begreifen, was es mit dieser plötzlichen Erschütterung auf sich hatte.

Aber der Lärm der Leute, die sich um ihn drängten, ließ den Maler wieder ein wenig zu sich kommen, und langsam erlangte er seine Fassung zurück. Erneut begann er zu malen und den Wünschen des Publikums zu willfahren. Von Zeit zu Zeit verkaufte er ein Bild oder zwei, und das Gefühl des Erfolgs und die Lobpreisungen, mit denen er überhäuft wurde, labten seine Seele.

So ging es, bis der Abend sich über den Markt senkte und die Menge sich zerstreute. Die Händler bauten ihre Stände ab, die Zigeuner luden ihre Habseligkeiten auf den Wagen, die Akrobaten packten ihre Ausrüstung zusammen, der Maler zählte die Münzen, die nach einem derart erfolgreichen Tag in seiner Hand schwer wogen. Er war guter Dinge. Er verstaute sein Malzeug im Tornister und hatte im Sinn, sich einen Platz zum Übernachten zu suchen.

Und da hörte er ein Hupen neben sich. Er wandte den Blick, und ein blankpoliertes Gefährt stand brummend an seiner Seite. Ein livrierter Mann stieg aus und sagte: »Auf Befehl Herrn Alexanders des Aufrechten wurde ich, als sein Hausverwalter, damit betraut, dich hiermit einzuladen, uns Gesellschaft zu leisten.«

»Mich?« sagte der Maler. »Da liegt sicher ein Irrtum eurerseits vor. Ich kenne niemanden dieses Namens, und es würde mich sehr verwundern, wenn ein solcher Herr mich kennen würde.«

»Nein«, sagte der Hausverwalter, »du bist es, denn es war kein anderer Maler auf dem Marktplatz. Und es hat sich gleich gezeigt, daß du kein Ortsansässiger bist, denn es gibt niemanden, der Alexander den Aufrechten nicht kennt und schätzt. Er ist schließlich der wohlhabendste Kaufmann in diesem ganzen Landstrich, und er ist der Besitzer aller Ländereien, Wälder, Nußplantagen und Felder von hier fast bis zum Horizont, und selbst der König kauft jedes Jahr einen Vorrat an Nußhölzern bei ihm für den Bau der königlichen Flotte, und auch einfach Nüsse zum Knacken.«

»O weh«, sagte der Maler, »wenn ein solcher Mann nach mir verlangt, ist gewiß etwas Ungehöriges vorgefallen. Vielleicht habe ich, nachdem ich ein Wandersmann und ein Fremder bin, unwissentlich irgend etwas Unbotmäßiges begangen?«

»Wenn du dir etwas hättest zuschulden kommen lassen, hätte man Polizisten geschickt und dich in Handschellen aufs Revier gebracht. Mit diesem Automobil läßt Herr Alexander nur Menschen abholen, deren Besuch in seinem Hause er wünscht.«

»Zuweilen löst das nicht weniger Beunruhigung aus«, sagte der Maler, »aber wer keine Unterkunft für die Nacht hat, kann auch ein geringeres Angebot als dieses nicht ausschlagen. Es bleibt mir nichts anderes übrig, als mich über die Einladung zu freuen, auch wenn ich nicht weiß, welcher Art sie ist.«

»Freue dich, es besteht kein Grund, beunruhigt zu sein, denn es gibt keinen größeren Wohltäter als Herrn Alexander den Aufrechten. Und wenn er von all den Menschen dich ausgesucht hat, dann bist du ein Glückspilz, wie man ihn lange suchen muß.«

Der Maler bestieg das Gefährt, und der Hausverwalter setzte eine große Brille und eine Schirmmütze auf. Er ließ ein lautes Hupen ertönen, und der Wagen setzte sich langsam in Bewegung.

»Oje«, sagte der Maler, »dieser Wagen fährt ja ohne Pferde!« Und als er sich all die wundersamen Dinge in Erinnerung rief, die er im Laufe des Tages erlebt hatte, sagte er: »Wenn ich nicht mit meinen Fingern den gepolsterten Sitz berühren und den peitschenden Wind auf meinem Gesicht fühlen könnte, wäre ich nahezu sicher, daß ich mich in einem Märchen befinde!«

2

Der Wohnsitz des Herrn Alexander des Aufrechten lag nicht weit entfernt von der kleinen Stadt. Es war ein großes Haus, umgeben von einem weitläufigen Hof und Wirtschaftsgebäuden – ein Landgut wie aus dem Bilderbuch.

Der Hausverwalter bot dem Maler ein Badezimmer, Handtücher und saubere Kleidung an, und nachdem der Maler gesäubert, gewaschen und erfrischt war, wurde er gerufen, um vor den Herrn Alexander zu treten.

Ein Diener öffnete eine Flügeltüre vor ihm und schloß sie hinter ihm wieder, und er fand sich in einem nicht allzu großen Raum von bescheidener Pracht wieder, an der ihm gegenüberliegenden Wand hingen ein Jagdgewehr und Hirschgeweihe, und am Ende des Zimmers saß ein älterer, gutaussehender Mann mit weißem Haar behaglich in einem Sessel, ließ Rauchringe von einer dicken Zigarre aufsteigen, und an seiner Seite – wie sehr da der Maler erschrak – entdeckte er jene Finger, die die Kanne aus seinen Händen entgegengenommen hatten, jene hübschen Augen, die er untertags auf dem Markt gesehen hatte, jedoch diesmal von keinem breitrandigen Strohhut beschattet, sondern unverdeckt wie zwei Sonnen, die zwischen den Wolken hervorbrechen.

Der Maler machte eine kleine Höflichkeitsverbeugung, erschreckt und verlegen, denn noch nie zuvor in seinem Leben hatte er sich je in Gesellschaft von vornehmen Herrschaften befunden.

Doch der Herr Alexander verhielt sich taktvoll ihm gegenüber und sagte: »Du bist also der Maler, dessen Bilder meine Tochter so sehr gerühmt hat.«

»Und ich wußte überhaupt nicht, daß sie Eure Tochter ist«, sagte der Maler.

»Wie hättest du es auch wissen sollen«, sagte der Herr Alexander, »sie kam auf den Markt wie eine gewöhnliche

Käuferin. Wir lieben es sehr, auf dem Markt einzukaufen, nicht wahr, meine Tochter?«

Das Mädchen saß neben ihrem Vater, ruhig, zart und blaß. Die Frage des Herrn beantwortete sie mit einem hübschen Lächeln. Ein Teil dieses Lächelns war auch dem Maler zugedacht, und dem Maler stockte der Atem und drehte sich alles im Kopf.

Die Frau, die das Mädchen auf dem Markt begleitet hatte, trat nun ein und brachte ein Tablett mit einer Teekanne und Tassen, und sie bewirtete den Herrn, die Tochter und den Gast.

Der Herr nahm einen kleinen Schluck und sagte: »Ich habe dich hierherkommen lassen, da mir deine Bilder allein vom Hörensagen bekannt waren und es mir nicht vergönnt war, auch nur ein einziges davon zu sehen. Viele sind auf dem Markt verkauft worden, nicht wahr?«

»Ja«, sagte der Maler, »es sind mir kaum Bilder übriggeblieben. Aber die Ansichten und Farben sind in meinem Gedächtnis und meinen Augen gespeichert. Ich brauche nur ein wenig hinzusehen und etwas nachzusinnen, so kann ich dem Herrn neue Bilder präsentieren.«

»Wenn dem so ist«, sagte der Herr, »wenn du auf dem Markt Bilder malen und sie verkaufen konntest, so wird es dir doch gewiß nicht schwerfallen, dies auch in diesem Salon zu tun? Dann könnte ich nicht nur deine Gemälde sehen, sondern auch, wie sie geboren werden.«

»Vater«, sagte die Tochter, »vielleicht ist der Maler jetzt müde vom harten Arbeitstag auf dem Markt? Warten wir noch einen Tag und verlangen wir nicht von ihm, jetzt und hier, in den Abendstunden, wieder an die Arbeit zu gehen.«

»Danke«, sagte der Maler, »aber das ist wirklich nicht nötig, das Sitzen hier und das Interesse, das Ihr an meiner Arbeit zu erkennen gebt, lassen alle Müdigkeit von mir abfallen, und ich bin gerne bereit, wieder zu malen, wenn es Euch nichts ausmacht, daß dieser blankpolierte

Salon mit einigen Farbspritzern oder Kohlestiftbröckchen befleckt wird.«

»Ganz und gar nicht«, sagte der Herr, »sieh dich um, und male uns, was immer du möchtest, von den Dingen, die deine Augen erblicken.«

Sogleich öffnete der Maler seinen Tornister, holte seine Utensilien hervor und breitete einen Bogen Papier auf dem Tisch aus. Seine Augen wanderten suchend durch den Raum und blieben schnell an einem Kanarienvogelpaar in einem Käfig hängen, und mit einem Pinselstrich warf er es aufs Papier. Danach betrachtete er Blumen in einer Vase und skizzierte sie im Handumdrehen. Dann sah er eine Handvoll Salbeiblätter auf dem Tablett und zeichnete auch diese. Und schließlich malte er auch die Teekanne, die in der Mitte des Tisches stehengeblieben war.

»Wie schön«, sagten der Herr und seine Tochter, »das ist ja wahrlich ein Meister seines Fachs.«

»Und wie lebendig und atmend das alles mit so wenigen Strichen herauskommt«, sagte die Tochter.

»Richtig, richtig«, sagte der Herr, »gibt es da irgendein Geheimnis? Ich verstehe nicht, wie du diese Lebensnähe erreichst.«

»Ich habe überhaupt kein Geheimnis«, sagte der Maler, »ich gehorche nur meiner Hand und folge ihr an die Stelle, an die sie mich zieht.«

»Nichtsdestotrotz«, sagte der Herr, »weiß die Hand allem Anschein nach, wohin sie zu ziehen hat. Wohin also zieht sie?«

»Ich weiß es nicht«, sagte der Maler nachdenklich, »vielleicht folgt sie den Spuren des Traums?«

Diese Antwort stellte die Tochter zufrieden, nicht jedoch den Vater. Er betrachtete neugierig die Skizzen. »Was zum Beispiel träumt diese Blume?« fragte er.

Der Maler besah sich die Zeichnung und schloß für einen Moment die Augen. Danach musterte er den kerzengeraden Stengel, staunte über den Hochmut der Blütenblätter, betrachtete die zur Hälfte verborgenen Stacheln. »Sie träumt, sie wurzele im Beet des Mondkaisers«, sagte er.

»Und was träumen diese zwei kleinen Vögel?« fragte der Herr.

Der Maler betrachtete das Kanarienvogelpaar auf dem Bild, einer an des anderen Schulter gelehnt, eingekuschelt in ihre Federn. »Diese Vögel träumen einfach voneinander«, sagte er.

»Gut«, sagte der Herr zufrieden. »Und gibt es für diese Handvoll Salbeibätter auch einen Traum?«

»Ich weiß nicht«, sagte der Maler, »wenn es einen Traum gibt, so könnt Ihr ihn nicht weniger sehen als ich, denn er müßte schließlich auf dem Bild zu erkennen sein.«

»Ich sehe gar keinen Traum«, sagte der Herr, »oder siehst du vielleicht etwas, meine Tochter?«

»Nein, Vater«, sagte die Tochter und schlug die Augen nieder, »ich weiß nicht, was der Traum dieser Blätter ist.«

Der Maler betrachtete das Bild, folgte den Linien und Schwüngen der Salbeiblätter. Zunächst runzelte er die Augenbrauen, doch dann überzog ein Lächeln sein Gesicht. »Sicher sehe ich, was sie träumen. Sie träumen, sie seien Alraunenblätter, und sieh da, gleich wird man aus ihnen den Liebestrank zubereiten!«

»Welche Träume!« brach der Herr in Gelächter aus. »Und nun wirst du uns den Traum der Teekanne sicher nicht vorenthalten!«

»Gewiß will ich ihn Euch nicht verhehlen«, lachte der Maler, »nachdem das Geheimnis der Teeblätter bereits gelüftet ist, können wir den Traum der Kanne doch kaum mehr verheimlichen.«

Er betrachtete den rundlichen Leib der gemalten Kanne und den Lichtstrahl der Lampe, der sich in ihr spiegelte, den Deckel, der auf ihrer Stirn saß wie ein kokettes Hütchen, den wie den Ellenbogen einer Tänzerin rückwärts gebogenen Henkel, den nach vorne und nach oben gereckten Ausguß, wie jemand, der nichts anderes als Höhenluft zu atmen gewohnt ist. Er betrachtete die Kanne genau, fragte sich, was sie hatte und was nicht, und lächelte in sich hinein. Aber mit einemmal erinnerte er sich an die Glut, die ihr entströmt war, als er sie auf dem Markt der Tochter des Herrn gereicht hatte, und er erschrak ein wenig und stand reglos da. Dann sagte er vorsichtig: »Diese Kanne träumt, sie sei die kaiserliche Teekanne und der Mondkaiser bringe sie höchstpersönlich zum Frühstück an der Kaiserin Bett, und in ihr befindet sich ein Aufguß von Salbeiblättern, die träumen, sie seien ein Liebestrank.«

Der Herr lachte ausgiebig, und auch die Tochter, die zunächst verlegen war, fiel in das Lachen mit ein. »Ich sehe«, sagte der Herr, »daß du meinen gesamten Hausrat auf frischer Tat ertappt hast!« Und darauf fügte er hinzu: »Nun sag mir bitte, liegt deine Stärke nur in kleinen und leblosen Gegenständen, oder weißt du auch menschliche Porträts zu malen?«

»Porträt malen kann ich«, sagte der Maler, »aber im allgemeinen pflege ich das nicht zu tun.«

»Und vielleicht tust du recht daran«, sagte die Tochter zögernd, »denn die Geschöpfe der Natur und die leblose Materie, deren unschuldige Träume du malst, sind unvergleichlich interessanter als die verdrehten Träume, die die Menschen in ihren Herzen verbergen.«

»Sei nicht zu schnell mit deinem Urteil«, sagte der Herr, »denn ich wollte dem werten Gast gerade ein Geschäft vorschlagen – natürlich ein großes und ernsthaftes Geschäft, das sich lohnen soll. Ich wünsche mir ein großes Porträtgemälde von meiner Tochter und mir, wie wir gemeinsam Tee trinken, während Jokatan, mein getreuer Hund, zu meinen Füßen liegt. So hätte ich es gerne, daß meine Nachkommen sich meiner erinnern – denn es ist die Stunde gekommen, um auch an meine Nachkommen zu denken: Alexander der Aufrechte im Schoße der Familie auf seinem ländlichen, bescheidenen Wohnsitz, fernab vom Lärm der Stadt. Und ich wollte, daß das Bild nicht von einem jener

Maler angefertigt wird, die heute alle Häuser in der Hauptstadt mit ihren entstellenden Phantasien füllen, sondern von den Händen eines naiven, volkstümlichen Malers, wie es an einem solchen Ort passend erscheint. Und nachdem meine Tochter deiner Hände Werke mit solcher Begeisterung schilderte, dachte ich, du könntest der rechte Mann dafür sein. Bist du der Meinung, du könntest dies tun?«

»Zumeist vermeide ich es, Porträts zu malen«, sagte der Maler, »denn die Träume der Menschen schrecken mich ab, und nie weiß ich, was sie verbergen und was sie offenbaren möchten. Einer sucht die Gedanken des Bösen, die er in seinem Herzen nährt, zu verbergen und ein anderer gerade sein Streben nach dem Guten. Und am Ende, wenn dir scheint, als sei schon alles im Lot, beklagt er sich, daß seine Nase auf dem Bild zu lang aussieht oder daß seine Ohren nicht gleichmäßig sind. Leblose Gegenstände sind noch nie mit Beschwerden zu mir gekommen.«

Der Herr lächelte gönnerhaft: »Ich glaube nicht, daß wir mit Beschwerden zu dir kommen werden. Gedanken des Bösen haben wir gewiß nicht zu verbergen. Dies ist so klar, daß es mir nicht einmal in den Sinn kommt, deine Worte als Unverschämtheit aufzufassen, auch wenn man sie so hätte verstehen können. Und überdies, was mich angeht, so glaube ich nicht, daß ich je träume oder daß ich etwas anderes erträume als das, was ich lebe. Und wenn ich träume, dann ist das nur eine Fortsetzung des Lebens, das ich lebe – mein Geschäft und mein Anwesen führen, so gut ich dazu imstande bin, und hin und wieder hier, in diesem ländlichen Wohnsitz, mit meiner Tochter ausruhen. Wenn dieser Traum auf unserem Familienporträt dargestellt ist – um so besser.«

»Glücklich der Mann, bei dem es so ist«, sagte der Maler, »es gibt wenige, denen dies vergönnt ist.«

Dann sann er ein Weilchen nach und sagte: »Wozu eigentlich auf einer alten Gewohnheit beharren? Ihr habt mich schließlich großzügig und freundlich aufgenommen, und der Anblick Eures Hauses ist immerhin einer, den das Herz zu malen begehrt. Ich werde den Vorschlag also annehmen. Aber Ihr sollt wissen, daß sich die Arbeit an einem solchen Gemälde tagelang hinziehen wird, und während all dieser Tage werdet Ihr mir Gesellschaft leisten und Modell sitzen müssen.«

»Gewiß«, sagte der Herr, »daran bestand kein Zweifel für mich. Hier, auf diesem ländlichen Wohnsitz, wird uns niemand stören. Man wird dir alles geben, was du benötigst, und dein Lohn wird großzügig bemessen sein. Dann bleibst du also bei uns?«

»Ich bleibe«, sagte der Maler.

»Alsdann«, sagte der Herr, »statt ein Glas Wein zu erheben, um den Abschluß zu feiern, schlage ich vor, daß wir noch eine Tasse Tee zum Nachtisch nehmen. Nachdem uns nun klar ist, welche Träume die Kanne in ihrem Innersten hegt, ist es gewiß, daß dies besser sein wird als alle Weine der Welt.«

Die Tochter schenkte ihrem Vater noch eine Tasse Tee ein, und er nahm mit Genuß einen Schluck und zündete sich eine weitere Zigarre an.

»Nun aber«, sagte die Tochter, »müssen wir unseren Gast endlich zu Bett gehen lassen, andernfalls wird er uns morgen nicht malen können.«

»Wahrhaftig, wir haben gar nicht gemerkt, daß es spät geworden ist«, sagte der Herr, »aber was ist, trinkt denn keiner mit mir?«

»Nein danke«, sagte der Maler.

»Ja«, sagte die Tochter, »wir alle sind müde, wie es scheint. Laßt uns den Hausverwalter rufen, damit er dir ein Bett bereitet, und unterdessen werden auch wir uns in unsere Zimmer zurückziehen, und morgen werden wir uns alle hier wiedertreffen. Gute Nacht.«

»Gute Nacht«, sagte auch der Herr, und die beiden verließen das Zimmer.

3

Am nächsten Tag erwachte der Maler vom Vogelgezwitscher im Hof und dem Licht der Morgensonne, die durch das Fenster hereinfiel. Frohen Herzens spannte er eine große Leinwand über einen Holzrahmen und stellte sie auf die Staffelei. Daraufhin rückte er den Tisch in die lichteste Ecke im Raum und davor die Staffelei.

Und da kamen der Herr und seine Tochter, und mit ihnen der schwarze Hund.

»Morgenstund hat Gold im Mund«, sagte der Herr, »seit Anbruch der Morgendämmerung ringen wir mit uns, in welcher Kleidung wir uns angemessen im Porträt verewigen lassen. Noch nie habe ich so viel Zeit auf meine Kleidung verwandt.«

»In jedem Fall habt Ihr schöne Kleider gewählt«, sagte der Maler. »Heute werde ich die Anordnung von Raum und Anwesenden skizzieren, und danach werde ich einen von beiden porträtieren.«

»Schön und gut«, sagte die Tochter, »aber du wirst dies nicht tun, ehe wir uns etwas gestärkt haben.«

Eine Dienerin brachte ein Mahl und eine Teekanne mit Tassen auf einem Tablett, breitete ein hübsches Tischtuch auf dem Tisch aus, und die drei ließen es sich schmecken. Danach trat der Maler an die Leinwand, entwarf den Aufbau des Raumes, skizzierte und überarbeitete, und dann machte er sich daran, die Tochter zu malen.

Es war ein schwieriges Unterfangen. Nie zuvor hatte er sich so schwergetan. Der Pinsel ächzte, fuhr die ansteigende Linie des Halses empor, rutschte auf den Nacken, stockte bei den Augen, glitt über die Fläche der Brust, und die Hand bebte wie ein Schiff, das auf stürmischer See gegen Wind und Wellen ansegelt, wurde hin und her geschleudert, und der Maler schwitzte und schwitzte. Seine Augen schossen hastig von dem Mädchen zur Leinwand und umgekehrt, sein Pinsel glühte, es war, als sprühte er

Funken, und er glaubte nicht, daß er den Anblick, den er vor Augen hatte, jemals auf die Leinwand übertragen könnte. Mit jedem Augenblick erschien ihm der Anblick in anderer Gestalt, und mit jedem Augenblick offenbarte sich das Mädchen aufs neue, und es schien, als bliebe die Leinwand hinter den Augen weit zurück.

Doch schließlich, als die Sonne sich neigte und das Zimmer zu dunkeln begann, blickte aus der Leinwand das Abbild einer jungen, schönen Frau. Der Herr und die Tochter erhoben sich von ihren Plätzen und betrachteten das Bild.

»Noch nie habe ich ein Porträt gesehen, das deine Schönheit mit solcher Leichtigkeit und solcher Anmut widerspiegelte«, sagte der Herr. Und die Tochter strahlte beim Anblick des Bildes: »Ich weiß nicht, ob ich ihr gleiche und ob man mich erkennen kann. Aber wie glücklich ich wäre, wenn ich ihr gliche!«

»Was hast du nur«, sagte der Herr, »ganz gewiß bist du das, in deiner besten Form, und natürlich kann man dich erkennen – seht euch nur den Hund an!«

Der schwarze Hund starrte das Porträt und dann die Frau an, verwirrt, als wüßte er nicht mehr, an welche der beiden er sich wenden sollte.

»Sehr schön«, sagte der Herr, »größten Dank, lieber Maler. Wenn die Arbeit auf diese Weise voranschreitet, werden wir in ein paar Tagen ein Kleinod in unserem Hause haben.«

Der Maler bedankte sich mit leiser Stimme für die Lobesworte.

Er war so müde und erschöpft, daß er nicht mehr imstande war, ein weiteres Wort mit dem Mann zu wechseln. Der Herr und seine Tochter zogen sich in ihre Gemächer zurück, und der Maler warf sich samt seinen Kleidern aufs Bett, ohne zu essen oder zu trinken, und fiel in einen bleiernen Schlaf.

Um Mitternacht, als die Stunde von der Turmuhr im Städtchen schlug und alle Hausbewohner im Schlaf lagen, erwachte der Maler. Draußen war das Pfeifen des Windes, eines trockenen Windes, zu hören. Helles Mondlicht überflutete die Berge ringsherum, den Hof, das Blumenbeet unterm Fenster, und fiel auch durch das Fenster ins Zimmer herein, ergoß seinen Silberglanz über die Staffelei und das Bild. Und das gemalte Mädchen auf dem Bild sah nun märchenhaft schön aus, noch schöner, als der Maler es in Erinnerung hatte.

Er seufzte, so wie man eben beim Anblick von Schönheit seufzt, wenn sie sich so zum Greifen nah und doch so fern offenbart. Er streifte im Zimmer umher und fand keine Ruhe. Ein heftiger Durst überfiel ihn. Er trat an den Tisch, wo immer noch das ganze Geschirr stand. Er wollte ein Glas Tee trinken, um sich zu erfrischen, aber die Kanne war leer.

Wie schade, dachte er. Er suchte nach den Salbeiblättern, vielleicht könnte er sie in die Kanne geben und frischen Tee damit aufgießen? Aber wo gab es Wasser? Während er diese Überlegungen anstellte, drehte er am Deckel der Kanne, um sie aufzumachen. Und da durchfuhr seine Hand ein glühendes Gefühl, ein Funke sprühte, und ein Geräusch wie von zerreißender Leinwand erklang. Entsetzt wandte er seinen Blick nach dem Bild, und über die ganze Länge der gespannten Leinwand war ein Riß zu sehen. Sein Herz stand still. Er näherte sich dem Bild, die Kanne noch in Händen, und wollte den Riß befühlen, doch seine Hand versank in der Leinwand, als hätte sie einen wehenden Vorhang berührt.

Und mit einemmal zeigte sich ihm das Abbild der Tochter des Herrn, saß entfernt von ihm, nicht mehr flach auf der Leinwand, sondern innen drinnen, in einer Art Raum, den die Leinwand wie ein Vorhang verbarg.

Das Mädchen im Inneren bewegte sich, winkte ihm mit einem Finger hereinzukommen und flüsterte dazu: »Komm, tritt ein, und nimm auch die Teekanne mit, denn sie öffnet und schließt das Bild.«

»Was ist das?« dachte der Maler, doch seine Augen konnten sich nicht von dem Anblick losreißen. Er hielt die Kanne mit festem Griff und kletterte durch den Rahmen ins Bildinnere. Dort fand er sich in einer kahlen weißen Halle wieder, und er stand von Angesicht zu Angesicht dem schönsten Mädchen gegenüber, das er zeitlebens gesehen hatte.

»Endlich bist du da«, sagte das Mädchen, »ich habe schon auf dich gewartet!«

»Ich bin entsetzt«, sagte der Maler, »in meinem ganzen Leben ist mir solches noch nie widerfahren – selbst in mein eigenes Bild einzutreten und dort einem Mädchen wie dir zu begegnen!«

»Ja«, sagte das Mädchen, »auch bei uns ist dies ein seltenes Ereignis. Wir empfangen sehr wenig Gäste von draußen. Aber auf dich habe ich all meine Tage mit sehnsüchtiger Ungeduld gewartet. Komm, komm mit mir, und wir gehen bis ans Ende der Welt …«

»Ich kann nicht«, sagte der Maler, »ich bin doch Gast im Hause deines Herrn Vaters, wie könnte ich so etwas tun?«

»Du irrst dich, mein Lieber«, sagte das Mädchen, »hier gibt es keinen Herrn, ich habe weder Vater noch Mutter und keine Menschenseele auf der Welt. Auf der anderen Seite der Leinwand habe ich ein Ebenbild, und sie ist die Tochter des Herrn, aber hier, in diesem weißen, offenen Raum, bin ich niemandem außer dir verbunden.«

»Wirklich?« sagte der Maler. »Dann können wir also zusammen diesen Raum verlassen!«

»Und das werden wir sogleich tun!« sagte das Mädchen. Sie nahm ihn bei der Hand, und sie schritten auf die helle Türe zu, die mit einem feinen Kohlestrich auf die Wand gezeichnet war. Das Mädchen öffnete sie, und vor ihren Augen tat sich ein Hof auf, überflutet von strahlendhellem und wundersam schönem Licht, durchschnitten von einem Weg.

»Alsdann«, sagte sie, »heute gehen wir zu den Bergen.«

Leichtfüßig, als berührten sie den Boden gar nicht,

schritten sie den Weg entlang. Der Pfad stieg an und begann nach oben zu klettern, und sie erklommen ihn und erreichten eine steile, felsige Bergkette. Sie gingen an ihrem Rande über dem Abgrund weiter. Steinböcke standen auf den Felsen gegenüber und beobachteten sie erstaunt. Adler beschrieben Kreise am Himmel zwischen den Felsen. Blasser Nebeldunst lagerte unter ihnen, und leichte, feine Wölkchen strichen über die Felsen, verhüllten auch sie für ein paar Augenblicke. Die Sonne kam zwischen den Wolken wie ein goldener Feuerball zum Vorschein. Die Luft war dünn und kühl, der Wind glitt über ihre Haut, und da erreichten sie das Ende eines Felsenkamms und blickten hinunter. Der Wind zerstreute die Wolken, die Sonne überflutete das Tal. Unten waren kleine Häuser zu sehen, in endlos weiter Ferne, eingetaucht in Grün, und dazwischen schmale Pfade, Bäume und Höfe. Und ganz plötzlich schien es dem Maler, daß er sich, hier und jetzt, gleich aller Dinge erinnern würde, die er irgendwann einmal gewußt hatte und die ihm entfallen waren. Erregung erfaßte ihn, und er war ganz und gar außer sich.

Im selben Augenblick erklang das Geläut der Turmuhr vom Städtchen. Das Mädchen ergriff seine Hand und sagte zart: »In wenigen Minuten wird die Morgendämmerung auf der anderen Seite der Leinwand anbrechen. Wir müssen zu dem Raum zurückkehren, und du mußt wieder zu deinem Gastgeber. Aber bald werden wir uns wiedersehen.«

Sie glitten den Pfad hinab, zwischen den Felsen und den Nebelschleiern, kaum berührten sie den Erdboden dabei. Sie erreichten das Haus, traten in die weiße Halle ein, und dort stand die Leinwand mit dem Bild auf der Rückseite – wie ein Fenster.

»Jetzt warte einen Moment auf mich«, sagte das Mädchen, »ich werde mich in der gleichen Position hinsetzen, in der du mich gemalt hast, und du, richte den Ausgußschnabel der Kanne auf die Leinwand und drehe am Deckel – sogleich wird sich das Gewebe auftun, und du kannst hinaustreten. Und morgen um Mitternacht werden wir uns wiedertreffen.«

Das Mädchen setzte sich auf den einzigen Stuhl im Raum und erstarrte dort auf der Stelle, während der Maler tat wie geheißen und am Deckel der Kanne drehte, und schon öffnete sich die Leinwand wie ein Vorhang, durch den der Wind fährt, und der Maler kletterte hindurch und landete im Gästezimmer.

Es war frühe Morgenstunde, und aus den übrigen Zimmern drangen Geräusche des Aufstehens und morgendlicher Betriebsamkeit. Draußen war immer noch das Windgeheul der scheidenden Nacht zu hören.

Der Maler begann, Farben und Pinsel für die Arbeit des kommenden Tages herzurichten, und es verstrich nur kurze Zeit, bis ein Klopfen an der Türe erklang.

Der Herr und seine Tochter traten zusammen mit dem Hund ein und wünschten ihm einen guten Morgen.

»Morgenstund hat Gold im Mund«, sagte der Herr, »auch ich liebe es, zu solcher Stunde aufzustehen, und ich bin bereits auf meinem Pferd ausgeritten, um nach allen Feldern und Pflanzungen in der Umgebung zu sehen und um mich mit den Gutsangestellten zu unterhalten. Heute Nacht haben die Winde mit einer Heftigkeit gepfiffen, die hierorts nicht üblich ist, haben Zweige abgebrochen und Früchte von den Bäumen gerissen. All dessen muß man sich annehmen. Nun, sei's drum. Jetzt werden wir alle gemeinsam speisen und uns anschließend sogleich wieder in Position setzen, damit du uns malen kannst.«

Das Mädchen wirkte sehr müde und schweigsam, als hätte sie nicht genügend geschlafen, und erst die morgendliche Mahlzeit ließ sie wieder zu Kräften kommen, und sie begann zu lächeln.

»Schön«, sagte sie, »heute kann ich ein wenig ausruhen, nachdem du mir gestern den ganzen Tag hindurch mit deinem Pinsel gefolgt bist.«

Sie setzte sich wieder an den gedeckten Tisch, der Hund

zu ihren Füßen, und der Maler stellte sich an die Leinwand und begann zu arbeiten.

Diesmal malte er den Herrn. Es war ein schwieriges Unterfangen! Sein Pinsel rutschte und stolperte, während er über das silbrige Haar, die glatte Stirn und die klaren Augen fuhr. Er malte den prächtigen Anzug, kehrte zu Gesicht und Hals zurück, irrte wieder und wieder die Nase entlang zu den Augen, als ginge er auf glattem, spiegelglattem Untergrund. Es kam den Maler nicht leicht an, einen Menschen zu malen, dessen Herz so rein war und der nach nichts Verlangen trug, was er nicht schon in Händen hatte. Der Pinsel kroch nur mühselig voran, wie jemand, der auf einer großen, allen Himmelswinden ausgesetzten Ebene dahingeht und dem es angesichts dieser Weite nicht gelingt, den richtigen Weg zu wählen, so daß er dazu verurteilt ist, im Kreis zu wandern.

Doch am Ende, als die Sonne zu sinken begann, beendete der Maler auch dieses Porträt, wischte die Farbe von seinen Händen und war müde und erschöpft. Der Herr und seine Tochter erhoben sich und betrachteten das Bild.

»Noch nie habe ich ein Porträt gesehen, das dich so schön zeigt«, sagte die Tochter, »es ist, als entdeckte ich dich in diesem Gemälde ganz neu.«

»Ich weiß nicht, ob ich derjenige bin«, sagte der Herr, »aber es besteht kein Zweifel, daß dieses Abbild wahrhaft würdig ist, an der Seite des deinen zu sitzen.«

Und der Hund stand bellend und jaulend vor dem Bild. Er konnte sich nicht mehr entschließen, wem er sich zuwenden sollte – seinem geliebten Herrn oder dem Abbild auf der Leinwand.

Daraufhin zogen sich der Herr und seine Tochter in ihre Gemächer zurück, nachdem sie dem Maler aus tiefstem Herzen und voll Zufriedenheit gedankt hatten. Und der Maler, gänzlich erschöpft, brach samt seinen Kleidern auf dem Bett zusammen, ohne zu essen oder zu trinken, und fiel in einen bleiernen Schlaf.

Um Mitternacht, als die Uhr schlug und alle Hausbewohner im Schlaf lagen, erwachte der Maler wieder. Draußen erstrahlte der Mond in doppeltem Glanz und zog Stimmen vom Ende des Horizonts an – das Heulen der Schakale, Zikadengezirpe, den Brunftschrei der Hirsche, Hundegebell und das Blöken des Kleinviehs in den Stallungen –, und sein mildes Licht überflutete die gesamte Umgebung, von den hohen Bergen und Feldern bis zu den Gärten und Beeten, bis hin zum Fenster, durch das es eindrang und auf das tagsüber gemalte Bild fiel.

Und das Bild sah noch wunderbarer aus, als es der Maler in Erinnerung hatte, Vater und Tochter sahen beide so schön aus, ein solch doppelter Genuß, daß es dem Maler das Herz in der Brust abdrückte, und er tat einen tiefen Seufzer, so wie man beim Anblick von Schönheit seufzt, die so vollkommen selbstgenügsam ist, daß sie einen überflüssig macht. Der Kummer und die Sehnsucht weckten einen mächtigen Durst in ihm, und er wollte etwas von dem Tee trinken, der auf dem Tisch übriggeblieben war. Aber die Kanne war leer bis zur Neige.

Der Deckel jedoch tat auch diesmal sein Werk – kaum drehte er daran, um ihn zu öffnen, erhitzte sich die Kanne, ein Funken flog, und von der Leinwand her war das reißende Geräusch zu hören. Das Gewebe wurde zu einer Art durchsichtigem Vorhang, und er konnte den Herrn und seine Tochter erkennen, wie sie hinter dem Vorhang in dem leeren Raum saßen.

Auf einmal hob das Mädchen die Hand, legte einen Finger auf den Mund zum Zeichen, still zu sein, und forderte den Maler dann mit einer heimlichen Bewegung zum Eintreten auf.

Der Maler kletterte vorsichtig ins Innere des Rahmens und betrat auf Zehenspitzen den Raum. Das Mädchen ergriff freudig seine Hand, flüsterte ihm jedoch mit leichtem Vorwurf zu: »Was stellst du dir vor, wie wir uns hier treffen sollen, wenn du Aufpasser bei mir postierst?«

»Mir bleibt keine Wahl«, flüsterte der Maler, »das Abkommen zwischen mir und dem Herrn auf der anderen Seite der Leinwand ist bindend für mich, denn schließlich hat er das Bild bestellt.«

»Nun denn«, sagte das Mädchen, »von jetzt an müssen wir vorsichtiger sein. Aber mir scheint, Vaters Porträt ist in tiefem Schlummer befangen. Dann also komm.«

Sie traten auf die Türe zu, die an der Wand skizziert war, und das Mädchen öffnete sie. Wieder offenbarte sich ihrem Blick der Pfad, aber diesmal führte er durch goldene Sanddünen zu einem blauen Meer.

»Heute«, sagte das Mädchen, »heute werden wir in die Tiefen des Meeres gehen.«

Sie begannen den Pfad entlangzugehen, ihre Füße berührten kaum den Boden, und sie gelangten ans Meeresufer, schritten zwischen Felsen, Algen und Muscheln hindurch, und übermütige Wellen beleckten ihre Füße. Sie setzten ihren Weg fort, ins Wasser hinein, und bald waren sie von den Wellen über ihren Köpfen bedeckt, und das Licht der Sonne brach sich mit grünem Glanz darin. Sie kamen an Korallen und Meeresrosen vorbei, großen und kleinen Fischen in einem Schwall von Farben. Seepferdchen sprangen um sie herum, und Wasserströmungen strichen über ihre Haut.

Noch tiefer drangen sie vor, und da krochen große Krebse auf dem Meeresgrund, öffneten ihre Scheren wie Greifzangen, Polypen wedelten mit ihren schlängelnden Armen, Neonfische versprühten Funken, und Haie glitten wie im Flug vorbei und entblößten schimmernde Fangzähne.

Sie schritten weiter und stießen auf eine Stelle, an der das Wasser sich verdunkelte und der Grund finster war, und Kreaturen der Tiefe wälzten sich im Sande und verbreiteten trübes Phosphorlicht. Und da erspähten sie von weitem den Schatten eines Schiffswracks, und sie gingen noch näher heran und sahen, daß Schnecken und Algen daran hafteten und Wasserpflanzen es umwogten, und ringsherum waren lauter Truhen, sperrangelweit geöffnet, verstreute Fracht, die das Schiff mit sich getragen hatte, und zerbrochene Balken, Stümpfe von Masten und zerschmetterte Planken.

Und mit einemmal schien es dem Maler, als würde er gleich, hier und jetzt, alle Dinge finden, die er irgendwann einmal besessen hatte und die ihm verlorengegangen waren. Erregung erfaßte ihn, und er war ganz und gar außer sich.

Im selben Augenblick erklang das Geläut der Turmuhr vom Städtchen. Das Mädchen nahm seine Hand und sagte zart: »In wenigen Minuten wird die Morgendämmerung auf der anderen Seite der Leinwand anbrechen. Wir müssen in den Raum zurückkehren, und du mußt wieder zu deinen Gastgebern. Aber bald werden wir uns wiedersehen.«

Sie flogen über den Meeresboden, kaum fühlten sie den Druck des Wassers und seine Strömungen. Sie verließen das Wasser und glitten den Pfad entlang, erreichten das Haus, betraten den Raum, und wieder blickte die Leinwand des Gemäldes sie von der Rückseite her wie ein geschlossenes Fenster an, doch diesmal saß das Porträt des Herrn davor, ruhig, friedlich und schön wie zuvor.

Leise und auf Zehenspitzen bedeutete das Mädchen dem Maler, auf sie zu warten und sich still zu verhalten. Sie setzte sich in den Sessel neben ihrem Vater und erstarrte in ihrer Haltung. Nun nahm der Maler die Teekanne, richtete ihren Schnabel auf die Leinwand, und diese öffnete sich wie ein Vorhang. Der Maler kletterte ins Innere des Holzrahmens, dann sprang er hinaus und landete im Gästezimmer. Es war bereits späte Morgenstunde. Es blieb nur wenig Zeit bis zum Erscheinen des Herrn und seiner Tochter.

Der Maler beeilte sich und bereitete alle Farben und Pinsel und Kohlestifte für die Arbeit des Tages vor, und da, schon klopfte es an der Tür, und die Gastgeber traten ein. Heute sahen beide müde und erschöpft aus, als ob sie nicht genug geschlafen hätten.

»Morgenstund hat Gold im Mund«, sagte der Herr

schwerfällig, »heute morgen bin ich früher aufgewacht als gewohnt. Die ganze Nacht hörte ich Geräusche von den Stallungen und von den Bergen ringsherum. Ich hatte den Eindruck, als sei etwas niedergebrochen und irgendwo seien ungebetene Gäste eingedrungen. Ich stand noch vor Morgengrauen auf und ritt hinaus, um nachzusehen, ob alles in Ordnung sei, und wirklich, es war alles in Ordnung. Ich habe mich umsonst gesorgt.«

Sie speisten gemeinsam, und das Mahl belebte ihre Geister wieder, und das Lächeln kehrte auf ihre Gesichter zurück. Danach setzten sich der Herr und die Tochter auf ihre Plätze. Heute wollte der Maler mit seinem Pinsel den Hund einfangen, der zu ihren Füßen lag, die Wand und das Fenster dahinter.

Der Herr warf dem Hund einen Knochen hin, kraulte seinen Nacken und sagte zu ihm: »Jetzt werden wir uns ausruhen, und du wirst dich anstrengen und gut aussehen müssen, damit du auf dem Bild hübsch herauskommst. Also – Fuß, Jokatan, und benimm dich anständig.«

Der Maler nahm seinen Pinsel und begann zu malen. Er glitt über das schwarze Fell des Hundes, seinen kräftigen Schwanz, die hängenden Ohren, die klugen Augen, dann wanderte er mit seinem Pinsel zum Fenster, zum Vorhang davor und zu den Salbeisträuchern dahinter, skizzierte das Hirschgeweih, das auf der einen Seite des Fensters hing, und das Gewehr des Herrn auf der zweiten, kehrte darauf zum Hund zurück und malte das goldene Halsband und die bebende Schnauze, versuchte, den Ausdruck der Treue, Liebe und demütigen Traurigkeit in den Augen des Hundes zu treffen, und am Ende, als die Sonne zu sinken begann, da schien es, als sei er zufriedengestellt. Er wischte die Farbreste von seinen Händen und rief den Herrn und die Tochter, an das Bild heranzutreten.

»Wie schön!« sagte die Tochter.

»Noch nie habe ich wahrgenommen, wie schön das Tier an meiner Seite ist«, sagte der Herr mit echter Freude. Und der Hund, als er das Abbild sah, begann lauthals zu bellen und zu jaulen, als wäre da ein fremder Hund, der in sein Territorium eingedrungen war.

»Ruhig, ruhig«, sagte die Tochter, »das bist doch du selber!«

Der Herr und seine Tochter waren höchst zufrieden, und sie kamen überein, sich auch am folgenden Tag hier in diesem Zimmer einzufinden, damit die letzten Ausbesserungen und Überarbeitungen an dem Bild vorgenommen werden könnten, und danach zogen sie sich in ihre Zimmer zurück. Und der Maler brach müde und erschöpft samt seinen Kleidern auf dem Bett zusammen, ohne zu essen oder zu trinken, und fiel in einen unruhigen Schlaf.

Um Mitternacht, als die Uhr schlug und alle Hausbewohner im Schlaf lagen, erwachte der Maler. Wieder zog der Mond alle Stimmen der Nacht an, die Hunde, die Wölfe, die Hirsche, die Zikaden und das Vieh in den Stallungen. Wieder pfiff der Wind und trieb große Wolkenfetzen über den Himmel, zerrte ihre Schatten übers Land, und der helle Schein des Mondes verfinsterte und offenbarte sich abwechselnd.

Und in den Momenten, in denen der Mond unverhüllt war, drangen seine Strahlen durchs Fenster ein und überfluteten das Bild, und lebhaft, kraftvoll und einnehmend stand es vor dem Maler. Der häusliche Friede in ihm schien derart vollkommen, undurchdringlich und unbegreiflich, daß der Maler einen tiefen Seufzer tat, so wie man seufzt, wenn die Worte im Widerstreit liegen und nichts mehr zu sagen bleibt.

Die Sehnsucht weckte heftigen Durst in ihm, und er wollte schnell etwas von dem Tee auf dem Tisch trinken. Noch bevor er versuchte, sich etwas einzuschenken, drehte er am Deckel der Kanne, und dieser tat auch diesmal sein Werk. Die Kanne erhitzte sich, ein Funken flog, ein reißendes Geräusch erklang von der Leinwand her, und sie wandelte sich zu einer Art durchsichtigem Vorhang, hinter dem ein weiterer Raum erkennbar wurde, der ganz dem diesseitigen glich, mit dem Herrn, seiner Tochter und dem Hund zu ihren Füßen.

Ganz heimlich und leise bedeutete die Tochter dem Maler, er solle hereinkommen, und der Maler trat auch diesmal ins Innere des Rahmens und stand vor dem Mädchen.

»Wie stellst du dir das vor, daß wir uns hier ungehindert treffen sollen«, sagte sie erbost, »wenn du immer mehr Bewohner in das Zimmer steckst? Nicht genug, daß du mir den Vater aufgehalst hast, der meine Schritte beaufsichtigt, jetzt hast du auch noch einen Hund ins Zimmer gebracht!«

»Das Abkommen mit dem Herrn auf der anderen Seite der Leinwand ist bindend für mich«, sagte der Maler, »denn schließlich hat er dieses Bild bestellt.«

»Macht nichts«, sagte das Mädchen, »wir werden nicht zulassen, daß dergleichen unser Glück trübt. Vaters Abbild schläft tief und fest, und mit dem Bild des Hundes wird uns schon etwas einfallen.«

Der Hund hob seinen Kopf, stellte die Ohren auf und begann zu knurren.

»Ruhig, ruhig, Jokatan«, sagte das Mädchen, »willst du den Schlaf deiner Lieben stören?«

Sie nahm ein Stück Würfelzucker vom Tisch. »Komm«, sagte sie, »nimm ein süßes Geschenk von mir und schlaf wieder, wie es sich für ein getreues Abbild gehört!«

Der Hund nahm den Zucker an, zerbiß ihn begeistert und versank wieder in tiefem Schlaf.

»Nun denn, jetzt müssen wir eben mit doppelter Vorsicht hinausgehen«, sagte das Mädchen. Sie öffnete die gemalte Türe, und wieder offenbarte sich ihren Blicken der Pfad. Diesmal führte er ins Grüne, eine Landschaft voll üppiger Flora.

»Heute gehen wir in den Wald«, sagte das Mädchen.

Sie traten hinaus und begannen, den Pfad entlangzugehen. Ihre Füße berührten kaum den Boden. Sie kamen an

Weiden, Feldern und Bäumen vorbei, bis sie ins Unterholz des Waldes eintraten. Dort schritten sie neben moosbedeckten Baumstämmen einher, gingen an schattigen, üppigen Farnen vorbei, gaben acht, die stechenden Brennesseln am Wegesrand nicht zu streifen, sprangen über dickarmige Wurzeln, die aus der Erde ragten, und sanken in Haufen von Laub ein, das sich auf dem Waldboden angesammelt hatte.

Kleine Marder und Eichhörnchen kreuzten ihren Weg, und die Vögel auf den Bäumen erfüllten die Luft mit ihrem Gezwitscher. Und da gelangten sie an einen Wasserlauf, der aus einem feuchtschwarzen Felsen herausquoll und dessen Ströme ein klares Becken auffing. Kleine Fische und Frösche tummelten sich darin, Teichlilien schwammen auf der Oberfläche, und große, vollerblühte Blumen umringten es. Über allem erklang das Summen und Rascheln, das Raunen und Wispern von Insekten und Blättern, von Wasser und Wind.

Sie setzten sich an den Rand des Beckens, und der Maler tauchte seine Hände ins Wasser, um sich sein glühendes Gesicht zu benetzen und seine trockenen Lippen zu befeuchten. Eine große Teichlilie spreizte ihre Blütenblätter vor ihm auf, und ein betäubender Duft von Blütenstaub umnebelte ihn. Und mit einemmal hatte er das Gefühl, etwas, das er nie gewußt und nie besessen, würde sich ihm nun, jetzt gleich, offenbaren, und Erregung erfaßte ihn, und er war ganz und gar außer sich.

Im selben Augenblick erklang das Geläut der Turmuhr vom Städtchen. Das Mädchen nahm seine Hand und sagte zart: »In wenigen Augenblicken wird die Morgendämmerung auf der anderen Seite der Leinwand anbrechen. Wir müssen in das Zimmer zurückkehren, und du mußt wieder zu deinen Gastgebern. Aber wir werden uns bald wiedersehen.«

Sie flogen über die Waldwege dahin, über Wurzeln und zwischen stacheligen Ästen hindurch, ließen den Wald hinter sich, sausten den Pfad entlang und erreichten das Haus. Im Hof blieben sie einen Augenblick stehen, um Luft zu schöpfen.

Da ertönte ein heftiges Gebell.

»Allmächtiger Gott«, sagte das Mädchen, »wie sollen wir jetzt wieder in das Zimmer hineinkommen? Halte die Teekanne gut fest und komm, wir verstecken uns im Gebüsch.«

Doch sie hatten sich gerade auf die Knie niedergelassen, als der schwarze Hund schon aus dem Haus stürzte, mit blutunterlaufenen Augen, hochgezogenen Lefzen und schrecklichem Gebell. Ihm direkt auf den Fersen stürmte der Herr nach draußen, das Gewehr in der Hand, ganz in Rage.

»Wo bist du, Jokatan«, rief er laut nach dem Hund, »und wo ist der Einbrecher?«

Der Hund schnüffelte ein wenig und begann, auf den Busch zuzurennen, in dem sich die beiden versteckt hielten. Als der Herr die Richtung des Hundes wahrnahm, zielte er mit seinem Gewehr auf den Busch.

»Ojemine«, flüsterte das Mädchen dem Maler zu, »das ist zuviel. Die Geschichte kann unmöglich so enden. Dreh am Deckel der Teekanne, und wir versuchen, hier, an dieser Stelle, aus dem Bild herauszukommen. Ich werde schon einen Weg finden, die Gemüter zu beruhigen.«

Das Mädchen küßte den Maler, und dieser drehte mit bebenden Händen am Deckel der Kanne. Sogleich öffnete sich inmitten des Busches ein Fenster mit Rahmen und Vorhang, und der Maler griff nach dem Rahmen, kletterte hindurch und sprang auf die andere Seite.

Keuchend und erschöpft landete er im Gästezimmer, es war schon zu fortgeschrittener Morgenstunde. Mit zitternden Händen und jagendem Herzen ordnete er wieder seine Farben und Pinsel, und es waren kaum einige Minuten vergangen, da klopften der Herr und seine Tochter an die Türe und traten ein.

Sie sahen beide erschöpft und aufgewühlt aus.

»Morgenstund hat Gold im Mund«, sagte der Herr, »ich allerdings hatte Schwierigkeiten zu schlafen. Ich weiß genau, daß heute nacht ein Eindringling im Hause war. Seine Schritte waren überall zu hören, und auch der Hund bellte und wollte nicht schlafen. Eine Stunde vor Morgengrauen habe ich alle Ecken des Hofes ausgekundschaftet, aber nichts gefunden.«

Sie ließen sich nieder, um zu dritt zu speisen, aber auch die gemeinsame Mahlzeit belebte die Geister nicht, und jeder war in sich selbst versunken.

»Nun gut«, sagte schließlich der Herr, »da wir alle derart müde sind, ist es ein Glück, daß nur noch leichte Nachbesserungen an dem Bild zu machen sind und daß wir damit am Ende angelangt sind. Kommt, laßt uns noch einmal die herrlichen Dinge auf dem Gemälde betrachten, danach werden wir still auf unseren Plätzen sitzen, und unser Gast wird fleißig sein Werk vollenden.«

Die drei traten an das Bild heran, doch o weh, was erblickten ihre Augen! Von all der Schönheit und Harmonie, die darin gewesen, war rein gar nichts übriggeblieben! Die Szenerie hatte sich geändert, die Ansicht zeigte nicht mehr das Zimmer, sondern den Hof draußen. Und im Hof war der Herr zu sehen, mit flammenden Augen und zornsprühendem Gesicht, wie er drohend sein Gewehr erhob. Im Vordergrund des Bildes die Tochter, sie in vollendeter Schönheit wie zuvor, doch ihr Mund war zum Schrei aufgerissen, ihre Augen waren verzweifelt und ihre Hände in sehnsüchtiger Ungeduld nach vorne ausgestreckt. Und zwischen ihnen der schwarze Hund – mit seinen roten Augen, den langen scharfen Reißzähnen sah er aus wie ein Drache auf der Jagd nach Beute.

»Ist das das Bild, das du gemalt hast?« fragte der Herr mit Grausen. »Ich weiß nicht, was du ihm heute nacht angetan hast, aber du hast unsere Porträts in verbrecherischer Weise entstellt!«

»Laß, Vater, laß doch«, sagte die Tochter mit fahlem

Gesicht, »der Maler hat dir doch zu gegebener Zeit gesagt, daß er es nicht wagt, Porträts zu malen, und vielleicht hätten wir seine Worte besser verstehen müssen …«

»Aber er malt vortrefflich«, sagte der Herr, »und er hat auch uns wunderbar gemalt. Was ist aus unserem herrlichen Porträt geworden? Woher nahmst du die Frechheit, das Gesicht Alexanders des Aufrechten in einen solchen Ausdruck von Zornesglut, Tyrannei und Schrecken zu kleiden? Und welche Unverschämtheit besaßest du, meiner Tochter derart unverhüllte Leidenschaft zu unterstellen und ein solch anstößiges Zusammenspiel von Aufbegehren und Ohnmacht?«

»Ihr werdet mir vielleicht nicht glauben, mein Herr«, sagte der Maler leise, »aber im Laufe der Nacht weilte ich innerhalb des Bildes, doch die Dinge verkomplizierten sich und gerieten in Widerstreit miteinander, und ich mußte es in dieser Situation verlassen.«

»Ich verstehe überhaupt nichts«, sagte der Herr, »nur soviel verstehe ich – daß du an Orte vorgedrungen bist, an denen du dich nicht hättest aufhalten dürfen.«

»Nein«, sagte der Maler, »ich bin nur in das Bild eingedrungen, das ich selbst gemalt habe.«

»Alsdann«, sagte der Herr, »wenn alles allein von dir abhing, weshalb konntest du dann das Bild nicht verlassen und es so belassen, wie es war?«

»Ich war gezwungen, es überstürzt zu verlassen, und kam nicht mehr dazu«, sagte der Maler, »doch weil Ihr so gut zu mir gewesen seid und es mir so angenehm ist, in Eurer Gesellschaft zu weilen, werde ich wieder in das Bild hineingehen und versuchen, die Ordnung wiederherzustellen und die Dinge in ihren früheren Zustand zurückzuversetzen.«

»O bitte nicht«, sagte das Mädchen flehend, »tu das nicht. Soll das Bild so bleiben, wie es ist, niemand wird Schaden daran nehmen. Nur geh nicht wieder hinein, beschwöre dein Unglück nicht herauf.«

»Im Gegenteil«, sagte der Maler, »es wäre sogar besser,

wenn nicht ich alleine hineinginge, sondern wenn wir alle drei zusammen hineingingen, so könntet Ihr von Angesicht zu Angesicht Euren Abbildern begegnen und mit ihnen die Sache regeln. Dann könnte wirklich alles wohlbehalten auf seinen Platz zurückkehren.«

»Alsdann«, sagte der Herr, »wie kommt man in das Bild hinein?«

»Seht«, sagte der Maler, »wir werden mit Hilfe der Teekanne hineinkommen, dieser Kanne, die hier auf dem Tisch steht und deren heimliche Träume uns vor drei Tagen belustigt haben. Wir müssen nur den Schnabel der Kanne auf das Bild richten und an ihrem Deckel drehen.«

Der Maler betastete mit zitternden Händen die Kanne, befühlte und befingerte sie, aber nichts geschah.

»Was soll das?« sagte der Herr. »Der Deckel ist ja nicht da.«

»Allmächtiger Gott«, sagte der Maler, »wo ist er?«

Er sah auf dem Tisch nach, suchte den Boden ab, aber der Kannendeckel fand sich nicht. Der Maler begann wie ein Wahnsinniger zu suchen, das Herz flatterte ihm im Leibe. Und auf einmal rief die Tochter: »Hier, da ist der Deckel! Ist er das nicht?«

Der Maler sprang auf der Stelle auf, wollte ihn haben, aber das Mädchen deutete auf das Bild: »Da, was ist das dort?«

Der Maler schaute hin und erblickte am Bildrand, im Blätterwerk des Busches, auf dem Boden einen kleinen gemalten Deckel.

»Gott im Himmel«, rief er, »ein Augenblick der Angst, und schon spielen alle Karten verrückt. Ich bin in Hast aus dem Rahmen hinausgesprungen, und der Deckel fiel von der Kanne und ist im Bild zurückgeblieben. Nie wieder werde ich dort sein können. Ich werde die Form des Deckels sehen können, der im Buschwerk herumrollt, und das Entsetzen und den Schmerz, die in Euren Augen verewigt wurden, aber dorthin zurückkehren werde ich niemals mehr können.«

»Wenn du keinen anderen Grund hast, dort zu sein, als die Gemüter zu besänftigen«, sagte der Herr mit Abscheu, »dann verzichte ich darauf. Ich habe dich beauftragt, das Glück in meinem Hause auf die Leinwand zu bannen, doch du hast es zerstört. Ich weiß nicht, was du getan hast, aber mir reicht es, daß du die Teekanne meiner Tochter verdorben hast und in meine Seele hast Alpträume eindringen lassen, die mich nicht loslassen. Es versteht sich, daß ich dir das Bild nicht abkaufen werde, denn nicht das war es, was ich wünschte. Es steht dir frei, deine Sachen zu packen und von hier wegzugehen – jetzt und sofort.«

»Wie kannst du das tun, Vater?« sagte die Tochter. »Einen Menschen auf die Straße werfen, den du in dein Haus eingeladen hast und mit dem wir solch angenehme Stunden verbracht haben. Der Mann hat dich vorm Porträtmalen gewarnt, und du kannst dich nicht bei ihm darüber beschweren, daß es etwas zeigt, das du nicht sehen wolltest. Du kannst ihn nicht seines Lohnes berauben.«

»So sei es denn«, sagte der Herr mit bleichem, krankem Gesicht. Er läutete die Glocke und rief den Hausverwalter herbei. »Ich begebe mich jetzt in mein Zimmer«, sagte er, »bis ich zurückkehre, hast du dich darum gekümmert, daß dieser Maler die volle Bezahlung für das Material, das er für das Bild gebraucht hat, und für den Zeitaufwand erhält, abzüglich der Kosten für Verpflegung und Unterkunft. Danach hat er sich unverzüglich auf den Weg zu machen, und du sorgst dafür, daß das Bild umgehend in den Keller geräumt wird und die Teekanne hier nicht mehr zu sehen ist. Gib acht – wenn ich zurückkomme, will ich von alledem keine Spur mehr sehen.«

Der Herr verließ das Zimmer, ohne sich umzudrehen. Der Hund folgte ihm auf den Fersen, und die Tochter sank betäubt auf den Stuhl nieder und sagte kein Wort. Der Maler packte sofort seine Sachen zusammen, und der Hausverwalter reichte ihm zehn Kupfergroschen.

»Siehst du«, sagte der Maler zu ihm, »wenn du mich in

Handschellen gefesselt und in Begleitung von Polizisten aufs Revier gebracht hättest, hätte sich der Herr Alexander in seiner Weisheit und Aufrichtigkeit möglicherweise eingemischt und meine Rechtschaffenheit ans Licht gebracht. Aber es ist anders abgelaufen, und du hast mir Ehre angedeihen lassen und mich mit dem blitzenden Automobil geradewegs in den Rachen des Herrn hineingefahren, und nun muß er mich aus seinem Haus ausspeien, und ich muß beschämt und mit zehn Kupfergroschen in den Händen abziehen, wie ein Bettler, dem das Glück hold war.«

Der Hausverwalter zuckte die Achseln: »Das ist das Recht der reichen Herren: Glücklich der Mann, dem der Herr Achtung erweist, und um so bedauernswerter derjenige, der sein Wohlgefallen verwirkt, aber so oder so – was können wir tun?«

Und unterdessen hatte er das Bild von der Staffelei entfernt, es in ein Laken gepackt und trug es nun in den Keller.

Als der Maler gerade gehen wollte, trat das Mädchen auf ihn zu und sagte: »Wie sehr es mir darum leid tut, was geschehen ist. Mir ist nicht klar, was dem Bild widerfuhr, völlig klar jedoch ist mir, daß etwas märchenhaft Schönes zerstört wurde, und jetzt gereicht uns allen dies zu tiefem Schmerz. Aber damit du dich nicht allein mit Schmerzen daran erinnerst, will ich dir diese Kanne zum Geschenk machen. Vielleicht wird sie dir in Tagen des Durstes, die dir beschieden sein werden, Gutes tun. Und wenn du dich schon nicht mit Freuden an deinen Aufenthalt in der Heimstatt des Herrn Alexander des Aufrechten erinnerst, so wird es dich vielleicht dennoch erfreuen, dich an das Frühstück der Mondkaiserin zu erinnern. Und nun leb wohl, und Segen sei mit all deinen Werken.«

4

Und in der Hauptstadt des Reichs der Nüsse, wart ihr da einmal?

Falls nicht, schließt die Augen und stellt sie euch selbst vor. Stellt euch hübsche Dächer, gepflasterte Straßen und Ziergärten vor, im Hintergrund der Berg und auf ihm der königliche Palast. Jeden Tag zur Mittagsstunde vollführt die Palastgarde unter großartigem Zeremoniell ihre Wachablösung, und zu den Klängen von Pauken und Trompeten wehen die Fahnen mit dem Wappen der Nuß.

Und diese ganze hübsche Szenerie war von dem großen Fenster der Mansarde aus zu sehen, wo sich der Maler in der Hauptstadt eingemietet hatte. Nach vielen Tagen der Wanderschaft, während derer er die kleinen Bilder verkaufte, die unter seinem Pinsel entstanden, und damit ein achtbares Auskommen fand, ließ er sich schließlich in der Hauptstadt nieder. Er mietete sich diese Mansarde als Atelier und stellte auch eine betagte Haushälterin ein, die für seine Bedürfnisse sorgte.

Er malte den ganzen Tag, von morgens bis in die Nacht hinein. Er malte hohe Berge und Felsen, malte das alltägliche Leben in Städten und Dörfern, malte versteckte Ecken im Wald mit erblühten Blumenkelchen, malte Kanarienvögel im Käfig, weiße Reiher, Rosen – er malte den lieben langen Tag, und die Käufer verlangten immer noch mehr.

Zuweilen machte er eine kurze Pause, um sich zu erfrischen, und blickte aus dem Fenster, betrachtete die fernen Palastzinnen und die wehenden Fahnen. Diese Szenerie lag offen und hell vor seinen Augen. Doch von dem Leben, das sich innerhalb der Palasträume abspielte, sah und hörte man nichts. Dort drinnen saß von Zeit zu Zeit der Kaufherr Alexander der Aufrechte und verhandelte mit dem König und dem Schatzminister über Nußholzlieferungen für den Bau der königlichen Flotte, und auch über den Sonderposten »Nüsse zum Knacken« zu des Königs persönlicher Verwendung. Vielleicht brachte er bei einer dieser Gelegenheiten auch seine Tochter mit, und vielleicht stand sie zur gleichen Zeit am Fenster und blickte vom Palast aus zur Stadt hinüber? Aber wer weiß das schon?

Einmal, während der Maler solches dachte, schenkte er sich eine Tasse Tee aus der Kanne ein. Auf einmal verspürte er ein heftiges Brennen an seinen Fingern. »Au«, sagte er und steckte sich die Finger in den Mund. Aber da war nun wirklich kein Wunder mit im Spiel. Die Haushälterin hatte ihn bereits gewarnt, und nicht nur einmal: Weswegen betastete er auch immer die Öffnung der Kanne? Und überhaupt, man sollte nicht aus einer Kanne trinken, die keinen Deckel hat. Die glühenden Dämpfe, die aus ihr aufsteigen, lassen den Henkel kochendheiß werden und sind dazu angetan, echte Verbrennungen zu verursachen, wenn man sich nicht gebührend in acht nimmt.

Zwei Bäume und ein Bach

1

Der allesbeherrschende Herrscher des Königreichs Granit, König Manneszier der Erste, genannt die Eisenhand, befahl, ihm den Hofnarren und alle Kammerdiener aus den Augen zu schaffen. Er hatte eine dringende Zusammenkunft mit dem Kreis seiner Ratgeber. Er rief sie im Sitzungssaal zusammen und wies die Diener an, alle Türen zu verriegeln, damit keines seiner Worte nach draußen dringe, und dann hob er an und sprach folgende Worte: »Verehrte Ratgeber. Ich habe euch heute zusammengerufen, nachdem wir uns lange Zeit nicht mehr versammelt haben. Meine Herren! Um die Grenzen des Reiches auszudehnen, um die Armee zu mobilisieren, um sie mit weitreichenden Kanonen auszustatten und um die Kriegsschiffe auszurüsten – dazu brauche ich keine Berater. Diese Dinge kann ich sehr gut. Aber da gibt es eine Sache, vor der ich ratlos stehe. Unser Königreich ist von einem Problem betroffen, das weder mit Kanonen und Kriegsschiffen noch durch eine Verstärkung der Polizeigewalt gelöst werden kann, was bedeutet, daß es ein unvergleichlich schwieriges Problem ist. Ich habe diese Versammlung hier einberufen, um euren Rat zu hören.

Das Problem ist ganz allgemein die Zukunft unseres Königreiches, insbesondere aber mein Sohn, Prinz Leuchte. Wir alle wissen ja, daß er der Mann ist, der dazu bestimmt ist, meine Nachfolge anzutreten, und ihm werden alle Angelegenheiten des Königreiches auferlegt werden. In ihm steckt also unsere Zukunft, und wer wäre dessen würdiger als mein Sohn? Und wer wäre des Königreichs würdiger als er?

Ich habe dafür gesorgt, ihn bei den besten Lehrern erziehen zu lassen, damit sie ihm beibringen, ein angemessener Herrscher zu sein, und er ist scharfsinnig und klug, und es scheint, als enttäusche sein Verstand nicht. Und ich dachte, er müsse bereits jetzt in den Reichsgeschäften kundig sein und an ihnen beteiligt werden, ich wollte Machtbefugnisse und vielerlei Aufgaben in seine Hände legen und hoffte, nach meinem Tod würde ein unermeßlich großes Reich in seine Hände übergehen, das er regieren würde, wie es seinem Namen wohl ansteht.

Aber meine Herren Berater! Auch wenn die Hoffnung vor Augen steht, und selbst die Gewißheit, so scheint es mir in diesen Tagen doch, daß eine Gefahr über unserer Zukunft schwebt. Seit einigen Wochen hat Prinz Leuchte aufgehört, sich an den Aktivitäten des Palastes zu beteiligen. Keine Ritterspiele, keine Schießübungen, auch keine Gerichtsverhandlungen und diplomatischen Treffen mehr. Er ißt immer weniger, und es scheint, als vernachlässige er seinen Körper. Und wenn man sich mit einer Frage an ihn wendet oder ihm einen Rat erteilen möchte, weicht er aus und weigert sich zu sprechen.

Meine Herren Berater, egal ob hier nun eine Krankheit oder Schwäche des Körpers oder der Seele vorliegt – wir müssen den kürzesten und schnellsten Weg finden, der ihn aus dieser düsteren Verfassung herausholt und wieder ins Palastleben zurückführt, damit unserem Königreich kein Schaden daraus entstehe. Nun denn, was ratet ihr mir?«

Die Ratgeber waren unterschiedlicher Meinung.

Es sagte der Berater für das Gesundheitswesen: »Man muß vermehrt schöne Festgelage veranstalten, damit sein Appetit wiedererwacht und ihm Speise und Trank wieder lieb werden.«

Und es sagte der Berater für das Zeremonienwesen: »Man

muß vermehrt Bälle veranstalten. Wenn er Musik hört, tanzende Menschen sieht und in die Gesellschaft schöner Frauen kommt, wird ihm die Freude wieder lieb werden und sein Herz leichter.«

Und der Berater für das Hofwesen sagte: »Man muß Spiel und Sport im Hof des Palastes fördern. Dadurch daß er seinen Körper und seine Muskeln in Bewegung setzt, werden der Ehrgeiz und der Wetteifer in ihm erwachen, und sein Körper wird ihm wieder lieb werden.«

Und der Berater für geheime Angelegenheiten schrieb für den König alle Worte nieder, die gesagt wurden, und der König befahl, sie unverzüglich, wie geschrieben und gesagt, in die Tat umzusetzen. Man richtete prächtige Festgelage im Palast aus, und der Hofstaat genoß sie gehörig, allen voran der Berater für das Gesundheitswesen. Man veranstaltete prunkvolle Bälle im Palast, und der Hofstaat amüsierte sich prächtig, allen voran der Berater für das Zeremonienwesen. Sportliche Wettkämpfe fanden im Palast statt, und all die Minister und Berater gingen zu den Völkerballspielen und zum Fußball, und allen voran lernte der Berater für das Hofwesen, seinen Körper zu lieben.

Aber der Prinz – nichts, er aß nicht, er amüsierte sich nicht, und er beteiligte sich nicht an den Spielen. Was hatte der Prinz?

Alle Bemühungen verliefen im Sande, und zornigen Blicks verjagte der König die Berater für das Gesundheits-, das Zeremonien- und das Hofwesen, und nur den Berater für geheime Angelegenheiten behielt er in seiner Nähe. Der Berater für geheime Angelegenheiten war ein magerer Mann in dunkler Robe und offenen Ohren für jedes Wispern, der selbst immer im Flüsterton sprach. Er mochte keine Festgelage, Bälle und Mannschaftsspiele, sondern liebte nur Geheimnisse und Heimlichkeiten.

»Mein Herr und König«, sagte er, »wenn der Prinz sich nicht für die Geschäfte des Königreiches interessiert und auch Festgelage, Bälle und Spiele seinen Geist nicht erquicken, dann werden wir ihn gewiß nicht zum Hofnarren schicken, der ohnedies bereits seit langem die Fähigkeit verloren hat, die Gemüter zu beleben. Möglicherweise ist er nicht bei guter Gesundheit und bedarf der Behandlung eines Arztes. Und wenn er nicht bereit ist, mit Eurer Majestät dem König zu reden noch mit den Beratern – ohne ihre Ehre antasten zu wollen –, dann wird er vielleicht dem Arzt gegenüber offenherziger sein. Die Menschen neigen dazu, dem Arzt Dinge anzuvertrauen, die sie denen, die ihnen am nächsten stehen, ihren Vätern oder Brüdern, nicht offenbaren. Und der Arzt wird entweder einen Weg finden, den Prinzen von seiner Krankheit zu heilen, oder er wird vom Prinzen zumindest Worte vernehmen, die uns bei unseren Erwägungen helfen werden, wie wir weiterhin verfahren sollen.«

»Wohl gesprochen«, sagte der König.

Er befahl, den obersten Hofarzt zu rufen, und wies ihn an, zu des Prinzen Zimmer zu gehen, ihn zu untersuchen und auf Herz und Nieren zu prüfen – was war es, das ihn so quälte?

Der oberste Hofarzt kam mit seiner Instrumententasche zum Zimmer des Prinzen und klopfte zaudernd an die Tür. Der Prinz forderte ihn auf einzutreten.

»Euer Hochwohlgeboren«, sagte der Arzt, »auf Befehl Eures Vaters, des Königs, und aus aufrichtiger Sorge um Euer Wohlergehen erlaube ich mir, Eure Ruhe zu stören und ein paar Minuten Eurer kostbaren Zeit zu rauben. Schon seit Tagen und Wochen geht ein Gerücht im Palast um, Ihr hättet Euer Gesicht gewandelt. Man sieht Euch nicht mehr auf Bällen und nicht bei Spielen; Ihr nehmt Abstand von den Staatsgeschäften, und Euer Vater, der König, und alle Minister und Ratgeber und die gesamte Allgemeinheit der Bürger des Staates sind in Sorge um Euer Wohlbefinden. Vielleicht ist Euch etwas zugestoßen? Vielleicht fühlt Ihr Euch nicht gut? Vielleicht ist Euch das Herz schwer? Solche Dinge widerfahren jungen Menschen des öfteren, wegen der Veränderungen der Flüssigkeiten im Körper. Es ist nicht gut, sein Herz verschlossen zu halten. Öffnet Euren Mund, sprecht, denn nur Euer Bestes suchen wir!«

»Ich schätze und achte deinen Wunsch, mir zu helfen«, sagte der Prinz, »aber ich bitte dich – am allerbesten ist es für mich, allein zu bleiben.«

»Euer Exzellenz«, sagte der Arzt, »die ganze Schar des Hofgefolges ist eine Sache, doch eine andere ist der oberste Hofarzt. Schließlich gilt für den Hofnarren nicht das gleiche wie für mich! Ich habe keine andere Aufgabe, als die Schmerzen der Menschen zu behandeln und ihre Geheimnisse zu hüten. Mir, dem Palastarzt, könnt Ihr doch Dinge sagen, die Ihr niemandem sonst von den Höflingen sagen könntet. Also, würde mir Euer Hochwohlgeboren erlauben, Euch zu untersuchen? Vielleicht klopft das Herz? Vielleicht der Blutdruck in den Adern? Oder vielleicht die Verdauungswege? Und möglicherweise löst ein einziges Medikament oder eine Spülung des königlichen Magens schon das ganze Problem, und Ihr werdet ein neuer Mensch sein.«

»Nein«, sagte der Prinz, »ich brauche keine Heilmittel und auch keine Magenspülung. Ich bin rundherum gesund, und es ist kein körperliches Leiden, das mich quält.«

»Wenn dem so ist«, sagte der Arzt, »möchte mir Eure Hoheit damit andeuten, daß es sich um eine Qual des Herzens handeln könnte?«

»Ich weiß nicht«, sagte der Prinz, »bedeutet ein Traum, den du geträumt hast und der dich nicht losläßt, eine Herzensqual? Wo du, mein lieber Arzt, doch der Meinung bist, daß Träume Schall und Rauch sind.«

»Aber ganz und gar nicht«, sagte der Arzt, »zwar bin ich in Ausübung meines Amtes mehr auf Arzneien und Magenspülungen spezialisiert, aber die letzten Weisungen, die wir von der Fakultät für Heilmedizin erhielten, lauten dahingehend, daß wir auch die Träume unserer Patienten ernsthaft in Betracht zu ziehen haben und sie nicht den

Händen des Astrologen und königlichen Traumdeuters anheimgeben dürfen, auch wenn er mein guter Freund ist und ich keinerlei persönlichen Vorbehalt gegen ihn habe, solange er seine Nase nicht in medizinische Angelegenheiten steckt. Also, was habt Ihr in Eurem Traum gesehen?«

»Einen Reiher und zwei Bäume und einen Bach«, sagte der Prinz.

»Nun also«, sagte der Arzt, »da bin ich schon beruhigt. Der Traum, den Eure prinzliche Hoheit zu träumen geruhte, rührt ans Fliegen und Schweben; mit dem strömenden Wasser berührt er die Quellen der Existenz, die Pflanzenwelt schließlich mit den zwei Bäumen, die wahrscheinlich ihre Lebenskraft aus dem Wasser des Baches schöpfen und, wie es sich für Bäume gehört, ausschlagen und Früchte tragen. Auch wenn Ihr Herzensqual empfindet, die Gesundheit wird Euch wiedergegeben, und sie keimt bereits im Kern des Traumes, den Ihr geträumt habt.«

»Aber du hast den Traum noch überhaupt nicht gehört«, sagte der Prinz.

»Das macht nichts«, sagte der Arzt, »von dem Augenblick an, da mein Meßgerät ein ausgeglichenes Verhältnis zwischen Bluteiweiß und Kalzium im Herzen anzeigt, weiß ich, daß das Wichtigste bereits gesagt ist, und Ihr könnt Euch sicher darauf verlassen, daß dies der Faden ist, der Euch zu Gesundheit und Frieden zurückführen wird.«

Die Deutung des Traumes flößte dem Arzt selbst Gesundheit und Frieden ein. Sein Herz war so stolzgeschwellt, daß er es für richtig befand, den Prinzen auch in einen eigenen Traum einzuweihen: »Wißt Ihr, mein Prinz«, sagte er, als vertraute er ihm ein Geheimnis an, »auch ich habe manchmal interessante Träume, und bisweilen hätte ich mir von ganzem Herzen gewünscht, ebenfalls einen weisen Ratgeber zu haben, der mir helfen würde, meine Träume zu deuten. Hört Euch zum Beispiel einen Traum an, den ich erst unlängst träumte: Nachmittagsstunde. Ich gehe in aller Unschuld auf dem Platz vor dem Palast spazieren, da kommt mir ein junger Prinz, gesund an Leib und Seele, entgegen und sagt zu mir: ›Doktor, du hast mir das Leben gerettet, und zur Belohnung verleihe ich dir eine Urkunde über die Erhebung in den Ritterstand, im Namen meines Vaters, des Königs‹, und er übergibt mir eine große Schriftrolle mit dem königlichen Siegel. Bevor es mir jedoch gelang, die Rolle zu öffnen und zu lesen – erwachte ich. Was kann dieser Traum bedeuten?«

Der Prinz überlegte kurz und sagte: »Der Traum, den der Arzt zu träumen geruhte, ist ebenfalls beruhigend, und er verweist auf den Faden, der Euer Ehren zu Gesundheit und Frieden leiten wird. Die Bedeutung des Traumes ist, daß Nachmittagsspaziergänge wohltuend für die Gesundheit sind, Spaziergänge auf dem Platz des Palastes aber doppelt wohltuend.«

»Habt vielmals Dank, Euer Exzellenz«, sagte der Arzt und sammelte seine Instrumente ein.

»Auch ich habe zu danken, Doktor«, sagte der Prinz, und sein Gesicht war verschlossen und sein Herz schwer.

Es war noch kein Tag vergangen, als wieder ein Klopfen an der Türe des Prinzengemachs ertönte.

»Herein, bitte«, sagte der Prinz.

Und ins Zimmer trat der Astrologe, zusammen mit einer Kristallkugel und astrologischen Karten, und auf seiner Schulter saß eine kleine weise Eule, die aufmerksam lauschte. »Euer Exzellenz, Prinz Leuchte«, sagte der Astrologe, »auf Befehl Eures Vaters des Königs und aus aufrichtiger Sorge um Euer Wohlergehen erlaube ich mir, Eure Ruhe zu stören und einige Minuten Eurer kostbaren Zeit zu rauben. Schon seit Tagen und Wochen geht ein Gerücht im Palast um, Ihr hättet Euer Gesicht gewandelt, daß Ihr allen Palastereignissen und Regierungsgeschäften fernbleibt, und all das wegen eines Traumes, den Ihr geträumt habt und der Euer Herz bedrückt. Und wer ist dafür da, sich Träume anzuhören und sie zu deuten, wenn nicht ich, der königliche Astrologe? Zwar macht sich in letzter Zeit eine gefährliche

Tendenz breit, Träume den Händen von Ärzten und ihrer Zunft anzuvertrauen. Und von da fehlt es nicht mehr weit, daß man den Hofnarren mit der Traumdeutung betraute! Nein, ich habe beileibe keinen Vorbehalt gegen meinen guten Freund, den obersten Hofarzt, solange er die astrologischen Angelegenheiten den Astrologen überläßt. Vielleicht würdet Ihr, Eure Hoheit, mich in den Traum einweihen, damit wir gemeinsam seine Lösung finden können?«

Da sagte der Prinz: »Nun gut, es sei. Ich werde dir die Einzelheiten des Traumes der Reihe nach erzählen. Also, in meinem Traum sehe ich einen weißen Reiher, und der Reiher ruft mich, in menschlicher Sprache, und sagt zu mir: ›Prinz, am Ende des Königreiches, zu beiden Seiten des gleichen Baches, gibt es zwei Bäume, eine Palme und eine Kiefer. Der eine Baum, die Palme, ist ruhig und friedvoll, während der andere, die Kiefer, unter Qualen und Schmerz wächst. Aber beide trinken vom gleichen Wasser und speisen sich aus der gleichen Schönheit.‹«

Der Astrologe trug den Traum in eine Karte mit Sternenbahnen ein und bat sich eine Weile Bedenkzeit aus. Er studierte seine Aufzeichnungen mit Zirkel und Sextant, beriet sich kurz mit der Eule auf seiner Schulter und sagte schließlich: »Der Traum, den Euer Ehren, der Prinz, zu träumen geruhte – er ist sonnenklar.«

»Aber ich habe ihn dir noch nicht zu Ende erzählt«, sagte der Prinz.

»Das macht nichts«, sagte der Astrologe, »von dem Moment an, in dem meine Eule mit dem Kopf nickt, ist mir klar, daß alles Wichtige und Wesentliche bereits gesagt wurde. Also, der Bach spendet Fülle und Gesundheit, will sagen, daß die Gesundheit wie die Schönheit allen gemeinsam ist, dem, der in guter Stimmung ist, und dem, dessen Herz schwer ist. Und Ihr nun, auch wenn Euer Herz schwer ist, wie es Menschen in Eurem Alter des öfteren widerfährt wegen der schnellen Wechsel der Sternenpositionen auf ihren Bahnen, Ihr sollt gut essen und trinken, Euer Körper wird gesunden, und am Ende werdet Ihr wie der friedvolle Baum sein.«

Unterm Reden geriet der Astrologe in große Begeisterung. Die Deutung des Traumes flößte seinem Leben neue Gesundheit ein, und so sehr schwoll ihm vor Stolz das Herz im Leib, daß er es für richtig befand, den Prinzen in einen seiner eigenen Träume einzuweihen.

»Wißt Ihr, mein Prinz«, sagte er, als vertraue er ihm ein Geheimnis an, »auch ich habe bisweilen interessante Träume, was mir jedoch sehr fehlt, ist ein weiser Astrologe an meiner Seite, der mir helfen könnte, meine Träume zu deuten. Hört zum Beispiel einen Traum, den ich unlängst träumte: Angenehme Morgenstunde, ich gehe im Palastgarten spazieren, und da kommt ein friedlicher, glücklicher Prinz auf mich zu und sagt zu mir: ›Verehrter Astrologe, du hast mein Herz erleichtert, meine Seele gerettet, und zur Belohnung verleihe ich dir eine Ernennungsurkunde für das Amt des Beraters, im Namen meines Vaters, des Königs.‹ Und er gibt mir eine Rolle mit dem königlichen Siegel. Bevor es mir jedoch gelang, das Siegel zu erbrechen und die Rolle zu lesen, erwachte ich. Was kann dieser Traum bedeuten?«

Der Prinz dachte kurz nach und sagte: »Der Traum, den der Astrologe zu träumen geruhte, ist ebenfalls sonnenklar, und er verspricht viel Gutes. Die Bedeutung des Traumes ist, daß Spaziergänge am Morgen wohltuend für die Gesundheit sind und Spaziergänge im Palastgarten doppelt wohltuend.«

»Ich danke Euch vielmals, Eure Hoheit«, sagte der Astrologe und sammelte seine Sachen ein.

»Auch ich habe vielmals zu danken«, sagte der Prinz und wandte seinen Kopf ab.

So scheiterten alle Leute des Königs, und der Prinz verweilte weiterhin in seinen Gemächern, abgesondert von jeglichem Palastleben.

»Was kann man noch tun?« fragte der König seinen Berater für geheime Angelegenheiten.

Der Berater für geheime Angelegenheiten sagte mit ganz leiser Flüsterstimme: »Man muß still abwarten und sehen, wie sich die Dinge entwickeln.«

»Wenn es nichts Besseres gibt«, sagte der König, »warten wir eben.«

2

Eines Tages, als der Prinz in seinem Zimmer saß, hörte er Geschrei vom Korridor her. Er öffnete die Tür und sah den Turban des Narren auf dem Boden unweit der Schwelle rollen, und etwas entfernt davon sah er die Soldaten der Palastwache, die den Hofnarren unter Schlägen und Schreien gefangennahmen, mit Fäusten auf ihn einprügelten, seine Hände fesselten und ihn mit aufgepflanzten Bajonetten abführten.

Der Prinz näherte sich dem Kommandanten der Wache und fragte ihn, was dies zu bedeuten habe. »Dieser Narr«, sagte der Kommandant, »hat seine Fähigkeit verloren, Erheiterung und Freude hervorzurufen.«

»Ist dies Anlaß genug, um ihn so zu behandeln?« fragte der Prinz.

»Nein«, sagte der Kommandant der Wache, »aber er ist grob und dreist wie keiner, und die Geschichten, die er dem König erzählt, um sein Herz zu erheitern, machen entweder traurig und vertreiben jegliche Freude, oder sie sind hart und bitter und machen sich über alle Werte des Königreichs lustig. Wie auch immer – der König hat ihn wiederholt gewarnt, und da der Narr seine Verhaltensweise nicht gebessert hat, befahl mir der König, mit ihm gebührend zu verfahren.«

»Wenn es so ist«, sagte der Prinz, »dann hoffe ich, daß du auch richtig verstanden hast, was eine gebührende Behandlung ist.«

»Den Sinn des Befehls verstehe ich durchaus«, sagte der

Kommandant der Wache, »obwohl ich nichtsdestotrotz zugeben muß, daß ich noch zwischen der Peitsche und dem Rad schwanke.«

»Wenn es so ist«, sagte der Prinz, »dann bist du weit davon entfernt, etwas zu verstehen. Führe den Narren sofort in mein Zimmer, dort wird er die gebührende Behandlung für seinesgleichen schon erhalten.«

»Zu Befehl, mein Herr und Prinz, und wir, die Soldaten der Wache, werden die Türe bewachen, damit er nicht zu fliehen wagt.«

»Nein«, sagte der Prinz, »das ist gar nicht nötig. Nach meiner Behandlung wird er nicht mehr fliehen können. Ihr aber, kehrt zu den Toren und den Türmen zurück, und bewacht sie gut. Man kann nie wissen, wie viele Verschwörer es gibt.«

»Zu Befehl«, sagten die Soldaten der Wache. Sie brachten den Narren ins Zimmer des Prinzen und zogen ab.

Der Prinz gab dem Narren Wasser zu trinken, um seine Seele zu laben, doch der Narr war noch verschreckt und mißtrauisch.

»Beruhige dich«, sagte der Prinz, »wenn du tust, was ich dir sage, hast du nichts zu befürchten. Ich habe gehört, daß du Geschichten erzählst.«

»Wollte Gott, ich hätte es nicht getan«, sagte der Narr und rieb sich seine Beulen.

»Aber so bist du, du kannst dich doch nicht verleugnen.«

»Und weil ich so bin, ist mein Körper voller Beulen.«

»Hier kannst du frei von Angst sein, denn auch wenn du mir die grauenhafteste aller Geschichten erzählst, ich werde nicht die Soldaten der Wache alarmieren, damit du den Gang der Erzählung verbesserst. Solange die Soldaten der Wache den Astrologen, den Arzt, die Berater und ihresgleichen nicht verprügeln, sitzen sie besser auf den Wachtürmen, dem Zorn der Winde und der sengenden Sonne ausgesetzt, und du kannst mir ganz nach deinem Belieben Geschichten erzählen.«

»Nach meinem Belieben?«

»Nach deinem Belieben, aber nicht über jedes Thema der Welt. Es steht dir frei zu erzählen, soviel du willst, jedoch über ein Thema, das ich dir vorgebe. Und das ist nun das Problem. Ich hatte einen Traum, doch ich finde keinen Weg zu seiner Lösung. Ich sann darüber nach, habe mir wieder und wieder den Kopf zerbrochen, und es ist mir nicht geglückt. Die Leute im Palast und die Höflinge versuchen, mich zum Sprechen zu bringen und auszuforschen, aber im Grunde leihen sie mir nicht ihr Ohr, und ihr Sinn richtet sich auf nichts anderes als ihr eigenes Wohlergehen und ihren Nutzen. Ich werde dir den Traum mit all seinen Rätseln und Erstaunlichkeiten erzählen, und du wirst mir die vollständige Geschichte erzählen, die darin verborgen ist. Wie behagt dir die Sache?«

»Ich bin geneigt, der Versuchung zu erliegen«, sagte der Narr, »und ganz besonders, wenn ich Euren Vorschlag angesichts der Möglichkeit bedenke, die Gitterstäbe in den Verliesen des Palastes zu zählen. Ich hoffe bloß, daß meine Geschichte Euch dienlicher ist, als die letzte mir selbst gedient hat.«

»Mach dir bitte keine Sorgen«, sagte der Prinz, »und höre den Traum, den ich träumte. Im Traum zeigte sich mir ein weißer Reiher, der sich an mich wandte, mich in menschlicher Sprache anredete und auch mit seinem Flügel auf die Dinge hinwies, über die er sprach. ›Teurer Prinz‹, sagte er, ›am Ende des Königreiches, zu beiden Seiten eines Baches, wachsen zwei Bäume, eine Palme und eine Kiefer. Der eine von ihnen, die Palme, hat alle Qual hinter sich gelassen und kennt kein Leid mehr, während der andere, der Kiefernbaum, unter Schmerz und Qualen wächst. Doch beide speisen sich aus der gleichen Schönheit, und beide trinken vom gleichen Wasser. Und wenn du dort hinkommst, Prinz, wenn du deine Augen aufmachst, um zu sehen, deine Ohren, um zu hören, und dein Herz, um zu begreifen, wirst du etwas finden, wonach du nicht gesucht hast, und ich werde dir auch unendlich dankbar sein.‹ Das sagte der Reiher im Traum zu mir und flog davon. Und ich erwachte, und seitdem ist die Ruhe von mir gewichen. Was hat dieser Traum zu bedeuten? Was verbirgt er mir? Was verheißt er mir? Was verlangt er von mir? Wie kann man etwas finden, das man nicht gesucht hat? Und wie ist es möglich, solche Schönheit, wie sie mir im Traum gezeigt wurde, nicht zu suchen? Und was haben diese Qualen zu bedeuten, von denen ich nicht weiß, was es ist, die aber mein Herz durchbohren, als wären es meine eigenen?«

Der Narr hörte aufmerksam zu, sann eine lange Weile nach und sagte dann: »Verehrter Prinz, da Ihr von mir eine Geschichte und keine Deutung erbeten habt, betrachte ich mich als frei, Eure Fragen nicht zu beantworten. Aber es kann sein, daß Ihr in der Geschichte auf einige davon eine Antwort finden werdet.«

»Gut«, sagte der Prinz, »alsdann erzähle, und ich höre.«

Der Narr hob an zu sprechen:

3

In einem Lande, nicht nah, doch auch nicht allzu fern, vor nicht wenigen, aber auch nicht allzu vielen Tagen – und vielleicht haben sich die Dinge auch in unserem Lande und eigentlich in unseren Tagen zugetragen, kann man das denn sicher wissen? –, in jenem Land, zu jener Zeit, lag ein Gehöft, nicht allzu groß, am Ufer eines Baches, und das Gehöft war im Besitz eines fleißigen Bauern, der eine schöne Frau hatte, die er liebte, und zusammen besorgten sie die Angelegenheiten auf dem Hof und sahen Segen auf ihrem Werk. Der Mann und die Frau hatten erst unlängst geheiratet, und ihre Liebe war jung an Tagen, doch alt genug, daß der Mann hin und wieder zu seiner Gefährtin sagte: »Wie gerne wollte ich, daß wir ein Kind hätten.« Und das Gesicht der Frau bewölkte sich: »Bitte«, sagte sie, »warte duldsam, alles kommt zu seiner Zeit. Ich bin sicher, daß du auf diesem Hof nicht ohne Kinder bleiben wirst.«

Der Bauer sah, daß seine Frau traurig wurde, und er hütete die Worte in seinem Herzen, um ihr nicht noch mehr Kummer zu bereiten. Die Tage verstrichen, ein Kind kam nicht zur Welt, und die beiden Menschen versanken in leiser Traurigkeit. Aber die Traurigkeit festigte nur die Liebe in ihren Herzen, und der Bauer war willens, seiner Frau alles auf der Welt zu geben, nur damit ihr Herz froh wäre und damit vielleicht, vielleicht ihr Leib sich bereit zeigen würde und sie ein Kind zur Welt brächte.

»Vertreibe die Sorge aus deinem Herzen«, sagte die Frau immer wieder, »ob ich schwanger werde oder nicht – ich verspreche dir bei allem, was mir lieb und teuer ist, daß du nicht kinderlos bleiben wirst.« Und der Mann fragte und forschte nicht weiter.

Eines Tages ertönte Trommel- und Schellenklang in der Nähe des Hauses. Der Bauer blickte aus dem Fenster und sah einen Zigeunerwagen näher kommen, aus dem jubelnde Stimmen drangen.

Der Wagen erreichte das Hoftor, die Zigeuner sprangen ab, breiteten Matten auf den Boden und legten darauf ihre Waren aus. Danach setzten sich zwei von ihnen beiseite, der eine spielte die Geige, und der zweite sang, und eine blutjunge Zigeunerin, braun und geschmeidig, tanzte zu den Klängen des Geigenspiels. Das Lied, das sie sangen, war ein neues Lied, das man in jenen Tagen häufig auf Jahrmärkten zu hören bekam:

Ai, ai – sagt das Lied –
ich säe Worte
in den Wind des Nordens:
Wär' ich doch ein Pfad,
würd' ich deine Schritte geleiten;
wär' ich doch ein Baum,
würd' ich dir ein Lager in meinem Schatten bereiten …

Und die Geige überschlug sich in Tremolos, und die Zigeunerin tanzte so märchenhaft, daß einem schier das Herz brechen wollte.

»Komm«, sagte die Frau des Bauern zu ihrem Mann, »komm, wir schauen, was diese Zigeuner zum Verkauf anzubieten haben.«

Die beiden traten aus ihrem Haus und gingen zum Wagen. Und die Ware war wirklich eine Augenweide: Pelze und Schals, Spitzen und Schmuck, Gemälde von Seehunden und Eisbären und Statuetten aus schwarzem Stein, und alles wohlgefällig ausgelegt. Als die Zigeunerin das Ehepaar erblickte, hörte sie auf mit ihrem Tanz und begrüßte sie: »Es steht euch alles zur Verfügung«, sagte sie, »ihr könnt schauen, probieren, kaufen, soviel ihr wollt.«

»Von woher kommt ihr?« fragte der Bauer.

»Wir kommen von einer langen Reise durch die Länder des Nordens, und wir haben von dort alle Kostbarkeiten mitgebracht, die wir finden konnten. Schöne Handwerksarbeiten, nach bester Tradition der Künstler des Nordens. Und alles zu äußerst günstigen Preisen.«

»Wirklich wundervolle Dinge«, sagte der Mann, »und du, meine liebe Frau, was suchst du dir aus?«

Die Frau stöberte zwischen dem Geschirr und den Statuetten herum, und jedes Teil erschien noch schöner als das vorige. Sie probierte Schals, legte Schmuck an und sah mit jedem noch schöner, liebenswerter und begehrenswerter aus. Und dennoch fiel es ihr schwer, sich zu entscheiden.

Mit einemmal fand sie unter den Dingen ein kleines Beutelchen aus weichem Leder, mit einer Flachsschnur zusammengebunden. Sie löste die Schnur, und darin, auf einem weichen Bett aus Baumwolle, lag ein winzigkleiner Samen. Plötzlich leuchteten ihre Augen: »Das ist es, was ich wollte«, sagte sie aufgeregt, »das ist das Geschenk, das ich mir aussuche.«

»Es ist der Samen einer Kiefer«, sagte die Zigeunerin, »und ihr könnt ihn natürlich kaufen, ihr müßt nur wissen, daß es keinen zweiten davon in allen Ländern des Nordens gibt, und daher beträgt der Preis dieses Beutels mit dem Samen darin das Doppelte des Preises des teuersten Schmuckstücks.«

»Und du willst ihn trotzdem?« fragte der Mann.

»Ja«, sagte die Frau, »ich will weder Schmuck noch Kostbarkeiten, sondern nur diesen Beutel mitsamt dem, was drinnen ist.«

»Wenn es so ist«, sagte der Mann, »werde ich ihn dir kaufen.«

Ohne zu zögern, zahlte er den hohen Preis, den die Zigeunerin nannte, nahm den Beutel und gab ihn seiner Frau. Die beiden kehrten ins Haus zurück, und sogleich packten die Zigeuner ihre Ware ein und luden sie auf den Wagen. Und als der Mann und die Frau sich beide allein im Zimmer befanden und durchs Fenster sahen, wie der Wagen sich entfernte, sagte der Mann: »Ich glaube von ganzem Herzen, daß der Beutel, den ich dir gekauft habe, wirklich das ist, was du von allem am meisten wolltest, und ich hoffe, daß ich zu gegebener Zeit auch erfahren werde, warum.«

»Du kannst dir nicht vorstellen, wie sehr ich ihn wollte und wie bald auch du wissen wirst, warum«, sagte die Frau.

Sie bereitete auf einem Teller ein Lager aus feuchter Watte und legte den Samen darauf. Es verging ein Tag, und der Samen brach auf, und ein winziger Keim spitzte heraus. Es verging noch ein Tag, und der Keimling spaltete sich, auf jeder Seite trieb ein kleines grünes Blatt aus, und im Zwischenraum, zwischen den Blättchen, wie auf einer Hängematte, war ein winziger Säugling, nicht größer als ein Brotkrümel. Doch innerhalb weniger Tage wuchs und wuchs der Säugling, immer mehr, bis er die Größe eines gewöhnlichen Säuglings erreicht hatte. Die Frau versorgte ihn in ihrem Zimmer, wechselte seine Windeln, gab ihm Milch zu trinken, und so, ganz unversehens und mit einemmal, wie ein Geschenk des Himmels, hatten der Mann und die Frau ein kleines Kind, ihren erstgeborenen Sohn. Und da er aus dem Samen eines Kiefernbaumes hervorgegangen war, gaben sie ihm den Namen Kiefer. Und der Säugling wuchs und bescherte seinen Eltern Glück, und es schien, als gäbe es auf der ganzen Welt nichts Wundervolleres als ihn.

An dem Tag, an dem der Säugling ein Jahr alt wurde, ertönten wieder die Trommel- und Schellenklänge des Zigeunerwagens. Der Wagen erreichte das Tor des Gehöfts und hielt an, die Zigeuner sprangen ab, breiteten ihre Ware auf einer Matte aus, die zwei begannen zu singen und zu geigen, und die schöne braune Zigeunerin, die inzwischen herangewachsen und gereift war, tanzte noch märchenhafter als beim letztenmal, und das Lied, das sie sangen, war das Lied, das in der Öffentlichkeit bereits sehr beliebt war:

Ai, ai – sagt das Lied –
ich säe Worte
in den Wind des Südens:
Wär' ich doch ein Bach,
meine Tropfen bewahrten ewiglich
die Anmut deines Körpers, der eintaucht in mich …

Und die Klänge der Geige trieften honigsüß, und die Zigeunerin schien zu schweben und tanzte so märchenhaft, daß es einem vor Sehnsucht die Kehle zuschnürte.

»Komm«, sagte die Frau, »komm, wir gehen hinaus und schauen, was diese Zigeuner feilbieten. Vielleicht finde ich irgend etwas Schönes.«

Sie gingen zum Hoftor, und es war eine wahre Pracht! Stoffe, Schmuckstücke, Ketten, Parfüms und Salben, Flechtware, Elfenbein, Federn, schwarze Statuetten mit wulstigen Lippen, und alles wohlgefällig dargeboten. Die Zigeunerin hörte auf zu tanzen und begrüßte die Ankömmlinge.

»Von woher seid ihr diesmal zu uns gekommen?« fragte der Bauer.

»Wir kommen von einer langen Reise durch die Länder des Südens«, sagte die Zigeunerin, »und wir haben von dort alle Kostbarkeiten mitgebracht, die wir finden konnten, schöne Handwerksarbeiten, nach bester Tradition der Künstler des Südens. Und alles zu mehr als günstigen Preisen.«

»Wundervolle Dinge, wirklich«, sagte der Mann, »und du, meine liebe Frau, was suchst du dir aus?«

Die Frau stöberte zwischen dem Geschirr und den Statuetten herum, jedes Stück schien hübscher als das vorige. Sie probierte Stoffe aus, legte Schmuck an und sah mit jedem noch schöner und noch begehrenswerter aus, und dennoch fiel ihr die Entscheidung schwer. Auf einmal fand sie zwischen den Dingen einen winzigen Lederbeutel, zusammengebunden mit einer Flachsschnur, und darin, auf einem weichen Bett aus Baumwolle, lag ein schmaler, länglicher Kern.

»Das ist es, was ich will«, sagte die Frau.

»Es ist der Samen einer Dattelpalme«, sagte die Zigeunerin, »doch ihr müßt wissen, daß es keinen zweiten davon in allen Ländern des Südens gibt, und daher beträgt der Preis des Beutels samt dem, was er enthält, das Vierfache von dem des teuersten Schmuckstücks.«

»Macht nichts«, sagte der Mann, »bisher hat uns das, was wir bei dir gekauft haben, Segen beschert, und der Preis wird uns auch diesmal nicht abschrecken.«

Er bezahlte der Zigeunerin soviel, wie sie von ihm verlangte, und die Zigeuner packten sofort all ihre Schätze auf den Wagen, und der Mann nahm den Beutel und reichte ihn seiner Frau. Als sie ins Haus zurückgekehrt waren, bereitete die Frau auf einem Teller ein Lager aus feuchter Watte und legte den Kern behutsam darauf. Nach einem Tag platzte der Samen auf, und ein dunkelgrüner Keim lugte hervor. Nach einem weiteren Tag spaltete sich der Trieb in zwei Blätter, und am dritten Tag zeigte sich zwischen diesen beiden Blättern, wie in eine Hängematte gebettet, ein winzigkleiner weiblicher Säugling. Der Säugling wuchs und entwickelte sich, und nach Ablauf weniger Tage war er zu einem in jeder Hinsicht normalen Säugling geworden. Die Frau versorgte ihn in ihrem Zimmer, gab ihm Milch zu trinken, wechselte seine Windeln, und nachdem das Mädchen aus dem Samen einer Dattelpalme hervorgegangen war, gaben sie ihm den Namen Palme. Und so gab es auf dem Hof zwei Säuglinge, einen Jungen und ein Mädchen.

Aus den Säuglingen wurden hübsche, herzgewinnende Kinder, die das Haus ihrer Eltern mit Freude und Heiterkeit erfüllten, und ihr Geist überstrahlte das ganze Gehöft.

Die beiden hingen unzertrennlich aneinander, Kiefer wich nicht von Palmes Seite, und Palme weilte nie fern von Kiefer, und alles machten sie gemeinsam. Zusammen kletterten sie auf Bäume, zusammen spielten sie Verstecken und Seilhüpfen, und danach, wenn sie müde wurden, setzten sie sich zu Füßen eines Baumes, und Palme erzählte Kiefer lange Geschichten, und Kiefer hörte zu. Manchmal änderte er etwas an der Geschichte, fügte ein Ereignis hinzu, korrigierte das Ende, aber allermeistens gelangten die Geschichten zu keinem Ende, denn die beiden schliefen Seite an Seite ein.

Die Kinder wuchsen heran und wurden erwachsen, und die jungen Burschen auf dem Hof und in den umliegenden Anwesen begannen, sich für Palme zu interessieren, ihr nachzustellen und ihr kleine Geschenke darzubieten, und die Nachbarinnen und Nachbarn begannen, Kiefer für ihre Töchter ins Auge zu fassen, doch Kiefer und Palme fuhren fort, alles gemeinsam zu tun, und waren nicht gewillt, sich voneinander zu trennen.

Zu jener Zeit suchte eine schlimme Plage alle Bauern in der Umgebung heim. Ein großes Wildschwein kam Nacht für Nacht aus dem Wald und verwüstete die Ernte auf den Feldern, und es fand sich kein Weg, es zu vertreiben. Kiefer beschloß, des Nachts mit seinem Gewehr hinauszugehen und das Wildschwein zu jagen. Die jungen Burschen der benachbarten Bauernhöfe schlossen sich ihm mit Freuden an, und noch am gleichen Abend trafen sie alle im Gehöft zusammen und rüsteten sich für die Jagd, mit Maultieren, Decken, Gewehren, Laternen und Hörnern.

Da trat Palme zu den versammelten jungen Leuten und fragte: »Und wo ist mein Maultier?«

»Dein Maultier? Habt ihr so was schon gehört? Daß ein Mädchen in der Nacht auf Wildschweinjagd geht?«

»Ganz unbedingt«, sagte Palme, »ich verlange, ebenfalls an der Expedition teilzunehmen.«

»Kommt nicht in Frage – und basta«, sagte die Mutter, die in den Hof herbeigeeilt kam, »ein junges Mädchen muß zu Hause sitzen und sich mit Sticken beschäftigen und nicht auf nächtlichen Jagdausflügen herumrennen.«

»O Mutter«, sagte Palme, »wie altmodisch du bist! Ich werde noch viele Nächte daheim sitzen und Stickereien bis zum Gehtnichtmehr anfertigen, und Bewerber werden kommen und um meine Hand anhalten, was weiß ich. Aber heute nacht will ich mit Kiefer auf die Jagd gehen – komme, was wolle.«

Palme beharrte eigensinnig auf ihrem Willen. Da halfen keine flehentlichen Bitten der Mutter und des Vaters, sie wich nicht von Kiefers Seite, und Kiefer wollte sie nicht enttäuschen. Am Ende gaben die Eltern voll Sorge nach und trugen Kiefer auf, gut auf sie aufzupassen, damit ihr nichts Böses zustieße.

Die Jagdgesellschaft machte sich fröhlich auf den Weg. Die jungen Leute streiften durch die Felder, gaben einander in der Dunkelheit Signale und lauerten auf das Wildschwein. Es dauerte nicht lange, und das Schwein stürzte aus dem Unterholz, fiel über die Felder her und begann, sich den Bauch vollzuschlagen, sich auf der Erde zu wälzen und Verwüstungen anzurichten. Die jungen Leute alarmierten einander mit Pfiffen und Laternensignalen, und bald hatten sie das Wildschwein von allen Seiten umzingelt und begannen, den Kreis enger zu ziehen.

Kiefer schlich ganz leise durch die Dunkelheit, und mit etwas Abstand zu seiner Rechten Palme. Und da hörte er im Gestrüpp, ganz nah zu seiner Linken, das Grunzen des Schweines, hörte sein Schnauben und Keuchen, hörte sein Getrampel und das Knacken der brechenden Zweige und sah seinen großen Schatten. Er riß sein Gewehr hoch und schoß, und beim Donnern des Schusses brach das Schwein aus dem Gestrüpp heraus, sprengte den engen Ring der Jäger und entkam in den tiefen Wald.

Wie kann ich nur den weiteren Verlauf dieser Geschichte erzählen, wenn ich keine Worte für das Ausmaß des Grauens finde, das mich erfaßt? Es steht mir nicht frei, die Dinge anders zu erzählen, als sie sich abgespielt haben, doch gibt es nichts, was ich weniger gerne wollte.

Von der Stelle, an der zuvor das Schwein gewesen war, erklang ein ächzender Laut, und als Kiefer näher trat, packte ihn grenzenloses Entsetzen. Palme, die die ganze Zeit zu seiner Rechten hätte gehen sollen, lag dort niedergestreckt in ihrem Blute.

Wie konnte so etwas geschehen? Wie geschah es, daß er mit seinen eigenen Händen das Wesen getötet hatte, das ihm so teuer war? Wie war Palme dorthin gelangt, an ebenjene Stelle, an der sich das Wildschwein gewälzt hatte? Seine Sinne trübten sich, und seine Augen verdunkelten sich. Er lud sich Palmes Körper behutsam auf die Schultern und trug sie zu ihrem Maultier. Dort fertigte er mit seinen Freunden und Gefährten eine Bahre an, und sie kehrten alle zurück, unverrichteter Dinge, in einem traurigen und bedrückten Zug, während sie Palmes Leiche mit sich führten. Und wie schwer ist es, das Leid des Bauern und seiner Frau zu beschreiben.

Sie begruben Palme auf der anderen Seite des Baches, unweit des Gehöfts. Nachdem sich der Leichenzug zerstreut hatte und alle nach Hause zurückgekehrt waren, irrte nur Kiefer noch weiter draußen umher, in der Nähe des Grabes, und wollte nicht mehr nach Hause zurück. Am Ufer des

Baches, auf der Seite des Gehöfts, ließ er sich statt dessen nieder und blickte zu dem Erdhügel auf der anderen Seite hinüber. So blieb er den ganzen Tag und die ganze Nacht und wußte nicht aus noch ein. Am nächsten Morgen gewahrte er von weitem, daß an der Grabstelle ein winzigkleiner, dunkelgrüner Keimling herausschaute. Der Keim wuchs schnell, spaltete sich, und jeder Trieb brachte weitere zwei Blätter hervor, und so stand denn, innerhalb dreier Tage, am Ort des Grabes eine hoch aufgerichtete Dattelpalme, die ihre mit Früchten behängten Wedel in alle Richtungen ausbreitete.

»Wieviel besser hast du es doch als ich«, dachte Kiefer, »da bist du wieder zu einem Baum geworden, und mir bleiben noch so viele Jahre, um als Mensch zu leben, um meine Tage mit ihren Beschäftigungen zuzubringen, Tage, Monate und Jahre hinter mich zu bringen, und die ganze Zeit werde ich keinen Augenblick aufhören zu wissen, daß ich deinem Leben ein Ende gesetzt und Zerstörung über dich und mich selbst gebracht habe. Könnte ich diese Last doch nur von mir werfen, könnte ich doch das Leben eines anderen Menschen leben, ein Tier sein, ein Stein sein, wie du sein – ein Baum am Wegesrand! Vielleicht könnte ich so den Kummer besser ertragen, aber hier zu sitzen, in meinem eigenen Leben, und zu wissen, daß sich die Dinge so abgespielt haben, wie es sich ereignete, und sie niemals mehr ungeschehen machen zu können – das ist einfach unerträglich!«

Der Schmerz, der den ganzen Tag hindurch loderte und die ganze Nacht flackerte, fing gegen Morgen des folgenden Tages zu verkrusten an, verfestigte und verhärtete sich. Brust und Rippen konnten das Herz nicht mehr davor schützen zu brechen: Eine harte Baumrinde begann ihn zu umwachsen, und bevor er begreifen konnte, wie ihm geschah, versanken die Füße tief im Grund, die Hände versteiften sich und wurden zu Ästen, die Haare zu Kiefernnadeln, und die Augen wurden mit Wipfel und dichtem

Astwerk zugedeckt. Der Gram und das gebrochene Herz wandelten sich zu einem dauerhaften Schmerz in Rücken und Gelenken, die Beine dehnten sich immer weiter wie Wurzeln in engen Höhlungen des Erdreichs, der Rücken krümmte sich im Innern des Stammes, und die Arme waren inmitten des Geästes gefangen und verdreht.

Nichts erleichterte den Schmerz und das Leid. Er wurde zum Baum, doch sein Leben war nicht das eines Baumes. Palme, die auf der anderen Bachseite wuchs, sah froh und glücklich aus, sie war voll und ganz ein Baum und empfand auch das Glück nach Art der Bäume. Aber für ihn, Kiefer, gab es keinen Weg, sich mit Worten an sie zu wenden: Nichts befreite ihn von der Last, die des Menschen Erinnerung und Wissen bedeuten. Er hörte nicht auf zu fühlen, hörte nicht auf zu sehen und hörte nicht auf zu wissen.

Des Nachts kroch die Kälte in ihn, des Tags brannte die Sonne auf ihn herab, die Winde fuhren in ihn hinein, der heiße Südwind versengte seine Rinde, die Füße scharrten in der Tiefe des Erdreichs nach unterirdischen Quellen. Im Winter peitschten ihn harte und eisige Winde, Hagelschauer und prasselnder Regen stürmten auf ihn ein. Und das große Wildschwein kam aus dem Wald heraus und zernagte seine Rinde, wenn es nichts anderes zu fressen hatte. Im Frühling begann er sich mit gelblicher Blüte zu überziehen, und geschaftige Insekten wuselten in seinen Zweigen. Dann bliesen die warmen Winde seine Samen in alle Himmelsrichtungen, die Kiefernzapfen fielen ab, Harz tropfte an ihm herab, und Butterpilze sprossen unter der Decke der abgeworfenen Kiefernnadeln. Vögel nisteten in ihm, Fledermäuse hingen zwischen seinen Zweigen, Raupen zerfraßen seine Nadeln, und er spürte, wie eine neue Rinde um ihn herum wuchs und sich ein weiterer Ring um sein Herz verkrustete, jedes Jahr ein neuer Ring.

So also lebte Kiefer, völlig ausgeliefert in dem dicken Stamm, und trug die Qualen des Menschen, der er gewesen, mit sich, und die Palme, deren Maß an Leiden erfüllt war, lebte das friedvolle Leben eines Baumes. Und so stehen die zwei zu beiden Ufern des Baches und trinken das gleiche Wasser, und die Kiefer betrachtet die Palme gegenüber, und die Palme betrachtet Regen und Wind. Und der Palmbaum wächst, ragt hoch empor und trägt Früchte, während der Kiefernbaum harte Rinden um sich wachsen läßt und sein Herz vor Reue, Schmerz und Sehnsucht vergeht.

4

Hier beendete der Narr seine Geschichte, und der Prinz senkte zutiefst bewegt den Kopf.

»Das ist ja eine unglaublich traurige Geschichte«, sagte er, »ich habe nicht erwartet, daß der Narr des Königs mir so etwas erzählen wird.«

»Auch der König und seine Berater haben andere Dinge von mir erwartet, und deswegen hetzten sie mir die Palastwache auf den Hals. Euch jedoch, der Ihr schließlich von mir erbeten habt, Euch die Bedeutung der Qualen des Baumes aus dem Traum zu erklären, hätte ich Euch wohl eine heiterere Geschichte anbieten können?«

»Nein«, sagte der Prinz, »aber in meinem Traum kamen noch andere Dinge vor: Im Traum war auch ein weißer Reiher, der mir versprach, wenn ich an jenen Ort käme, würde ich etwas finden, wonach ich nicht gesucht habe. Nein, das ist noch nicht alles.«

»Gewiß ist das nicht alles«, sagte der Narr, »aber dieser Teil entfällt nun auf Euch. Wenn Ihr nicht in eigener Person dort gewesen sein werdet, wird Euch keine Geschichte helfen.«

»Wenn es so ist«, sagte der Prinz, »werde ich in eigener Person dorthin aufbrechen, und ich werde sehen. Aber du, du wirst mich begleiten.«

Sogleich verließ der Prinz sein Zimmer und eilte zu seinem Vater, dem König.

»Vater«, sagte er, »es ist mein Wunsch, auf Reisen zu gehen, um das Land zu erforschen, zu studieren und kennenzulernen.«

Der König freute sich so sehr, den Wandel zu sehen, der in dem Prinzen vor sich gegangen war, und die Energie, die in ihm sprudelte, daß er keine weiteren Fragen stellte, sondern nur sagte: »Mein Sohn, es steht dir frei, dich aufzumachen und jeden Ort in den Grenzen des Königreiches zu bereisen. Aber nach Ablauf von dreiunddreißig Tagen mußt du in den Palast zurückkehren und mir erzählen, was du gesehen hast.«

»Danke, Vater«, sagte der Prinz.

Der König befahl, Reiseproviant, Kleidung und Pferde bereitzustellen, und am nächsten Morgen machten sich der Prinz und der Hofnarr auf den Weg.

Sie reisten kreuz und quer durch das gesamte Königreich. Sie besuchten Dörfer, Städte, Burgen, Wälder und Felder. Der Prinz wanderte an Bachufern und unter Bäumen einher und lernte mehr, als ihm all seine königlichen Hoflehrer je beigebracht hatten. Er lernte, zwischen Menschen zu unterscheiden, zwischen Orten, zwischen Bäumen und Steinen; er lernte, die Dinge beim richtigen Namen zu nennen, er lernte zuzuhören, die Augen aufzumachen und all die Dinge, die man in keinem Palast lehrt. Aber für die Fortsetzung seines Traumes hatte er noch immer keine Lösung gefunden.

Und da, am zweiunddreißigsten Tag der Reise, als er auf dem Rückweg in die Hauptstadt war, verfinsterte sich der Himmel, und bevor es ihm gelang, sich darauf einzurichten, strömte sintflutartiger Regen herab, und ein gewaltiger Sturm brach los, die Winde pfiffen und rissen Äste und ganze Bäume aus, die Bäche traten über die Ufer, und das Wasser überflutete die Wege, die Pferde kamen nur noch mühselig vorwärts, und der Prinz und der Hofnarr waren durchweicht bis auf die Knochen. Ganz langsam schritten sie in Dunkelheit und Nebel voran, bis sich ihrem Blick in der Ferne Lichter offenbarten. Sie beschlossen, sich dorthin zu wenden und um Zuflucht zu bitten, bis der Sturm vorüber wäre.

Es war ein kleines und abgelegenes Gehöft am Rande eines Dorfes, und der Besitzer des Hofes war ein silberhaariger Greis, der dort mit seiner jungen Tochter lebte. Er nahm sie großzügig auf, bot ihnen Platz, sich aufzuwärmen, sich zu waschen, sich hinzusetzen und auszuruhen, für sie und ihre Pferde. Und die Tochter, die hübsch schien, als sie sie im Regen empfing, sah noch hübscher aus, als sie ihre Zimmer säuberte, und als sie ihnen Essen brachte, kam eine vollendete Schönheit zum Vorschein. Die Speisen, die sie dem Prinzen vorsetzte, schmeckten in seinem Munde wie paradiesische Leckerbissen, und die trockenen Kleider, die sie ihm gab, schmiegten sich wohltuend an seinen Körper, und auf dem Lager, das sie ihm für die Nacht zum Schlafen bereitete, fühlte er sich wie auf Wolken gebettet.

Er erhob sich in aller Frühe. Der Sturm, der die ganze Nacht getobt hatte, hatte sich gelegt. Die Wolken hatten sich zerstreut, und die Sonne ging gerade auf. Die Hausbewohner schliefen noch alle, bis auf die Tochter des Hofbesitzers. Sie servierte dem Prinzen ein heißes, wohltuendes Getränk, das seinen Gliedern neues Leben einflößte. Sie fragte, ob er angenehm geschlummert habe und ob er noch etwas brauche.

»Ich danke dir vielmals«, sagte der Prinz, »das ist eine Gastfreundschaft, die ich nie vergessen werde. Nachdem sich der Sturm gelegt hat, meine ich, daß wir unsere Reise in die Hauptstadt fortsetzen können, denn wir müssen uns noch heute an ihren Toren einfinden. Nichtsdestotrotz, bevor wir uns auf den Weg machen, möchte ich mir gerne diesen Ort und seine Umgebung ansehen.«

»Mit Freuden«, sagte die Tochter, »denn auch ich wollte ein wenig spazierengehen, um nach der schweren Sturmnacht nach den Bäumen und Feldern und Tieren zu sehen. Du kannst mich also begleiten, und ich werde dir alles zeigen.«

»Es ist mir ein Vergnügen«, sagte der Prinz.

»Da es so ist«, sagte das Mädchen, »geziemt es sich, daß ich mich vorstelle. Mein Name ist Linde. Und du, wie lautet dein Name?«

»Bis Tagesende wirst du meinen Namen erfahren«, sagte der Prinz, »und unterdessen werde ich deinen Namen als teures Unterpfand hüten.«

Linde zeigte ihm das Gehöft mit allen Kuh- und Hühnerställen, und danach gingen sie zu den Feldern und Pflanzungen, und sie zeigte ihm die Apfel- und Birnbäume und pfiff nach den Vögeln, die kamen und sich auf ihre Schultern setzten. Die ganze Welt sah schön aus, frisch gewaschen und nagelneu, allein durch ihre Gegenwart.

Am Ende der Pflanzungen war ein Bach, und Linde führte den Prinzen zu einer großen Kiefer mit ausladendem Stamm, die am Wasserrand stand, mit knorrig gewundenen Ästen und starken Nadeln, deren Gehölz eine Art Lichtung aussparte. Eine kleine Holzbank stand dort, es war ein abgeschlossener, angenehmer Platz, und das Wasser des Baches, das erst gestern noch getobt und gewogt hatte, beleckte schmeichelnd seine Ufer.

»Dieser Platz erinnert mich an etwas ...«, sagte der Prinz, »ich bin sicher, daß ich hier schon einmal war, es will mir nur nicht einfallen, wann.«

»Nein«, sagte Linde, »wärst du hiergewesen, würde doch auch ich dich kennen. Aber möglicherweise hast du von diesem Ort geträumt, oder nicht?«

»Ja«, sagte der Prinz, »wahrhaftig, dieser Ort ist mir einmal im Traum erschienen, genau so, mit allen Einzelheiten und Kleinigkeiten. Nur du warst nicht in dem Traum, doch jetzt, wo ich dich sehe, ist der ganze Rest so gut wie vergessen.«

»Wenn du von diesem Ort geträumt hast, kann ich dir den Traum schildern«, sagte Linde, »gewiß hast du von einer großen breiten Kiefer geträumt, die aussieht, als hätte sie schwere Qualen durchlitten. Sieh die Verkrümmungen des Stammes und die knotigen Äste. Nicht aus leichtem

Herzen und aus Freude sind sie entstanden. Und vielleicht hast du auch von dem Bach nahe der Kiefer geträumt, der die Ränder der Lichtung benetzt? Und vielleicht auch von der Dattelpalme dort, drüben am Bach, die durch die Äste dieses Baumes hier sichtbar ist, sie hat einen geraden Stamm, wie jemand, dem kein Leid mehr bereitet wird, und sie überragt mit ihrer vollen Höhe alle Sträucher in ihrer Umgebung. War es nicht das, was du in deinem Traum sahst?«

»Das war es!« sagte der Prinz zutiefst aufgewühlt. »Aber es gab noch etwas in meinem Traum, noch etwas anderes. Es kam ein weißer Reiher darin vor, der mir versprach, daß ich, wenn ich an diesem Ort wäre, etwas fände, wonach ich nicht gesucht habe. Und siehst du, nun bin ich hier und habe dich gefunden. Ich habe die ganze Zeit nach einer Lösung für meinen Traum gesucht, und was ich jetzt finde, ist keine Lösung, sondern der Traum selbst!«

»Wenn es so ist«, sagte Linde, »bist du willkommen, ihn immer wieder zu träumen.«

»Nein«, sagte der Prinz, »ich will ihn nicht noch einmal träumen, denn nach jedem Traum kommt das Erwachen. Ich werde ihn erst wieder träumen, wenn du mir versprichst, daß ich dich auch nach dem Erwachen an meiner Seite finde.«

»Du kannst mich an deiner Seite finden, so oft du willst und wann immer du mich brauchst«, sagte Linde leise.

»Nun denn«, sagte der Prinz, »heute muß ich meine Reise fortsetzen, um in die Hauptstadt zu gelangen, jedoch ist der Weg nicht allzu weit, und ich werde sehr bald zu dir zurückkehren. Und unterdessen werde ich mit meinem Vater sprechen und ihm sagen, daß es mein Wunsch ist, dich zur Frau zu nehmen. Aber ich kann nicht weiter darüber sprechen, und sag auch du nichts. Du mußt wissen, daß ich Prinz Leuchte bin und mein Vater der Herrscher dieses Königreiches ist, König Manneszier der Erste, genannt Eisenhand.«

»Ob du ein Prinz bist oder ein Wasserträger – das ist mir einerlei«, sagte Linde. »Ich werde hier auf deine Rückkehr warten.«

Der Prinz zog seinen Dolch heraus und ritzte seinen erklärten Treueschwur in den Stamm des Baumes. Der Stamm sonderte überall, wo die Klinge ihn berührte, zähes Harz ab, und es sah aus, als vergieße er Blut. Ein Beben durchrieselte all seine Äste, und es war, als schwankte er, doch dann besann er sich und ließ einen Schauer von winzigkleinen gelblichen Blütenstaubflocken auf den Prinzen und Linde herabschneien.

5

Der Prinz und der Hofnarr waren wieder auf dem Weg in die Hauptstadt. Die Pferde trabten wie von selbst dahin, und der Prinz war nachdenklich und bewegt. Mit einemmal begann er ein Lied vor sich hin zu trällern:

Ai, ai – sagt das Lied –
ich säe Worte
in den Wind des Ostens:
Wär' ich doch ein Pfad,
ein Baum, ein Bach,
stellte dieses Feuer
nicht meiner Seele nach …

»Dieses Lied ist mir von irgendwoher bekannt«, sagte der Hofnarr.

»Es summt mir im Kopf herum und läßt mich nicht los«, sagte der Prinz.

»Kein Wunder«, sagte der Narr, »das ist schließlich das Lied, das die Zigeunerfrau, etwa zwanzig Jahre nachdem sie zum erstenmal im Gehöft aufgetaucht war, gesungen hat.«

»Dann gibt es also eine Fortsetzung deiner Geschichte!«

»Gewiß gibt es eine. Und jetzt, wo Ihr in eigener Person hiergewesen seid, werdet Ihr sie selbst finden können.«

»Aber ich hoffe doch«, sagte der Prinz, »daß diese Fortsetzung nicht allzusehr ihrem Anfang gleicht, denn sonst würde sich diese Geschichte wirklich wiederholen.« Und dann begann der Prinz zu reden, wie jemand, der mit sich selbst spricht:

»Denn ich stelle mir vor, wie die braunhäutige Zigeunerin zu den Klängen dieses Liedes tanzte, reif wie ein auf allen Seiten geröteter Apfel, der gleich vom Baum fällt, aber ihr Tanz ist geschmeidiger und schöner denn je zuvor. Und jetzt, als diese Klänge ertönten, die das Gehöft seit langem nicht mehr heimgesucht hatten, traten der Bauer und seine Frau zu den Zigeunern hinaus. Diesmal war die Frau niedergedrückt und traurig wegen ihrer beiden Kinder, die sie verloren hatte, und der Mann versuchte mit aller Macht, sie aufzumuntern. Und da nun, als die Zigeunerin alle Kostbarkeiten, die sie und ihre Sippe in den Ländern des Ostens gesammelt hatten, vor ihren Augen ausbreitete, entdeckte die Frau mit einemmal einen kleinen, mit einer Hanfschnur zusammengebundenen Beutel, und darin, auf einem Lager aus Schafwolle, war eine winzigkleine Beere.

›Hier‹, sagte die Frau, ›das ist es, was ich möchte.‹

›Es ist der Samen einer Linde‹, sagte die Zigeunerin, ›und ihr müßt wissen, daß dieser Beutel mit dem Samen darin in allen Ländern des Ostens einzigartig ist, und daher ist sein Preis achtmal so hoch wie der Preis des teuersten Schmuckstückes.‹

›Macht nichts‹, sagte der Bauer, ›das ist es, was meine Frau haben möchte, und daher will auch ich es.‹

Er bezahlte der Zigeunerin den Preis, den sie nannte, die Zigeuner sammelten all ihre Waren ein und luden sie wieder auf den Wagen, und der Mann und die Frau kehrten zurück ins Haus. Die Frau legte feuchte Watte auf einen Teller, und behutsam bettete sie den Samen darauf. Nachdem ein Tag vergangen war, brach das Samenkorn auf, und ein winziger Keim kam zum Vorschein. Nach einem weiteren Tag spaltete sich der Keim, zwei Blättchen trieben aus, und dazwischen, wie in einer Hängematte, lag ein weiblicher Säugling, winzigklein wie ein Samenkorn.

Der Säugling wuchs schnell, und nach einigen Tagen war er bereits wie ein normaler Säugling. Die Frau pflegte ihn in ihrem Zimmer, gab ihm Milch zu trinken und wechselte seine Windeln, und nachdem er aus dem Samen eines Lindenbaumes hervorgegangen war, gaben sie ihm den Namen Linde.

Und so kam Linde, das feinste aller Mädchen, zur Welt, die uns auf dem Gehöft empfing und uns bewirtete, jene Linde, deren Bild jetzt nicht mehr von mir weicht. Wenn dies die Fortsetzung deiner Geschichte ist, habe ich keine Mühe, sie noch zehnmal immer wieder weiterzuerzählen. Ich könnte dem Bauern auf diese Art noch zehn Töchter schenken, aber keine von ihnen würde Linde aufwiegen.«

»Ja«, sagte der Narr, »vielleicht wäre es möglich gewesen, ihm noch zehn Töchter zu schenken, um der guten Geschichte willen. Doch die Mutter brach inzwischen unter der Last des Kummers zusammen, und das neue Glück, das ihr zuteil wurde, hatte nicht mehr die Kraft, in einem Herzen, das gesprungen war, Wurzeln zu schlagen, und als Linde ein kleines Mädchen war, schloß die Mutter ihre Augen und starb.«

»Aber es gibt noch einen Helden in der Geschichte, und es ist nur recht und billig, daß wir erfahren, welches Geschick ihm zuteil wurde«, sagte der Prinz. »Zwar gilt mein ganzes Interesse Linde, aber mein Herz läßt nicht zu, daß ich Kiefer in seiner Not allein lasse.«

»Nun denn, ich werde es Euch erzählen«, sagte der Narr.

Und also erzählte er:

Fünf schwere Winter vergingen, gefolgt von fünf sengenden Sommern. Dem Kiefernbaum am Bach waren inzwischen fünf mächtige Rindenschichten gewachsen. Der Schmerz der Verhärtung des Rückens und der Arme verebbte allmählich, und das schlagende Herz war im Inneren bereits erstarrt. Und da kam eines Tages ein kleines Mädchen, um sich im Schatten seiner Äste niederzulassen, und auf einmal regte sich das Herz und machte einen Satz – dieses Mädchen glich Palme wie ein Ei dem anderen! Der Kiefernbaum blickte zu der Dattelpalme jenseits des Baches hinüber, betrachtete das Mädchen und konnte es kaum fassen: Palme war zu ihm zurückgekehrt. Da hob das Herz mit aller Macht und Leidenschaft zu schlagen an, bis fast die Rinde aufriß. Er begann außer der Zeit zu blühen, in seinem Stamm strömte das Harz hinauf und hinunter, er ließ seine gelben Pollen auf das kleine Mädchen niederregnen, und dies war das erste Mal, daß es ihn reute, ein Baum zu sein. Am liebsten hätte er das kleine Mädchen umarmt, sie für sich behalten, sie vor allem behütet, doch seine Arme waren im Gehölz der Äste gefangen, und nur der Wind konnte sie ein wenig hin und her bewegen.

Und so suchte das Mädchen tagtäglich den Baum auf. Die herumstreifenden Tiere des Waldes erkannten den Klang ihrer Schritte von weitem, umringten sie, leckten ihre Hände und wedelten mit dem Schwanz. Die Vögel umschwirrten sie mit Gezwitscher. Sie saß im Schatten des Baumes und koste kleine Eichhörnchen und Rehe. Und der Baum warf unterdessen seine Nadeln ab, um ihnen ein weiches Lager zu bereiten. Wenn sie allein war, plauderte sie treuherzig mit dem Baum, der dann seine Ohren spitzte, um kein Wort zu versäumen, doch die Worte, die er gerne gesagt hätte, waren in seinen Adern eingesperrt. Sie fertigte sich eine Hängematte zwischen den Ästen des Baumes, wo sie angenehm ruhte, und der Baum wiegte sie sanft. Und wenn sie in seinem Schatten einschlief, brachte die Kiefer die Vögel zum Schweigen, um ihren Schlaf zu hüten.

Und so wuchs Linde heran, bis sie ins heiratsfähige Alter kam. Jeder Tag mehrte ihre Schönheit und Anmut, und nicht einen einzigen Tag ließ sie von dem Baum, und gleichzeitig kam es ihr nie auch nur für einen Augenblick in den Sinn, daß dieser Baum, der so hart und knorrig war, viermal im Jahr blühte, nur weil er sie nicht umarmen konnte.

Und den Rest, Prinz, könnt Ihr wirklich selbst erraten: Was für ein Beben von Schmerz und Freude, Eifersucht und Wohlwollen, alles zugleich den Baum durchflutete und beutelte, als er sah, wie Linde in seinem Schatten den Bund mit einem anderen Mann schloß. Wie gerne er seinen Blick überallhin gewandt hätte – zum Himmel, zum Bach hinüber, in den Erdboden –, nur damit er nicht auf Linde und den Prinzen fiele, die in seinem Schatten plauderten, und wie er blutete und vor Schmerz schreien wollte, als der königliche Dolch den Liebesschwur in seinen Stamm kerbte. Das, Prinz Leuchte, ist die vollständige Geschichte von den Leiden des Kiefernbaumes, und das ist auch die Geschichte der schönen Linde.

»O weh«, sagte der Prinz, »wieder eine traurige Geschichte ohnegleichen. Ich weiß nicht, weshalb mir die Geschichte einen solch brennenden Schmerz verursacht, als hätte ich diesen Schwur in mein eigenes Fleisch eingekerbt, als würde ich selbst beraubt, ja als beraubte ich mich selbst, als steckten meine eigenen Füße im Erdreich und wären meine Hände gefesselt, als wäre dieses teure Wesen, das ich so sehr begehre, ein Stück von mir, das aus meiner Seele gerissen wird, als würde ich geschnitten und versengt, als verzehrte dieses Feuer meine Seele, und ich fürchte, ich verliere den Verstand, wenn ich nicht sofort zurückkehre und Linde wiedersehe.«

»Ich würde Euch raten, Euch im Zaume zu halten«, sagte der Narr, »heute abend läuft der dreiunddreißigste von den Tagen ab, die Euch Euer Vater, der König, zugebilligt hat. Zuallererst müßt Ihr vor ihn treten. Danach könnt

Ihr Euch versengen und schneiden lassen, wie es Euch beliebt.«

»Dann also vorwärts«, sagte der Prinz, »wenn wir schon den Weg dorthin verfolgen, sollten wir wenigstens rechtzeitig eintreffen.«

Sie gaben ihren Pferden die Sporen, und alsbald tauchten vor ihren Augen die Tore der Stadt auf. Sie ritten im Trab hinein, galoppierten durch die Gassen, und mit den letzten Sonnenstrahlen erreichten sie den Platz vor dem Palast. Der Prinz saß ab, eilte im Laufschritt die Palasttreppe hinauf, und als die Sonne zur Gänze hinterm Horizont verschwand, betrat er den Kronsaal, nahm seinen Hut ab und sagte: »Sei gegrüßt, Vater!«

6

Der König ließ ein großes Festmahl für seinen heimgekehrten Sohn abhalten, und bei dem Mahle waren alle Minister des Reiches zugegen, und die Berater für das Gesundheits-, Zeremonien- und Hofwesen, denen der König erst unlängst seine Gunst entzogen hatte, erfuhren eine vollständige Rehabilitierung, und sie wurden eingeladen, zur Rechten und zur Linken des Königs und ihm gegenüber zu sitzen, und der Berater für geheime Angelegenheiten hielt darob nur mit Mühe an sich. Auch des Hofnarren gedachte man wohlwollend, und der König wies ihm wieder seinen Platz am Dienstboteneingang zu.

Und am Ende des Festmahls fragte der König den Prinzen, was er auf seinen Reisen gesehen und erlebt hatte.

»Ich habe viele Orte gesehen«, sagte der Prinz, »habe vieles über die Gebräuche der Menschen, über ihre Lebensgewohnheiten und Lebensbedingungen erfahren. Von allem, was ich sah, gibt es nur eines, das ich mitbringen konnte, und das ist die Liebe zu einem Mädchen, das ich zur Frau nehmen möchte.«

»Und wer ist dieses Mädchen?« fragte der König. »Ist es eine Prinzessin von einem der Nachbarreiche im Osten oder Westen? Ist es die Tochter von einem der hiesigen Edelmänner oder Ratgeber?«

»Nein«, sagte der Prinz, »sie ist eine Bauerntochter, aber sie ist besser und schöner als alle Töchter von Königen oder Edelleuten, die ich je kennengelernt habe.«

»Nie und nimmer«, sagte der König, »du bist der Thronerbe des Königreichs, und du wirst ein Mädchen zur Frau nehmen, das deinem Stand entspricht – eine Prinzessin oder Tochter von Adel, die würdig ist, mit dir die Zügel der Herrschaft zu ergreifen.«

»Vater«, sagte der Prinz, »dies ist mein Entschluß, und ich wünsche sie trotz allem zur Frau zu nehmen. Sie wird meine Frau werden und, wenn der Tag gekommen ist, mit mir regieren, doch falls nicht – dann habe ich auch kein Verlangen nach der Königsherrschaft.«

»Wenn mich meine Ohren nicht täuschen«, sagte der Vater, »dann habe ich einen Ton des Aufbegehrens in deiner Stimme gehört. Nicht dies lag mir am Herzen, als ich deinen Namen wählte. Zwar wünschte ich mir einen erleuchteten Herrscher für unser Königreich, doch auch für die Erleuchtung gelten sehr klare Grenzen. Hiermit verhänge ich ein ganz entschiedenes Verbot über dich, mit dem Mädchen zusammenzutreffen und sie zu sehen.«

Der König rief den Berater für geheime Angelegenheiten zu sich und berichtete ihm von des Prinzen Absicht und von dem Verbot, das er über ihn verhängt hatte.

»Diese Freundschaft zwischen dem Prinzen und dem Hofnarren«, flüsterte ihm der geheime Berater zu, »sie ist die Wurzel des Übels. Erlaubt mir, Eurer Exzellenz in Erinnerung zu rufen, daß dieser Narr längst schon der Gunst des Königs verlustig gegangen und dazu bestimmt war, hinter Schloß und Riegel zu sitzen – wo er schon in diesem Augenblick weilen würde, hingen die Dinge von mir ab. Und wenn er sich jetzt auf freiem Fuße befindet, so nur auf

Grund des Prinzen Bemühung und Klugheit. Es ziemt sich nicht, daß ein Prinz mit einem Narren Freundschaft schließt, geschweige denn mit einem Narren, der gefehlt hat, und wenn er dies doch tut, was Wunder, daß er selber aufsässig, starrköpfig und rebellisch gegenüber dem Königtum wird. Mein Rat an Euch ist es, zuallererst den Narren vom Prinzen zu entfernen und ihn in den Kerker werfen zu lassen. Einmal ist er mit heiler Haut davongekommen, doch diesmal wird er nicht ungeschoren bleiben.«

»Gut«, sagte der König, »hiermit wird dir die Vollmacht erteilt, den Narren zu verhaften. Aber man muß sich auch meines Sohnes, des Prinzen, annehmen.«

»Dein Sohn, der Prinz«, sagte der Berater, »braucht keine Aufsicht – er kennt seinen Weg. Ich würde jedoch dazu raten, Spione auf seine Fersen zu setzen, um an erster Stelle herauszufinden, wer diese Bauerntochter ist, die er begehrt. Danach werden wir eine Möglichkeit finden, auch sie aus dem Weg zu räumen.«

»Schön«, sagte der König, »auch diesen Rat nehme ich an. Ich befehle hiermit also, meinem Sohn Spione hinterherzuschicken und alles über sein Kommen und Gehen in Erfahrung zu bringen.«

»Zu Befehl«, sagte der geheime Berater, »auch diese Weisung wird notiert und umgehend dem Kommandanten der Wache und der königlichen Geheimpolizei überbracht werden, und innerhalb einer guten Woche werdet Ihr die Ergebnisse erfahren.«

Es verging eine Woche, und wieder kam der Berater für geheime Angelegenheiten zu einer Unterredung zum König. Er blickte nach rechts und nach links, um sicherzugehen, daß kein Mensch lauschte, und sagte: »Ich beehre mich, Eurer Exzellenz mitzuteilen, daß der Narr verhaftet wurde und nun unter Bewachung im Gefängnis sitzt, und die Wächter haben ausdrücklichen Befehl erhalten, keinerlei Anweisung des Prinzen zu befolgen und kein Wort mit ihm zu wechseln.«

»Dann ist ein Problem also gelöst. Und was ist mit der Geheimpolizei?«

»Hier ist der Bericht vom Kommandanten der königlichen Geheimpolizei, mitsamt einer genauen Aufstellung der Unternehmungen des Prinzen im Laufe der Woche. Mit Eurer Erlaubnis entferne ich hiermit das Siegel.«

»Ist hiermit gestattet«, sagte der König, »lies mir vor, was geschrieben steht.«

»Also«, sagte der geheime Berater, »erster Tag: aufstehen, anziehen, waschen. Empfang einer Delegation von Bittstellern. Sucht den Narren. Findet ihn nicht. Königliches Mittagessen. Versucht den Kommandanten der Wache über den Verbleib des Narren auszuforschen. Bringt kein Wort aus ihm heraus …«

»Schön«, sagte der König, »sehr schön, ich bin sehr zufrieden mit meinen Leuten. Aber versuche, dich ein wenig kürzer zu fassen und die für uns wichtigen Stellen herauszusuchen.«

»Also«, sagte der geheime Berater und blätterte eilig, »Frühstück und Abendessen, Philosophiestunde, einige weitere Versuche, die Wachsoldaten zu bestechen, und jetzt kommt's: Zieht einfache Reisekleidung an, nimmt ein Pferd und reitet ins nächste Dorf …«

»Ja und, weiter …«

»Und im Dorf, im Schatten eines großen Kiefernbaumes am Ufer eines Baches, auf dessen anderer Seite ein Friedhof liegt, dort trifft er sich mit … einer Bauerntochter … lieblich, schön …«

»Oh, schau an«, sagte der König, »also hat er mir nicht gehorcht. Das ist das Mädchen, das ihm den Kopf verdreht hat und seine Aufmerksamkeit von den Geschäften des Königreichs ablenkt. Was machen wir jetzt mit ihm?«

»Nichts leichter als das«, sagte der Berater für geheime Angelegenheiten, »dem Prinzen wollen wir ja nichts Böses. Wir wollen nur sein Bestes. Alsdann, so wie wir den Narren außer Gefecht gesetzt haben, können wir auch die Bauerntochter unschädlich machen.«

»Ja«, sagte der König, »aber ein dreister Narr, der bereits einmal dem Kerker entkam, ist nicht dasselbe wie eine harmlose Bauerntochter.«

»Überhaupt kein Problem«, sagte der geheime Berater, »ein Mädchen, das allein im Schoß der Natur und in der Umgebung eines Friedhofs umherstreift, kann man sehr leicht der Hexerei beschuldigen. Und ist nicht die Tatsache, daß sie bereits den Prinzen mit ihren Zauberkünsten eingefangen hat, ein untrüglicher Beweis ihrer Schuld?«

»Gut«, sagte der König, »ich bevollmächtige dich, dem Prinzen nochmals nachzuspüren, das Mädchen aufzusuchen und zu mir zu bringen, zu einem Prozeß wegen des Vergehens der Hexerei. Notier es dir.«

»Zu Befehl«, sagte der Berater, »es wird Wort für Wort dem Kommandanten der Geheimpolizei überbracht werden. Doch bei dergleichen Angelegenheiten würde ich Eurer königlichen Hoheit raten, sich mit einem mündlichen Befehl zu begnügen. Man kann nie wissen, welch böse Absichten kommende Generationen aus einem Schriftstück, das in ihre Hände fällt, herauslesen mögen.«

»Auch dieser Vorschlag ist angenommen«, sagte der König, »und hiermit liegen die Dinge in deinen Händen.«

7

Am nächsten Tag saß der Prinz mit Linde im Schatten des Baumes, und sein Pferd war an einem der Äste festgebunden und zupfte Gras.

»Mein Vater gibt mir seinen Segen zu unserer Heirat nicht«, sagte der Prinz, »und die Situation ist schwierig: Auch mein Freund, der Narr, ist aus dem Palast verschwunden, und die Soldaten der Wache verbergen mir seinen Aufenthaltsort. Wir müssen vorsichtig sein.«

»Wenn es so ist«, sagte Linde, »dann sei nicht ungehorsam deinem Vater gegenüber und lehne dich nicht gegen das Königtum auf. Heirate eine standesgemäße Prinzessin und lebe glücklich, und herrsche über das Königreich, wie es sich gebührt.«

»Nein«, sagte der Prinz, »das will ich nicht, und ich glaube nicht, daß dies wahrhaftig dein Wunsch ist. Es fällt mir leichter, auf die Königsherrschaft zu verzichten als auf dich. Ich werde mich nicht abschrecken lassen, und wenn mein Vater eine Bauerntochter nicht Königin sein läßt, werde ich eben ein Bauer sein.«

»Sei vorsichtig und handle nicht übereilt«, sagte Linde, »es ist mir wohl angenehm, dich Tag für Tag zu sehen, aber ich brauche kein Königtum. Begib dich nicht in Gefahr, und bringe kein Unglück über dich selbst.«

»Mir wird nichts Schlimmes geschehen«, sagte der Prinz, »und außer dir habe ich nichts auf der Welt, das zu verlieren mir leid täte. Doch auch um dich nicht zu verlieren, muß ich umsichtig handeln und schnell in den Palast zurückkehren, damit man meine Abwesenheit nicht bemerkt. Und du, lebe wohl und paß auf dich auf.«

»Auch du leb wohl«, sagte Linde, und der Prinz bestieg schnell sein Pferd und begann, zur Brücke zu galoppieren, um auf die andere Seite des Baches zu gelangen. Der Baum hatte diese Worte vernommen, und das Herz unter den vielen Schichten von Holz tat ihm weh und ward ihm eng. Lindes Not durchdrang das Herz des Menschen in ihm, aber die Möglichkeit zu helfen, zu lindern, etwas Tröstliches zu sagen, war ihm durch siebzehn Holzschichten versperrt. Doch wie gerne hätte er etwas getan, um Linde nicht in ihrem Kummer sehen zu müssen, um das Lächeln auf ihr Gesicht zurückkehren zu lassen. Aber noch während er mit sich rang, was er tun sollte, sah er plötzlich zwei Männer aus den Büschen hervorstürzen. Der eine von ihnen packte Linde an beiden Händen, und der zweite schlang einen Strick um sie, um sie zu fesseln.

»Auf Befehl des Königs«, sagten sie, »bist du verhaftet.«

»Aber was habe ich getan?« sagte Linde, erschreckt und zitternd.

»Du wirst beschuldigt, Zauberei zu betreiben und das Herz des Prinzen mittels Giften und Tränken gestohlen zu haben, die du aus den Pflanzen braust, die hier auf dem Friedhof wachsen.«

»Allmächtiger Gott«, sagte Linde, »ich habe keinerlei Verbindung zur Zauberei, noch hatte ich je eine. Dies ist eine grundlose Verleumdung.«

»Diese Dinge wird der König vor Gericht entscheiden«, sagten die Polizisten, »vorerst bist du verhaftet.«

Der Kiefernbaum sah all dies und ächzte. Stechende Schmerzen durchfuhren ihn, sein Herz klopfte, seine Nadeln fielen aus, und diesmal war er nahe am Verzweifeln. Noch nie hatte er es derart bereut, sich der menschlichen Gestalt begeben zu haben. Das ist das zweite Mal, dachte er, daß ich mit ansehen muß, wie das Unglück über ein teures Wesen hereinbricht, und nichts tun, nicht einmal einen Finger rühren kann.

Er strengte seine Arme an, so sehr er nur konnte, und krümmte seinen Rücken. Mächtige Schichten von Rinde und Holzfaser standen ihm im Weg, und Schmerzen durchzuckten ihn von den Nadelspitzen bis zu den Wurzelenden. Nein, sagte er sich, ich kann so etwas nicht noch einmal mit anschauen. Das Maß an Leid ist schon gerüttelt voll. Das kann kein Mensch ertragen, nicht einmal, wenn er ein Baum ist.

Noch einmal strengte er alle Fasern seines Rückens an, und auf einmal, mit knirschendem Laut, brach der Länge nach ein Spalt im Stamm auf. Der Schmerz war unerträglich, aber nun war er beweglicher und freier, und die Äste gehorchten den Bewegungen der Arme. Zwei Zweige umschlangen Linde, entzogen sie dem Griff der Polizisten und schwangen sie hoch über ihre Köpfe empor, und die restlichen Zweige und die oberirdischen Wurzeln begannen er-

barmungslos auf die Polizisten einzudreschen, die hinaufklettern und Linde herunterholen wollten.

Die Schreie, zuerst Lindes und danach der geschlagenen Polizisten, drangen an des Prinzen Ohr auf der anderen Bachseite. Er kehrte um und hielt neben der Dattelpalme an, um hinüberzublicken, und er sah Linde, getragen von den Ästen des Baumes, und die Polizisten des Palastes, wie sie von ihm verprügelt wurden. Die Brücke jedoch war fern, und um auf die andere Seite zu gelangen und zu Hilfe zu kommen, mußte er sich ein zweites Mal entfernen.

»Hab keine Angst, Linde!« rief der Prinz. »Gleich komme ich zu dir!« Und er spornte sein Pferd an und ritt auf die Brücke zu. Aber in jenem Augenblick traf ein Verstärkungstrupp von Polizisten ein, ausgerüstet mit Leitern, Stricken und Äxten, und sie begannen, auf die Äste des Baumes einzuschlagen, sie zu kappen und mit Hilfe der Stricke und Leitern zu Linde hinaufzuklettern.

Die Aststummel und die Spalten im Stamm waren wie offene Wunden, und er litt unsägliche Schmerzen. Gleichzeitig aber wurden die Arme der Kiefer von neuer Kraft erfüllt, und die beiden Äste, die Linde umfangen hielten, begannen, sich ganz langsam über den Bach hinweg zu dehnen. Sie dehnten und streckten sich, so weit sie nur konnten, wobei sie Linde fest umschlangen, damit ihr kein Leid geschähe. Als die Äste beinahe das andere Ufer des Baches erreicht hatten und kein Funken Kraft mehr in ihnen war, beugte sich mit einemmal die Dattelpalme von gegenüber ein kleines bißchen und noch eines, langsam, ganz langsam, bis ihre Palmwedel die Kiefernzweige berührten. Die Kiefer gab Linde frei, und diese wechselte hinüber auf den zweiten Baum. Der Stamm der Dattelpalme richtete sich wieder auf, und Linde glitt an ihm herab, bis sie beim Prinzen ankam, der mit seinem Pferd zu Füßen des Baumes stand.

Die Polizisten eilten hastig zur Brücke, um auf die andere Seite des Baches zu gelangen.

»Wir müssen sofort fliehen«, sagte der Prinz. »Nimm schnell Abschied von allem, was dir an diesem Ort teuer ist, denn ich fürchte, wir werden ihn viele Tage lang nicht mehr sehen können!«

Linde winkte der Kiefer und der Dattelpalme einen Abschiedsgruß zu, dem weiter entfernten Hofgebäude und auch ihrem Vater, dem Bauern, der genau in diesem Moment aus dem Haus trat und entsetzt das Geschehen beobachtete. Aber sie vermochte ihm nichts mehr zuzurufen oder zu sagen, denn die Polizisten näherten sich ihnen bereits. Der Prinz gab seinem Pferd die Sporen, und sie entfernten sich im Galopp.

Unterdessen versuchte der Kiefernbaum, seine Äste zurückzuziehen und wieder in ihre frühere Lage zu bringen, aber was in einem solchen Maße hin und her gerissen worden und aus den Fugen und der Form geraten ist, das kann nicht wieder geradegebogen werden. Die Wurzeln hatten sich vom Erdboden gelöst, die Wirbelsäule war gespalten, die Glieder waren ausgerenkt, die Axthiebe hatten tiefe Kerben hinterlassen, der Baum war ein einziger Schmerz, und es gab keinen Fingerbreit an ihm, der nicht verletzt oder verwundet gewesen wäre. Er wußte, daß seine Stunden gezählt waren, aber er wußte auch, daß er viel mehr getan hatte, als ein Baum tun kann, und jetzt, nachdem es ihm gelungen war, das Wesen, das ihm von allen am teuersten war, zu umarmen und vor dem Bösen zu erretten, war das Maß seiner Leiden bereits erfüllt, und er hatte nichts mehr zu erwarten.

Und da geschah es: Der Spalt, der in seinem Stamm klaffte, begann sich zu verbreitern, der Stamm trug das Gewicht der Äste nicht mehr und brach entzwei, riß mit einem donnernden Laut auseinander, und der Baum mit all seinen Zweigen und Blüten stürzte in sich zusammen und fiel in den Bach. Sofort wurde er vom Wasser weggespült, mitgezerrt, schlug an die Uferfelsen und verlor sich ganz langsam aus dem Blick. Und nachdem der Baum verschwunden war und sich die Wellen des Baches beruhigt hatten, blieb nur ein geborstener Stumpf am Ufer zurück, zersplittert und narbig wie das Mahnmal eines vergangenen Sturmes. Und da, mit einemmal schaute aus dem Stumpf ein weißer Flügel hervor, danach noch ein Flügel, und dann ein weißer Kopf, ein Büschel schwarzer Federn und ein gelber Schnabel, ein weißer Hals und ein Rumpf, und dann schlüpfte ein großer Reiher aus dem Stamm heraus, breitete seine Flügel aus, drehte einen Kreis und ließ sich schließlich auf der Krone der Dattelpalme nieder.

Und von dort hielt der Reiher Ausschau in alle Richtungen: Am Rande des Horizonts sah er noch eine Staubwolke, die von den Hufen des Pferdes unseres Prinzen aufstieg. Auf dem Weg in Richtung Hauptstadt rannte immer noch eine Truppe aufgebrachter und zorniger Polizisten herum, die den Prinzen und Linde vergeblich einzuholen suchten. Und auf der anderen Seite des Baches, ein Stück weit hinter dem Baumstumpf, auf dem Weg zum Anwesen, schritt der alte Bauer mit gesenktem Kopf, verstört von den Wechselfällen des Schicksals der letzten Stunde. Und von dem Weg, der auf den Hof zulief, ertönte Schellenklang und Glockengeklingel. Ein Zigeunerwagen tauchte dort auf und hielt vor dem Eingang des Gehöfts, gerade als der Bauer eintraf.

Zwei alte Zigeuner stiegen ab, breiteten Matten auf dem Boden aus und legten ihre Ware darauf, und einer von ihnen holte ein Grammophon mit einer riesigen Trichtermuschel hervor und zog den Spielmechanismus auf. Dann half er der hinfälligen alten Zigeunerin, vom Wagen abzusteigen, setzte sie auf einen Schemel neben das Gerät und nahm es in Betrieb. Der Apparat begann mit kreischender Stimme, begleitet von schluchzenden Geigen, ein Lied aus uralten Zeiten zu spielen, das die Zigeuner einst häufig auf Jahrmärkten gesungen hatten:

Ai, ai – sagt das Lied –
ich säe Worte
in den Wind des Westens:
wenn ich sterbe, bedeckt mich doch bitte
mit dem Staub der Spur deiner Schritte …

Während der ganzen Zeit saß die alte Zigeunerin da und klopfte mit ihrem Stock zum Takt des Liedes auf die Erde, hielt die Augen geschlossen, und auf ihrem welken Gesicht zeichneten sich die Runzeln eines nach innen gewandten Lächelns ab, als schaute sie tief in ihr Innerstes hinein und sähe dort noch immer eine junge, geschmeidige Zigeunerin märchenhaft im Kreis wirbeln.

Als der Bauer sich dem Wagen näherte, unterbrach einer der Zigeuner das Spiel, und die Alte schrak ein wenig auf ihrem Platz zusammen und öffnete die Augen.

»Sei gegrüßt, Großmutter«, begrüßte sie der Bauer, »von woher seid ihr heute nach so vielen Jahren gekommen?«

»Wir sind auf dem Weg vom benachbarten Dorf«, sagte die Alte mit brüchiger Stimme, »wir trafen einen Matrosen dort, der uns spottbillig einen ganzen Sack voller Waren verkaufte, die er von einer Überfahrt mit einem Handelsschiff nach Amerika mitbrachte. Du wirst hier indianisches Schuhwerk finden, Friedenspfeifen, Ohrringe, Revolver, Dolche, wirklich schöne Dinge, und die Preise – eine Gelegenheit.«

»Vielen Dank, Großmutter, aber heute werde ich dir nichts abkaufen«, sagte der Bauer.

»Weshalb willst du nichts kaufen«, sagte die alte Zigeunerin, »es wäre wirklich schade drum. Hast du keine junge Braut oder Enkel, denen du ein Geschenk machen möchtest?«

»Nein«, sagte der Bauer mit zugeschnürter Kehle, »es ist mir niemand geblieben, dem ich ein Geschenk kaufen könnte.«

Die Zigeunerin wühlte in ihren Gewändern und zog

einen kleinen Lederbeutel heraus, der mit einer Hanfschnur zusammengebunden war. »Hier«, sagte sie, »diesen Beutel mit dem Samen eines Maulbeerbaumes darin, den wirst du gewiß kaufen wollen. Es gibt keinen zweiten solchen Beutel unter all den Waren, die die Matrosen aus den Ländern des Westens mitbringen, und dir mache ich einen Sonderpreis.«

»Nein, Großmutter«, sagte der Bauer, »ich bin alt geworden und allein zurückgeblieben. Ich habe weder Bedarf noch Lust auf diesen Beutel.«

»Wie bedauerlich«, sagte die Zigeunerin, »denn nur für dich haben wir ihn hierher mitgebracht, und es wäre wirklich schade, ihn wegzuwerfen ...«

»Gut«, erbot sich der Bauer, »damit er nicht in die falschen Hände gerät, werde ich ihn kaufen, wenn der Preis vernünftig ist.«

»Drei Groschen«, sagte die Zigeunerin, »und für dich zwei.«

Er bezahlte die Summe, die sie genannt hatte, und sofort sammelten die Zigeuner ihre gesamte Ware ein, halfen der Alten, auf den Wagen zu steigen, und zogen ihres Weges, und der Bauer nahm den Beutel und ging ins Haus. Im Haus holte er einen Hammer, schlug von außen einen Nagel in die Eingangstür, und an den Nagel hängte er den Beutel. Dann ging er wieder ins Haus hinein, verriegelte die Türe hinter sich, entzündete den Kamin, setzte sich in einen Sessel davor und versank in tiefes Schweigen.

All dies sah der Reiher von der Spitze der Dattelpalme aus, und als die Tür hinter dem Bauern ins Schloß gefallen war, löste er sich von dem Zweig, auf dem er saß, schwang sich in die Luft empor, drehte eine Runde und zog Kreise um das Gehöft. Die Kreise wurden immer enger, bis sich der Reiher direkt über dem Haus befand. Dann tauchte er hinab, wie auf der Jagd nach Beute, packte mit seinem Schnabel den Beutel, der an der Tür hing, und stieg sofort wieder in die Lüfte auf.

Er stieg hoch und höher, bis das Gehöft, der sich entfernende Zigeunerwagen, der Bach, die Dattelpalme und der gegenüberliegende Stumpf der Kiefer so klein wie Spielzeug wirkten. Er begann, seinen Flug stetig nach Norden auszurichten, flog über Wälder, Flüsse und Landstraßen, bis er von oben das weiße Pferd erblickte, auf dem der Prinz und Linde dahingaloppierten. Schnell tauchte er hinunter und kam ihnen immer näher, bis er sie erreicht hatte und über des Prinzen Kopf kreiste.

»Schau«, sagte Linde, »da ist das Ende deines Traumes! Das ist doch der Reiher, der im Traum zu dir sprach, nicht wahr? Er sagte, er würde dir zutiefst dankbar sein, wenn du an den Ort kommst, den er dir zeigen wird. Vielleicht ist er gekommen, um seinen Dank auszudrücken? Oder vielleicht, um etwas anderes zu sagen?«

Aber der Reiher konnte nicht so gut sprechen wie damals, als er im Traum erschienen war. Er gab einen unklaren Laut von sich und hielt dem Prinzen und Linde den kleinen Lederbeutel hin.

»Ich danke dir vielmals, Reiher«, sagte der Prinz, »aber ich fürchte, es lohnt nicht, uns das Geschenk zu geben.«

»Ja«, sagte Linde, »wir werden gewöhnliche Menschenkinder zur Welt bringen, keine Baumkinder mehr.«

»Wir wollen nur einen neuen Ort finden«, sagte der Prinz, »einen Ort, an dem es keine Könige und Prinzen gibt und keine heuchlerischen Hofberater und Spione, Geheimpolizisten und hartherzige Wachsoldaten. Und sei der Weg auch noch so lang, wir machen ihn zu zweit, und am Ende werden wir ankommen. Bring diesen Beutel jemandem, der ihn verdient oder der ihn mehr braucht als alles andere. Jener Mensch, befürchte ich, schmachtet jetzt im Kerker, wo, weiß ich nicht, aber du wirst ihn finden und wissen, wer es ist.«

Als der Prinz dies gesagt hatte, gab der Reiher noch einen langgezogenen Laut von sich, und dann erhob er sich in die Lüfte und nahm den Beutel mit sich. Wieder stieg er in gewaltige Höhen auf, aus denen der Prinz und Linde auf dem Pferd wie ein winziger Punkt zwischen Wäldern, Feldern und Wegen aussahen; er flog weiter mit den Winden und gegen sie an, nach Norden, Norden, bis vor seinen Augen die Mauern der Hauptstadt und die Türme des Palastes auftauchten. Dort stürzte er flugs hinab, vorbei an Giebeln, Schießscharten und dösenden Schildwachen, glitt an den Eisengittern vorbei, die die Kerkerfenster versperrten, bis er unten, knapp über dem Erdboden, zum Stahlgitter der Zelle gelangte. Er schlug mit seinem Schnabel dreimal an das Gitter, ließ den Beutel ins Innere der düsteren Zelle fallen, stieg dann wieder in die Lüfte auf und ward nicht mehr gesehen.

Und ich, der Narr des Königs, der ich in jener Kerkerzelle gefangen saß, hob den Beutel auf und entnahm ihm den Samen. Dann riß ich ein Stück von meinem Gefangenengewand ab, befeuchtete es mit Trinkwasser, breitete es in meine Blechschüssel und legte den Samen darauf. Es verging ein Tag, und er platzte auf. Ein weiterer Tag verging, und zwei winzige Blättchen trieben aus, und am dritten Tag erschien darin der Anfang einer Geschichte. Und die Geschichte wuchs geschwind und verzweigte sich, und ihre gewundenen, verflochtenen Äste füllten die gesamte Kerkerzelle aus, stießen mit Gewalt an die steinernen Mauern und das Eisengitter, bis sie sie sprengten; die Gefängnismauern brachen in sich zusammen, und die Äste sprossen weiter, die Geschichte wuchs und entwickelte sich, deckte mit ihrem Geäst die Mauerreste zu, begrub sie in Blattgrün und Blüte, bis sie jetzt und hier, haargenau in diesem Augenblick, an ihren Schluß gelangte.

Das Märchen von Sternenstirn und Mondauge

»Piep, piep, piep, pratjola, pratjola ...«

Was ist das? Ist das der Kehrreim eines alten Volksliedes? Ist es der Name einer exotischen Pflanze oder eines Medikaments gegen Sodbrennen? Oder vielleicht der Name einer verzauberten Prinzessin? Und wieso gehen mir diese Laute nicht aus dem Kopf und lassen mir keine Ruhe? Weshalb weichen sie nicht von mir, als beharrten sie darauf, mir etwas in Erinnerung zu rufen, das ich bereits vergessen habe?

Und doch habe ich diese Töne aus dem Munde eines Vogels vernommen. Welcher Vogel es war, weiß ich nicht, aber ich höre den Klang ganz deutlich.

Da, so zwitschert er vor sich hin: »Piep, piep, pratjola ...«

Und ich, ich sitze währenddessen auf der Fensterbank, die Füße baumeln in der Luft, der Abendwind streicht mir übers Gesicht, die Wolken blicken mir entgegen, und ich lausche den Stimmen der Vögel – wie sie steigen und fallen, vorpreschen und sich zurückziehen, fragen und antworten, trillern und gleichmäßig werden, und dabei sinne ich darüber nach, wie unterschiedlich und vielfältig diese Klänge doch sind und daß es in unserer Sprache vielleicht zwei oder drei Wörter gibt, um dieses Zwitschern auszudrücken. Vielleicht einfach piep-piep, vielleicht tiwitt-tiwitt und vielleicht, ganz vielleicht, noch tschik-tschilirik. Aber was sonst?

Und da ist es plötzlich, scharf und deutlich: pratjola.

Nein, ich täusche mich nicht, das Gezwitscher zerfällt genau in diese Silben. Und doch habe ich dieses Wort einmal gehört. Aber was heißt es? Und woher rührt die Erregung, die mich gepackt hat?

Ich drehe die Silben hin und her, und nur ganz langsam und allmählich geben sie sich mir zu erkennen. Ich habe diese Klänge vor sehr vielen Jahren gehört, doch waren sie mir seither entfallen, aus meinem Gedächtnis gelöscht und mir bis zu diesem Augenblick nicht mehr präsent. Wie ein alter Freund, den ich seit Ewigkeiten nicht mehr gesehen habe, und erst jetzt, als ich ihn wiedersehe, frage ich mich verwundert, wie ich die ganzen Jahre ohne ihn gelebt habe. Wieso ich nicht an ihn gedacht habe.

Diesen Klang habe ich gehört, als ich neun oder vielleicht auch zehn Jahre alt war. Es war Sommer, so wie jetzt. Meine Eltern waren in Urlaub gefahren, mein Bruder hielt sich im Sommerlager auf, und ich war im Haus meiner Großeltern zu Gast. Ich aß anderes Essen, ich schlief in einem anderen Bett, und ich erwachte mit anderen Geräuschen. Ich kannte weder die Kinder im Viertel noch die Wege und heimlichen Winkel, und obwohl ich wirklich sehr gerne bei Großvater und Großmutter war, zählte ich bereits die verbleibenden Tage bis zur Rückkehr meiner Eltern.

Eines Nachts hatte ich einen sehr bösen Traum. Was ich träumte, daran erinnere ich mich nicht. Und vielleicht ist es auch besser so. Aber in meinem Traum war ich in Not: ich wurde verfolgt, floh, wurde gefangen, verstrickte mich, zappelte, und danach wachte ich schweißüberströmt und verstört auf. Es war früher Morgen in einem Zimmer, das nicht meines war, das mir erst nach langer, gezielter Anstrengung wieder vertraut wurde: hier war die Lampe der Großeltern und da ihr Schrank, ihr Fenster, die Sommerferien, die aufgehende Sonne, die Stimmen der Vögel, die zusammen mit mir erwacht waren. Bis hierher war alles soweit in Ordnung, alles bekannt und doch nicht ganz vertraut, alles wie immer. Aber unter diesen Stimmen stach eine hervor und war aus allen anderen herauszuhören, und noch bevor ich sie bewußt wahrzunehmen vermochte, war ich bereits völlig ausgefüllt davon: piep, piep, pratjola, pratjola, pratjola …

Diese Laute drangen in mein Inneres, summten in mir, durchrieselten mich beruhigend, fegten die Reste des Traums aus mir und machten seine Schrecken vergessen, und in mir blieb nichts außer »pratjola, pratjola«. Ein guter, geschmeidiger Klang, aber genau wie heute hatte ich auch damals nicht die leiseste Ahnung, was er bedeuten sollte und weshalb er mich nicht losließ.

Und tatsächlich fuhr er fort, mir im Kopf herumzuspuken, auch nachdem ich aufgestanden war. Ich dachte, wenn ich ihn dem Tageslicht aussetzte, wenn ich ihn laut ausgesprochen hörte, wenn er wie von selbst im Gespräch mit einfließen würde, würde er mir vielleicht klarer. Ich ging zu Großmutter in die Küche. Sie machte mir Frühstück, mit einem Ei, einem Glas Milch und einem Stück Brot. Aber als ich »pratjola« sagte, verstand sie nicht. Vielleicht dachte sie, ich hätte etwas anderes gesagt. Aber auch das andere hatte sie nicht verstanden.

Ich wandte mich wieder meinem Ei und meiner Milch zu, und Großmutter rüstete sich für ein Unternehmen, das sie sich für diesen Tag vorgenommen hatte, sie nahm den feinen Besen zum Wändekehren und begann, Spinnweben aus den Ecken der Zimmerdecke zu fegen. Aber sie tat es mit einem leicht besorgten Gesicht. Vielleicht wegen mir. Sie dachte, Kinder müßten in den großen Ferien die ganze Zeit spielen und sich amüsieren, und statt dessen kreiste ihr Enkel um sich selbst, ein bißchen fragend und ein bißchen zagend, und sagte merkwürdige Sachen, die keiner verstand.

»Pratjola«, sagte ich noch einmal, wie zu mir selbst.

»Weißt du was«, sagte Großmutter, »vielleicht gehst du ein bißchen in den Hof hinunter? Vielleicht spielst du mit den Nachbarskindern? Oder vielleicht gehst du Großvater in seinem Laden besuchen? Mit ihm wirst du sicher eine gemeinsame Sprache finden.«

»Gut«, sagte ich, »ich geh' raus.«

Ich ging hinunter und trieb mich im Hof vor dem Haus herum. Zwei Nachbarskinder waren am Tor und reparierten ihre Fahrräder. Ich ging zu ihnen hin. Ich wollte mit ihnen reden, aber ich brachte nichts heraus. Ich strengte mich trotzdem an, und heraus kam: »Pratjola.«

Sie drehten mir ihre Köpfe zu, und dann sahen sie sich gegenseitig an. Und ich wollte eigentlich etwas völlig anderes sagen. Doch wieder kam heraus: »Pratjola.«

Ich wußte mit aller Deutlichkeit, daß das nicht das Richtige zu sagen war, doch es war nicht mehr zu ändern. Sie sahen einander wieder an, und der eine von ihnen sagte: »Nu, er ist halt plemplem«, und sie wandten sich wieder den Fahrrädern zu.

Dann sah ich den Nachbarshund von gegenüber. Bruno. Ich streichelte seinen Rücken. Ich streichelte ihn an den Ohren.

»Guter Bruno«, sagte ich zu ihm, und Bruno schnaufte vor Vergnügen.

»Kluger Bruno«, sagte ich zu ihm, und Bruno brummte vor Vergnügen.

»Pratjola«, entfuhr es mir, und mit einemmal befreite sich Bruno aus meinem Griff und rannte los, als jagte er einem Vogel nach.

Ich sah, es war nicht mein Tag. Ich dachte, vielleicht könnte ich bei Großvater etwas Interessantes finden.

Ja, bei Großvater. Mit Großvater klappte es immer. Er hatte einen Laden mit alten Büchern, wie ein Lager, in unmittelbarer Nähe vom Haus, und dort saß und las er. Selten sah ich ihn ein Buch verkaufen. Häufig sah ich ihn lesen. Manchmal gab er mir irgendein Buch oder zeigte mir interessante Bilder. Der Großteil der Bücher war in Sprachen, die ich nicht verstand, und über Themen, die mich nicht immer interessierten. Aber es gab auch alte Bücher mit Bildern von fernen Ländern, Rittern und alten Lokomotiven. Es war gemütlich, mit Großvater dort zu sitzen.

Ich ging über den Hof und kam zum Laden. Großvater saß hinter der Theke, und die Lampe neben ihm brannte, obwohl draußen die Sonne strahlte. Um ihn herum Regale über Regale, vollgepackt mit alten Bänden mit vergoldeten Inschriften. Über den Regalen eine nicht allzu hohe Decke und in den Ecken Spinnweben – ihnen den Krieg zu erklären, hatte Großmutter noch nicht geschafft.

Es war still, nur in der Ferne hörte man irgendeinen Hund bellen und ein Auto hupen. Mit ganz leiser Stimme sagte ich: »Pratjola.«

Großvater legte einen Finger auf die Zeile, die er gerade gelesen hatte, kniff seine Augen zusammen, wandte sich mir zu und fragte: »Was hast du gesagt?«

»Ich habe gar nichts gesagt«, stellte ich mich unschuldig, »es war bloß so ein Laut, der mir ausgekommen ist.«

»Aber was war es für ein Laut?« forschte Großvater.

»So was wie pratjola, pratjola.«

»Und woher hast du das?«

»Ich weiß nicht, es ist mir einfach so in den Kopf gekommen. Vielleicht die Stimme von irgendeinem Vogel – piep, piep, pratjola.«

»Merkwürdig«, sagte Großvater, »dieses Wort erinnert mich an etwas, aber ich weiß nicht genau, woran. Phonetisch klingt es wie Altmoldawisch, möglicherweise ist es aber auch walachischen Ursprungs, in einer bestimmten Dialektform. Es gab einmal eine geheime Mobilisierungsparole, die man in dem blutrünstigen Krieg zwischen den Moldawiern und den Stämmen, die von Norden her einfielen, gebrauchte. Darüber gibt es eine Geschichte, will mir scheinen, aber ich erinnere mich weder an die Geschichte noch an die Parole, bloß dieses Wort läßt irgend etwas in meinem Gedächtnis erwachen. Aber was genau ist es? Wir können schließlich nicht die gesamte Zeit, die uns bemessen ist, mit Versuchen zubringen, uns an Wörter zu erinnern, die wir vergessen haben, meinst du nicht auch?«

Großvater wirkte, als quälte ihn etwas. Er musterte die

Bücherregale ringsherum, durchforstete alle Tiefen seines Gedächtnisses, aber er war nicht zufrieden: »Je mehr die Jahre vergehen, desto mehr Wörter entfallen mir«, sagte er wieder, »also, lassen wir's gut sein, und ich kehre zu meinem Buch zurück. Pratjola. Sehr interessant ...«

Während er noch sprach, fiel ein Schatten in den Ladeneingang. Ein Mann stand in der Tür, an sich schon ein höchst seltenes Ereignis, denn nur wenige Kunden suchten den Laden auf. Und dieser Mann sah sehr sonderbar aus: ein dünner, hochgewachsener Greis mit einer Schirmmütze, die die gesamte Stirnhöhe bedeckte und die Augen fast dazu, ein weißes, spitz zulaufendes Bärtchen am Kinn, und er trug farbenfrohe Kleidung, die keiner Zeit und keinem Stil zuzuordnen war, und ganz sicher nicht der unsrigen.

»Womit kann ich Ihnen helfen?« fragte Großvater.

»Sie könnten mir helfen, indem Sie die komplette Anleitung zur Navigation von fliegenden Ballons und Luftschiffen für mich finden, die siebte, verbesserte Auflage, die, wie mir scheint, neunzehnhundertundirgendwas in Moldawien gedruckt wurde.«

Ein seltsamer Wunsch, nahezu unmöglich, oder nicht? Aber um ihn ganz und gar unmöglich zu machen, überlegte der Mann noch ein Weilchen und sagte dann: »Wenn es sie nicht in moldawischer Sprache gibt, würde ich die walachische Übersetzung sogar vorziehen.«

Genau so sagte er es. Großvater rührte das nicht im mindesten. Er nahm die Leiter, rückte sie ans Ende des Ladens, kletterte drei Sprossen hinauf und holte ein Buch mit braunem Lederrücken aus dem Regal. Er blies den Staub darauf weg, blätterte ein wenig darin, und dann stieg er herunter und reichte es dem Mann. Der Mann überflog es, und aus Tischhöhe konnte auch ich hineinspähen: Was für ein Buch! Ich hatte nicht gewußt, daß Großvater so etwas hatte. Hauchzarte, schraffierte Skizzen von fliegenden Ballons unterschiedlichster Arten, Passagierkörbe, Navigationsinstrumente, Kompasse, Zünder, Segel, und da, hier kam eine

Seite, die größer als die restlichen und am Rand eingeschlagen war, und wenn man sie entfaltete – die farbige Zeichnung eines Flugballons, blau, rot und weiß, mit Sonne und Sternen verziert, und darunter ein Korb, aus dem ein Mann zum Abschied winkte. Auch der Kunde wirkte angetan. Er blätterte und blätterte, wackelte mit dem Kopf zum Zeichen der Zufriedenheit, sein Gesicht begann einen Ausdruck von Behagen anzunehmen, und ein breites Lächeln reichte von einer Bartlocke zur anderen.

»Das ist ganz genau das Buch, das ich wollte. Sie ahnen gar nicht, seit wie vielen Monaten ich schon versuche, es zu bekommen. Überall habe ich es probiert, und hier finde ich es zu guter Letzt. Was kostet es?«

Großvater nannte eine Summe, und der Mann hörte zu lächeln auf, und ein bekümmerter Ausdruck überzog sein Gesicht: »Ich will nicht sagen, daß der Preis übertrieben ist«, sagte er, »aber zu meinem größten Bedauern kann ich da nicht mithalten. Und nachdem es keinen Weg gibt, den Wert eines solchen Buches einzuschätzen, und ich keinen anderen Menschen kenne, der gerade daran Interesse finden würde, wäre ich Ihnen sehr zu Dank verbunden, wenn Sie mir ein wenig entgegenkämen.«

Großvater bot ihm einen äußerst großzügigen Nachlaß an, doch der Mann zeigte sich weiterhin bekümmert: »Zu meinem Leidwesen«, sagte er, »liegt auch dieses Angebot jenseits meiner Mittel, aber es würde mir sehr leid tun, auf dieses Buch zu verzichten, und auch Ihnen würde kein großartiger Nutzen daraus erwachsen, wenn dieses Buch noch jahrelang ohne einen Interessenten in Ihrem Laden stehenbleibt. Ich kann Ihnen also einen Gegenvorschlag machen: Ich werde Ihnen drei Viertel der geforderten Summe bezahlen, und für das restliche Viertel werde ich Ihnen jedes Buch geben, das Sie haben möchten, denn auch ich habe eine große Sammlung von besonderen und raren Büchern.«

Großvater grübelte ein wenig, und plötzlich ging sein

Gesicht in die Breite: »Wenn Sie mir das praktische Wörterbuch für Altmoldawisch besorgen können, bin ich bereit, Ihren Vorschlag ohne Zögern zu akzeptieren.«

»Das ist eine große Bitte«, sagte der Mann, »obgleich es dennoch möglich ist, daß ich Ihnen das Wörterbuch bis morgen oder gar bis heute nachmittag beschaffen könnte. Da ich jedoch diese Navigationsanleitung äußerst dringend brauche, schlage ich Ihnen ein zwischenzeitliches Abkommen vor: Ich habe hier in Händen ein anderes Buch, das ebenfalls sehr selten und wertvoll ist. Damit wir das Geschäft bereits jetzt tätigen können, werde ich es bei Ihnen hinterlegen, bis ich das gewünschte Buch für Sie gefunden habe.«

Er entnahm seiner Tasche ein abgegriffenes altes Buch in einem Einband, der früher einmal schön gewesen war, jetzt jedoch kaum noch das Bündel zerfranster Seiten zusammenhielt, und legte es in Großvaters Hände. Großvater betrachtete das Buch, blätterte, suchte etwas am Anfang, suchte etwas am Ende und verzog sein Gesicht.

»Was für ein Buch ist das, das mitten im Satz anfängt, kein Titelblatt, ja überhaupt keinen Titel hat, weder Inhaltsverzeichnis noch Verfassernamen, weder Erscheinungsort noch -jahr? Ein solches Buch kann man unmöglich irgendeinem Katalog zuordnen und sicher unmöglich verkaufen.«

»Ja«, sagte der Mann, »aber Sie brauchen es nicht zu verkaufen. Bewahren Sie es als Pfand bei sich auf, bis ich das von Ihnen Gewünschte für Sie gefunden habe. Und schätzen Sie seinen Wert bitte nicht gering – gerade weil weder Jahr noch Erscheinungsort, noch die sonstigen Erkennungsmerkmale darin stehen, ist es ein Buch, das niemals veraltet sein wird, und es gibt keinen Ort, an dem es nicht am Platz wäre.«

Großvater wirkte noch immer nicht begeistert, vielleicht weil es hier trotz allem um ein Geschäft ging, und Begeisterung war eine Sache, Geschäfte jedoch eine andere. Aber ich trat inzwischen näher und sah in das Buch hinein. Meine Augen waren darauf gefaßt, auf die Barriere einer fremden, unverständlichen Sprache zu stoßen, aber zur größten Überraschung sprangen mir Zeilen mit leserlichen, glasklaren Buchstaben entgegen, und darauf folgend Wörter, verschnörkelt wie antike Kristallgläser. Ein Satz stach mir ins Auge:

Es war einmal ein Mann in einem Land, zwei Tagwerk entfernt vom Osten des Mondes, und der Mann bearbeitete die Erde, und er hatte eine schöne Frau, Felder und Vieh, nur Söhne hatte er keine. Und wie sehr er sich einen Sohn wünschte!

Diese Worte senkten unbeschreibliche Süße und Verzauberung über mich.

»Großvater«, sagte ich, »es ist ein Märchenbuch!«

Ich war bereits in einem Alter, in dem man sich ein wenig scheut zuzugeben, daß man Märchen mag, aber meine Stimme verriet mich.

»Willst du es lesen?« fragte Großvater.

Sofort faßte ich mich wieder, zuckte mit den Achseln und gab ein ganz schwächliches »ja« von mir, aber dennoch kräftig genug, um das Buch nicht aufzugeben. Großvater lächelte in sich hinein und sagte zu dem Mann: »Also, ich nehme das Angebot an. Sie lassen dieses Buch bei mir zurück, bezahlen und bringen mir so bald wie möglich das Wörterbuch, um das ich gebeten habe.«

Der Mann holte das Geld aus seiner Tasche: »Ich freue mich, daß Sie meiner Bitte entsprechen, und ich bin sicher, daß Sie auch dem, was ich Ihren Händen anvertraut habe, Vergnügen abgewinnen werden.«

Großvater nahm das Buch mit den fliegenden Ballons und wickelte es in braunes Papier ein. Der Mann verstaute es in seiner Tasche und verabschiedete sich mit einem äußerst formellen Salut von uns, wie im Theater. Er machte auch eine Bewegung wie jemand, der grüßend seinen Hut lüftet, doch den Hut hob er nicht hoch.

»Da«, sagte Großvater zu mir, »jetzt hast du etwas Interessantes zu lesen, bis der Herr zurückkehrt und das Buch wieder mitnimmt. Aber du solltest dich besser beeilen, denn mir kam vor, als sei der Mann nicht erfreut, sich für allzu lange Zeit von dem Buch zu trennen.«

Großvater steckte das Buch in eine Plastikhülle, damit die Seiten nicht auseinanderfielen, und ich rannte schleunigst nach Hause. Als ich die Tür aufriß, um in mein Zimmer zu stürmen, stieß ich beinahe mit Großmutter zusammen. Sie war gerade damit fertig geworden, die Ecken der Decke des Gästezimmers von Spinnweben zu säubern, und jetzt sammelte sie die Reste mit einer Schaufel auf und warf sie in den Mülleimer.

»Hoppla-hopp«, rief sie, als ich im Galopp an ihr vorbeisauste, »warum so eilig?«

»Großvater hat mir ein Buch zum Lesen gegeben, und ich lese es jetzt schnell.«

Die letzten Worte murmelte ich in mich hinein, während ich bereits auf meinem Bett lag und vorsichtig die Seiten aus der Hülle zog, daher hörte ich auch nicht, ob Großmutter mir antwortete. Ich überflog das Buch hastig, und da es an einer Stelle mittendrin begann, wollte ich die Lektüre mit einem anderen Märchen anfangen, von dem ich auch den Titel erfahren könnte. Ich blätterte vorwärts, und ich blätterte rückwärts. Und auf einmal verharrten meine Augen auf dem bekannten Satz, jenem Satz, den ich bereits im Laden gelesen hatte. Der Titel des Märchens lautete *Sternenstirn und Mondauge*, und ohne weiteres Verweilen begannen die Wörter zu strömen. Also las ich:

Es war einmal ein Mann in einem Land, zwei Tagwerk entfernt vom Osten des Mondes, und der Mann bearbeitete die Erde, und er hatte eine schöne Frau, Felder und Vieh, nur Söhne hatte er keine. Und wie sehr er sich einen Sohn wünschte!

Und die Tage gingen dahin und kerbten Furchen in seine

Stirn, und das Haar der Frau wurde silbern, und schon stand das Alter vor der Tür, da wurde die Frau eines Tages schwanger. Obwohl ihre Schmerzen heftig waren, der Rücken gebeugt und das Herz ermüdet, so gebar die Frau dennoch, und der Säugling schlüpfte aus dem Leib, es kam die Nachgeburt, und die Nabelschnur wurde abgeschnitten, und die Frau schloß die Augen und hauchte ihre Seele aus, und es blieben der Vater und der Säugling allein zurück.

Doch der Säugling, ungeachtet der Schmerzen erst der Mutter, dann des Vaters, war stark und kraftvoll, rosig mit hellen Augen, und auf seiner Stirn hatte er einen Fleck in Gestalt eines Sterns.

Und es sagte die Hebamme: »Ein Glückszeichen ist es, welches die Sterne auf seine Stirn geprägt haben, ein Zeichen für großen Segen und auch für Kummer. Gebe Gott, daß nun, mit dem Tod seiner Mutter, das Maß seiner Leiden voll ist und er von diesem Tage an Segen erfahren wird.«

Und der Vater sagte: »Amen, so sei es.« Und er gab seinem Sohn den Namen Sternenstirn.

Und Sternenstirn wuchs heran und ward zu einem hübschen Jüngling, und bei allem, was er tat, war ihm Erfolg beschieden, und er war beliebt bei den Leuten und eine Quelle der Freude für seinen Vater. Doch der Bauer verlor sein Vieh durch ein Mißgeschick, verpfändete seine Besitztümer, und es gelang ihm nicht, sie wieder auszulösen, und so mehrte sich und wuchs seine Schuld, und sie ward wie ein Faß ohne Boden. Und als Sternenstirn runde zwanzig Jahre zählte, hauchte auch der Vater seine Seele aus. Und die Gläubiger zogen den Zins vom Rest des Besitzes ab und nahmen, was ihnen in die Hände fiel, und Sternenstirn blieb ohne alles zurück.

Und so bündelte Sternenstirn das wenige an Lumpen und Gerät, das nicht einmal die Gläubiger hatten haben wollen, und zog von dannen, um einen Ort ausfindig zu machen, an dem ihm das Glück lachte. Er wanderte von Dorf zu Dorf, arbeitete als Tagelöhner, und weil er klug und tüchtig war, verdiente er sein tägliches Brot und sogar ein übriges, und das wenige, das zusammenkam, packte er in sein Bündel. Doch an keinem Ort wollte er länger als einen Tag oder zwei bleiben, denn ihm stand der Sinn nach der Hauptstadt.

Und es war nach langer Wanderschaft, da blieb ihm nichts anderes übrig, als einen Wald zu durchqueren, bevor er die Landstraße erreichte, auf der man zur Hauptstadt kam. Und er ging in den Wald hinein, sprang über Gruben, bahnte sich einen Weg durchs Dickicht der Zweige und pfiff fröhliche Weisen vor sich hin, um sich die Angst vom Leibe zu halten, und da drang ein Stöhnen aus einem der Bäume. Er sperrte seine Ohren auf, und da kam noch ein Stöhnen.

Und er rief: »Wer da?« Und es antwortete ihm zum drittenmal ein Stöhnen.

Er ging den Lauten nach und kam auf eine Waldlichtung und sah etwas, desgleichen er zeitlebens noch nicht gesehen hatte, und er wußte nicht, ob er bei dem Anblick in Lachen oder in großes Geheul ausbrechen sollte: Ein kleiner Mann mit verzerrtem Gesicht und verkrümmter Gestalt hing an seinem Haupt- und Barthaar im Gewirr der Äste, strampelte mit den Beinen, zappelte mit den Armen und stöhnte und ächzte.

Und das Männlein schrie: »Weh mir, wer erlöst mich von diesem Ort? Wer holt mich von diesem Baum herunter, denn wenn nicht augenblicklich jemand kommt – dann sterbe ich vor Kummer, vor Hunger und Durst.«

Da wurde Sternenstirn von Mitleid ergriffen, und er sagte: »Laß den Mut nicht sinken, Fremder, wie auch immer, denn hier bin ich und komme zu deiner Errettung.«

Und er legte sein Bündel am Wegesrand ab, nahm ein Messer, umgürtete seine Lenden und erklomm den Baum. Doch je mehr er sich dem Männlein näherte, desto heftiger wurde das Stöhnen, und das Männlein verdoppelte und verdreifachte sein Geschrei. Da sagte Sternenstirn: »Laß ab von Leid und Schmerz, denn hier komme ich schon, um deine Bande zu lösen.«

Doch das Männlein ruhte und rastete nicht, sondern trat mit seinen Beinen, die in der Luft hingen, und rief Sternenstirn zu: »Verflucht sollst du sein, wenn du mir auch nur ein einziges Haar krümmst!«

Und Sternenstirn erwiderte ihm: »Wie kannst du nur solche Reden führen? Willst du für immer und ewig an dem Baum bleiben? Und ich hatte die Absicht, dein Haar, welches im Dickicht der Zweige festhängt, abzuschneiden und die Bande, die dich fesseln, durchzutrennen. Der Baum ist ja nicht hoch, und du wirst auf die Füße fallen und deines Weges ziehen.«

Doch das Männlein schrie: »Nie und nimmer! Nicht ein einziges Haar wird von meinem Kopfe genommen! Laß das Messer und mach, daß du fortkommst – denn weder deiner noch deiner Hilfe bedarf ich! Weh mir ...«

»So«, sagte Sternenstirn, »wenn die Sache in deinen Augen so ihre Richtigkeit hat, kannst du ja weiterhin zwischen den Ästen baumeln, und ich werde meines Weges ziehen. Nur hatte ich für mich den Eindruck gewonnen, du hättest um Hilfe gerufen.«

Und Sternenstirn kletterte von dem Baum hinunter, steckte das Messer in sein Bündel zurück und wandte sich zum Gehen. Bevor er sich jedoch bis zur nächsten Lichtung entfernt hatte, hörte er wieder das Stöhnen des Männleins: »Unbekannter, unbekannter Jemand, Vorübergehender, kehr bitte zurück und laß mich nicht im Stich ...«

Und Sternenstirn sagte: »Es ist, wie ich sagte. Ich werde dir doch nicht meine Hilfe aufdrängen, wenn dir deine Lage gut erscheint, doch du hast um Hilfe gerufen, und daher laß mich erfahren, ob es vielleicht einen anderen Weg gibt, dir behilflich zu sein, von dem ich keine Kenntnis habe.«

Und das Männlein, das im Baum hing, rief: »Kein einziges Haar darf von meinem Haupt fallen! Ich muß heraus

aus dieser Falle, mit Kopf- und Barthaar, so unversehrt wie zuvor.«

»Mein Herr«, sagte Sternenstirn, »ich kann doch keinem Manne helfen, dem man nicht helfen kann, und wer sich nicht helfen läßt – dem kann auch nicht geholfen werden.«

Da lachte das hängende Männlein bitter auf und sagte: »Und wenn ich aber Hilfe brauche? Es genügt, daß ich aus dieser Falle herauskomme, in die ich geraten bin, das wäre schon viel für mich. Wen ich zu meiner Hilfe gerufen habe, der ist um ein Zehnfaches besser als du, aber ich sah das Sternzeichen auf deiner Stirn, und daher wird es vielleicht auch dir gelingen, mir zu helfen.«

»Im Gegenteil«, sagte Sternenstirn, »wenn der Mann, nach dem du Ausschau hältst, zehnmal besser ist als ich – so ist es mir zehnmal lieber, der Mann zu sein, der ich bin. Aber ich kann dir keine Hilfe sein, wenn du mir nicht sagst, wer du bist und was dir zugestoßen ist und wieso und warum man dein Haar nicht wie bei jedem anderen Menschen vom Geäst abschneiden kann. Du kannst doch nicht verlangen, daß ich dir helfe, und gleichzeitig die Sache, um die du in Wahrheit bittest, verheimlichen.«

Da sagte das Männlein: »Worum ich in Wahrheit bitte, ist, mit beiden Beinen auf der Erde zu stehen.«

»Wenn dem wirklich so ist«, sagte Sternenstirn, »kann ich ja augenblicklich dein Haar abschneiden und deine Beine auf den Erdboden stellen.«

Da schrie und zappelte das Männlein und sagte: »Nein und nochmals nein«, von Schmerz überwältigt, aber sein Leid war nicht von der Art, die das Herz anrührt, es sei denn, um es zu verhärten.

Darauf sagte Sternenstirn: »Wenn es so ist, dann ist nicht dies die Sache, die du erbatest. Es gibt ein Geheimnis, das sich in deinem Haupthaar verbirgt und das du mit aller Macht hütest. Nun denn, hüte deine Geheimnisse, was gehen sie mich an. Du hast eben den Entschluß gefaßt, das

Geheimnis vor mir zu wahren, auch wenn du von diesem Ort nicht wegkommst, ohne daß ich Hand anlege. Daher denke ich, daß dieses Geheimnis sehr groß und bedeutend ist. Vielleicht könnte das Messer in meiner Hand dich dazu drängen, es mir preiszugeben? Denn wenn nicht ...«

»Nein und nochmals nein«, rief das Männlein, »schneid mir nur bitte nicht mein Haar ab, und ich werde dir erzählen, wer ich bin. Hast du nicht die Kunde von Chaschbaz, dem Herrn der Meere, vernommen, dem größten Zauberer auf Erden? Ich bin Chaschmal, sein Gehilfe und seine rechte Hand. Gestern galoppierte ich auf meinem Pferd die Waldwege entlang, und ein Wind kam und fuhr in mein Haar, und es verfing sich im Geäst. Das Pferd unter mir galoppierte weiter, und ich blieb hängen, gefesselt zwischen Himmel und Erde. Hier, das ist die ganze Geschichte ...«

»Nein«, sagte Sternenstirn, »das ist nicht die ganze Geschichte, denn du hast mir nichts darüber gesagt, weswegen man dein Haar nicht abschneiden darf.«

Das Männlein preßte seine Lippen zusammen und sprach dann leise, als enthüllte es etwas gegen das Gebot seines Herzens: »Mein Haupthaar darf nicht abgeschnitten werden, weil in ihm die Zauberkraft steckt, die ich habe.«

»So«, sagte Sternenstirn, »aber auch das ist nicht die ganze Geschichte, es gibt etwas, das du vor mir verbirgst. Wenn du wirklich Zauberkräfte dein eigen nennst, warum kannst du deine Fesseln nicht mit dieser Kraft lösen?«

Da trat ein elender und kläglicher Ausdruck auf des Männleins Gesicht, und er sagte: »Ich kann meine Fesseln nicht mit der Zauberkraft lösen, weil der Zauber aus der Erde bezogen wird, und so lange meine Füße nicht fest auf dem Boden stehen – so lange kann ich nicht zaubern. Hat man je so etwas Unglückliches wie mich gesehen, armselig und ohnmächtig? Vergeblich erhebe ich meine Stimme und schreie nach meinem Herrn Chaschbaz, denn er hört mich nicht. Und hier bin ich, zwischen den Elementen, hänge zwischen Himmel und Erde, der Gnade eines Vorübergehenden überlassen, den mir das Schicksal weist. Ahh, wie bin ich doch arm dran!«

»Du bist weder arm dran noch unglücklich«, sagte Sternenstirn, »denn meine Füße stehen ja auf dem Erdboden, und wenn du mich die Beschwörung lehrst, mit der sich Bande lösen und Dickichte auftun lassen, kann ich dich augenblicklich erretten.«

»Fürwahr, das könntest du«, sagte Chaschmal, »doch diese Beschwörung darf ich keinem Menschen beibringen. Und das Herz fällt mir in die Eingeweide, stelle ich mir Chaschbaz' heiligen Zorn vor, wenn er erfährt, daß ich diese Beschwörung einem Menschen verriet. Und doch kann ich nicht anders, denn wann werde ich je wieder einen Mann mit einem Sternenzeichen auf seiner Stirn sehen, und wer soll mich erlösen, wenn nicht dieser? Am Ende wird Chaschbaz auch das zu meinen Ungunsten auslegen, wenn ich es ihm erzähle. Ich werde dir diese Beschwörung also beibringen, und du, sperr die Ohren auf und höre gut zu, und es wäre zu wünschen, daß du sie, je schneller du sie jetzt lernst, um so schneller später wieder vergißt. Wache gut darüber, daß deine beiden Füße fest auf dem Erdboden stehen, und denke mit deiner ganzen Kraft an die Verstrickung, die du entwirren möchtest, also spitz deine Ohren und sprich mir Laut für Laut nach ...«

Und Chaschmal hauchte mit leisem Raunen langsam die Worte des Zauberspruchs und pfiff jeden Laut, und Sternenstirn tat es ihm nach.

Dann senkte sich Stille über den Wald, und danach blitzte ein feuriger Funke von Chaschmals Haupthaar auf, und noch ein Funke, ein explosionsartiger Knall war zu hören, Gestank nach Rauch und Schwefel, und Chaschmal brach herunter und fiel auf seine beiden Füße.

Keuchend und schnaufend stand er auf dem Erdboden, zog einen Kamm aus seiner Tasche und kämmte sein schütteres Kopf- und Barthaar, und seine Gestalt wurde immer größer und sein Leib immer breiter. Danach wandte er sich an Sternenstirn und sagte zu ihm: »Und du, junger Mann, setz schnell deine Füße in Bewegung und geh, geh mir aus den Augen. Und wisse, wenn du in Chaschmals Hand gefallen und wohlbehalten daraus hervorgegangen bist, dann gibt es keinen größeren Glückspilz als dich. Und je schneller du vergißt, was deine Ohren vernommen – um so besser für dich, und auch ich werde alles tun, was in meiner Macht steht, um dich zu vergessen. Mehr Belohnung als dies kannst du nicht erhoffen.«

Und noch bevor Sternenstirn sich auch nur umzuschauen vermochte, da sprang noch ein Funke von Chaschmals Haupthaar, ein explosionsartiger Knall, Gestank nach Rauch und Schwefel, und Chaschmal war spurlos verschwunden. Nur ein leises, bösartiges Summen blieb von ihm zurück, wie der Nachgeschmack eines gallenbitteren Getränkes. Und Sternenstirn blickte weiter um sich, doch er sah nichts mehr. Das Herz war ihm schwer, und er wußte nicht, weswegen. Und er sagte sich: Ich weiß nicht, ob das, was ich getan habe, gut oder schlecht ist, aber ich habe es nur gut gemeint, und ich bin wohlbehalten daraus hervorgegangen. Wollte Gott, es käme gar Gutes bei diesen Dingen heraus und es erwüchse keinerlei Übel aus ihnen.

O weh, wie unschuldig war doch sein Herzenswunsch. Und ob nur Gutes aus einer solchen Begegnung erwachsen konnte? Kann jemand das Gute vom Schlechten trennen? Schließlich gehen sie Hand in Hand, eins mit dem anderen verbunden einher. Aber jetzt hört zu und vernehmt den Rest von Sternenstirns Geschichte.

So lud sich Sternenstirn also sein Bündel auf die Schulter und schritt weiter aus. Nach ein paar Stunden, als sich die Sonne neigte, wurde der Baumbestand spärlicher, und niedrige Berge tauchten am Rand des Horizonts auf, und dahinter Türme und Zinnen, die zwar noch weit, aber im Bereich einer Tagesreise waren. Und es waren die Türme der Hauptstadt.

Als Sternenstirn sah, daß der Tag zur Neige ging und der Weg noch weit war, suchte er nach einem Ort für sein Nachtlager. Am Wegesrand sah er die Bauernhütten, und bald wurde er auch einer kleinen Herberge ansichtig, in die er einkehrte. Der Wirt wies ihm ein Bett an und gab ihm zu essen, und Sternenstirn aß sich satt, wusch sich und ruhte aus von der Mühsal des Weges.

Nachdem er sich gelabt hatte, betrachtete er den Wirt und das Kommen und Gehen der Gäste, und er sah, daß alle für sich allein schweigend in einer Ecke saßen und der Wirt sein Werk nur langsam verrichtete, mit düster umwölktem, von Sorge und Kummer zerfurchtem Gesicht. Dies fand er verwunderlich. Sternenstirn faßte Mut und fragte den Wirt, warum und weshalb diese Trauer herrsche und was es sei, das ihm so das Herz bedrücke.

Da sagte der Wirt: »Nicht allein mir schmerzt das Herz. Alle Menschen in der Hauptstadt und ihrem Umkreis fühlen so wie ich. Wir alle sind von Schrecken gepackt angesichts dessen, was bevorsteht, und wollte Gott, daß unser König all seine Feinde überwältigt und wir nicht der Herrschaft des Bösen und der Zauberei anheimfallen.« Die Worte waren höchst unklar, und Sternenstirn wußte nicht, was das Schreckliche war, das bevorstand. Doch der Wirt fügte hinzu: »Über der gesamten Hauptstadt liegt ein furchtbarer Zauber, und der König hat verkündet, er werde seine einzige Tochter, Mondauge, jedem geben, dem es gelänge, die Stadt von diesem Zauber zu erlösen. Und wie viele Ritter und Soldaten aus diesem Königreich und den benachbarten Reichen sind bisher nicht schon gekommen und haben ihre Kraft erprobt, doch sie verloren alles, und für uns hat sich nichts gebessert. Denn Wagemut und ein guter Verstand allein sind nicht genug, wenn nicht auch das Glück von oben sie begleitet. Und es kommt bald soweit, daß der Zauber nicht mehr zu lösen sein wird, der Schleier des Vergessens wird uns zudecken, und wir werden vergehen und sterben, und keine Spur wird von uns zurückbleiben.«

Und der Wirt wußte seine Worte nicht deutlicher zu fassen, und zurück blieben Unklarheiten, Ungereimtheiten und Ängste wie ein böses Gerücht.

So also beschloß Sternenstirn bei sich, am nächsten Tag in die Stadt zu gehen, und als die Zeit ihrer Niederkunft gekommen war, schmückte sich die gesamte Stadt mit Fahnen – – – – – – – –

Was ist denn das? Hier ist ein unklarer Satz. Ich werde ihn noch mal lesen, vielleicht verstehe ich ihn dann besser: So also beschloß Sternenstirn bei sich, am nächsten Tag in die Stadt zu gehen, und als die Zeit ihrer Niederkunft gekommen war, schmückte sich die gesamte Stadt mit Fahnen und Wimpeln, und an jeder Straßenecke standen Musikanten – – –

Auch beim zweiten Lesen blieb dieser Satz unverständlich. Woher kam er, und wo führte er hin? Sooft ich ihn auch las, die Wörter fügten sich nicht zusammen. Ich las ein paar Zeilen weiter, aber vergebens. Mir war der Faden der Geschichte gerissen. Erst nach längerem Herumblättern wurde mir der Grund dafür klar: Der erste Teil des Satzes war auf Seite 61 und der zweite auf Seite 88, was bedeutete, daß siebenundzwanzig, jawohl, siebenundzwanzig Seiten mittendrin fehlten. Wer weiß, ob das überhaupt die Fortsetzung dieser Geschichte war oder vielleicht eine ganz andere. Was für ein Pech! Ich fange eine spannende Geschichte zu lesen an, und dann führt kein Weg ans Ende.

Mir fiel die merkwürdige Art und Weise ein, auf die das Buch in Großvaters Hände gelangt war, und ich fing an, mir Sorgen zu machen. Vielleicht war hier irgend etwas nicht in Ordnung? Schließlich hatte jener Mensch bei Großvater ein schadhaftes, unvollständiges Buch hinterlegt; womöglich käme er noch daher und verlangte die fehlenden Seiten, und Großvater würde vielleicht denken, ich hätte sie verloren, und das alles zusätzlich zu der Tatsache, daß er mich mitten in der Geschichte hatte steckenbleiben lassen.

Ich dachte, es sei wohl besser, wenn ich zu Großvater ginge, ihm das Buch zurückbrächte und ihm alles erklärte. Ich packte behutsam die Seiten in die Tüte und ging zum Laden hinunter.

»Großvater«, sagte ich, »es ist völlig wertlos, das Buch, das du mir gegeben hast. Es fehlen Seiten drin, nicht nur am Anfang, sondern auch in der Mitte. Da – siebenundzwanzig Seiten fehlen, und ich schwöre, ich hab' sie nicht herausgerissen ...«

Großvater machte die Tüte auf und besah es sich genau. »Ich bin sicher, daß nicht du sie verloren hast, keine Sorge. Das Buch wird zu dem Herrn, der es hinterlassen hat, genauso zurückkommen, wie er es abgegeben hat. Bleibt nur zu überlegen, weshalb ihm das Buch derart wichtig ist und warum er dann ausgerechnet dieses bei uns hinterlegt hat. Vielleicht wird sich das im Lauf der Zeit herausstellen, vielleicht auch nicht. Uns reicht es, wenn der Mann zurückkommt, das Buch wieder mitnimmt und uns das bringt, worum ich gebeten habe.«

»Aber was ist mit der Geschichte, die ich zu lesen angefangen habe und die genau im spannendsten Moment abbricht?«

»Nichts zu machen«, sagte Großvater, »wenn du keinen anderen Weg findest, wirst du sie selbst ergänzen müssen, und wenn nicht – es steht dir frei, aus der Geschichte herauszutreten und deinen eigenen Weg zu gehen, meinst du nicht auch? Am besten warten wir's ab und schauen weiter.«

Gut. Wie wartet man ab und schaut weiter? Ich verließ den Laden und schlenderte auf der Straße herum, betrat den Hof, streichelte den Hund, rupfte einen Kiefernzweig am Zaun ab, sprang dreimal von der Haustreppe auf den Absatz hinunter, einmal aus fünf Stufen Höhe, einmal aus sechs und einmal aus sieben, ich vergrub die Hände in den Taschen, pfiff vor mich hin, erteilte Befehle an unsichtbare Legionen, die unter meinem Kommando standen, gab Anweisung, alle Festungsbrücken vor dem nahenden Angriff hochzuziehen, ich galoppierte allein mit meinem Pferd durch die Wildnis, kurzum – ich tat alles, was man so macht, wenn man auf etwas wartet, aber da mir nicht klar war, worauf ich wartete, dehnte sich die Zeit immer länger und erschien mir wie ein tiefer gähnender Schlund. Und während ich mich so herumtrieb, stieß ich auf eine Eisenleiter, die an der Hausmauer befestigt war, eine Leiter, die aufs Dach führte. Immer schon hatte diese Leiter meinen Blick angezogen, aber noch nie war ich hinaufgeklettert. Jetzt, dachte ich, jetzt ist die Stunde gekommen, das Dach des Hauses meiner Großeltern kennenzulernen. Ich erklomm Sprosse um Sprosse, und dann war ich oben. Das Haus war nicht hoch. Und die Dachfläche – ein Witz. Komisch, daß diese Fläche die ganzen Zimmer bedecken konnte. Aber anders konnte es ja wohl nicht sein, richtig? Das Dach war mit Teer und von einer dünnen Kalkschicht überzogen. Eine große Pappel, die neben dem Haus stand, beschattete einen Teil des Daches. Ringsherum waren alle Häuser des Viertels zu sehen, alle anderen Dächer und Höfe.

Ich ließ mich im Schatten der Pappel nieder, formte meine beiden Hände zu einem Fernglas und blickte mich um. Ich hätte so gerne eine Stelle gefunden, die ganz wild war, wie im Dschungel, einen Ort, den noch nie eines Menschen Fuß betreten hatte. Aber wohin ich auch blickte, immer stieß ich auf Stromleitungen, Straßen und Häuser. Das einzige, was ich vollständig von der Szenerie trennen konnte, war die Baumkrone selbst. Ich streckte mich im Schatten aus und betrachtete sie. Ein leichter Wind ließ die Zweige nicken. Die Blätter waren auf einer Seite glänzend silbrig, und der Wind ließ sie leicht vibrieren, als schüttle er Funken aus ihnen heraus.

So lag ich da, betrachtete die Blätter und den Himmel, und ich weiß nicht, wieviel Zeit verging. Plötzlich fühlte ich einen großen Schatten, der die Sonne verdeckte. Ich schlug die Augen auf und erschrak. So etwas hatte ich noch nie im Leben gesehen, und ich gehe jede Wette ein – so etwas hat noch niemand je gesehen: Ein großer Ballon senkte sich im Gleitflug langsam vom Himmel herab und näherte sich dem Dach, um darauf zu landen, ganz genau jener Ballon, den ich auf dem farbigen Bild von Großvaters Buch gesehen hatte, verziert in Rot, Blau und Weiß, mit Illustrationen von Sonne und Mond und Himmelsgestirnen. Unter dem Ballon hing ein Korb, und in dem Korb, so sah ich von weitem, stand ein Mann.

Der Ballon sank tiefer und tiefer, und der Mann kam immer näher. Und da, am Ende erreichte er wirklich das Dach und warf ein Seil mit zwei Haken aus, das sich am Ende der Eisenleiter verfing. Dann zog er langsam an dem Seil, bis der ganze Ballon herankam, ganz dicht ans Leiterende. Der Mann sprang aus dem Korb, knüpfte das Seil an die oberste Sprosse und vertäute den Ballon. Vor lauter Erstaunen gelang es mir nicht, den Mund aufzumachen.

Ich trat auf ihn zu. Der Mann war verhältnismäßig jung. Er trug altmodische Kleidung, die wie aus einer völlig anderen Welt wirkte. Zugleich aber kam er mir bekannt vor, doch ich wußte nicht, woher.

»Gruß und Segen«, sagte der Mann zu mir.

Er nahm seine Kappe ab, um sich die Schweißperlen von der Stirn zu wischen, und jetzt blieben mir erst recht die Worte im Halse stecken. Auf seiner Stirne rechts war ein kleiner Fleck, der die Form eines Sternes hatte! Aber das Erstaunen des Mannes übertraf offenkundig das meine.

»Wer bist du, und was ist das für ein Ort, an den ich gelangt bin?« fragte er mich.

Ich antwortete ihm nach bestem Wissen, und danach betrachtete ich den Mann und den fliegenden Ballon. »Und du«, fragte ich aufgeregt, »wer bist du, und woher kommst du?«

»Mein Name ist Sternenstirn, und woher ich komme – das ist, so fürchte ich, eine lange Geschichte, allzu lang.«

Meine Verblüffung erreichte ihren Höhepunkt. Dann war das also wirklich der Mann? War das die Möglichkeit?

C·v·S

»Findest du daran etwas Verwunderliches?« fragte mich der Gast.

»Eigentlich nicht«, sagte ich zu ihm. »Du hast mich bloß an jemanden erinnert, über den ich gelesen habe.«

Danach überlegte ich es mir und fragte ihn: »Du hast nicht zufällig irgendeine Verbindung mit Mondauge?«

»Mondauge?« sagte Sternenstirn und erbleichte, als hätte ich ihn mitten ins Herz getroffen. »Mondauge, aber gewiß«, er war wirklich betroffen, »woher kennst du sie?«

»Ich kenne sie nicht wirklich«, sagte ich, »ich habe nur eine Geschichte gelesen, in der ihr Name erwähnt wird. Aber dein Name kommt dort viel öfter vor.«

»Was ist das für eine Geschichte, und woher hast du sie?« fragte Sternenstirn verwundert.

»Da war irgendein komischer alter Mann, der das Buch heute Großvater geliehen hat, und er hat von ihm dafür ein Buch über fliegende Ballons gekauft, und da ist wirklich ein Bild von einem Ballon genau wie dem deinen drin!«

Sternenstirn trat zu dem Korb seines fliegenden Ballons und holte ein Buch heraus. »Dieses Buch?« fragte er.

»Ja, so wahr ich lebe, nur daß das hier viel neuer ist als das Buch, das Großvater diesem Mann gegeben hat.«

»Das ist jedenfalls die Anleitung zur Inbetriebnahme und Instandhaltung von fliegenden Ballons und Luftschiffen. Aber die interessante Frage ist natürlich, welches das andere Buch ist, das er euch dafür gegeben hat und in dem ich erwähnt bin. Das ist eine seltsame Sache, die mir nicht in den Kopf will: Ich in einem Buch? Was wird dort über mich erzählt?«

»Um die Wahrheit zu sagen«, antwortete ich, »nicht viel. Es gibt dort den Anfang einer Geschichte, der davon handelt, daß du auf Wanderschaft gegangen bist, daß du einen komischen Mann getroffen hast, der an seinen Haaren in den Zweigen festhing, und daß du vorhattest, in die Hauptstadt zu gehen. Aber dieses Buch ist sehr alt, schäbig und zerfleddert. Die Hauptkapitel der Geschichte sind herausgerissen, und darüber, was danach geschah, weiß ich gar nichts.«

Sternenstirn sah ein wenig beruhigter aus.

»Also, dann weiß man nicht alles über mich. Aber nachdem du mehr über mich weißt als all die Menschen, die ich unterwegs getroffen habe, kannst du vielleicht mehr verstehen. So wie du mich hier siehst, treibe ich in der Welt von Ort zu Ort und finde keine Ruhe. Du siehst also, daß die Dinge momentan nicht zum besten stehen. Vielleicht wird es eines Tages anders werden. Aber inzwischen setze ich meinen Weg, den ich als Wanderer zu Fuß begonnen habe, als einer fort, der einer Wolke gleich in der Luft hängt, und um die Wahrheit zu sagen, es sieht ganz und gar nicht gut für mich aus. Im Gegenteil, momentan habe ich überhaupt nichts zu erwarten, außer quälender Einsamkeit in den Wolken.«

»Aber was ist passiert, daß du in eine solche Lage geraten bist?«

»Nachdem man fast schon sagen kann, daß wir alte Bekannte sind, werde ich dir die ganze Geschichte erzählen, bevor ich weiterziehe. Ich werde hier ein Weilchen sitzen, mich von den Windstößen erholen und nur meine Füße ein bißchen über den Dachrand baumeln lassen, schau, so«, sagte Sternenstirn und ließ sich neben mir nieder, »und du, wärst du bitte so nett und wurdest mir diesen Wasserschlauch füllen, wenn ich ausgetrunken habe, mehr brauche ich nicht.«

Sternenstirn saß also neben mir im Schatten der Pappel, obgleich das Dach jetzt zur Gänze von dem riesigen Ballon beschattet war. Er ließ seine Beine herabhängen, stützte sich rückwärts auf seine Ellbogen, betrachtete wie ich die Baumkrone, und hob zu erzählen an:

Du weißt also, daß der König seine Tochter, Mondauge, demjenigen zur Frau versprach, der die Stadt von dem Zauber befreien würde. Das erfuhr ich am Abend meiner Einkehr in die Hauptstadt, darüber hinaus jedoch wußte ich rein gar nichts. Ich wußte nicht, wer Mondauge ist, ich wußte nicht, was für ein Zauber das war, der über der Stadt lag, ich wußte nicht, welche Gefahren mich erwarteten, ich wußte nur, daß ich nichts zu verlieren hatte, und mit dem Leichtsinn der Jugend traute ich mir zu, die Stadt aus jeder Notlage zu erretten und eine Prinzessin zur Frau zu gewinnen.

Ich kam zu früher Morgenstunde in die Stadt, und sie erschien mir schöner und angenehmer als jeder andere Ort auf Erden. Die hübschen Häuser, die blühenden Ziergärten, die kleinen Brunnen an den Straßenecken und auch die Menschen, die auf den Märkten zugange waren, schienen mir von freundlicher Gesinnung. Über allen Gesichtern jedoch lag ein besorgter Ausdruck von der Art, wie ich ihn bereits bei dem Wirt vor den Toren der Stadt kennengelernt hatte.

Ich spazierte durch die Straßen, hierhin und dorthin, und dachte mir, glücklich, wem es vergönnt war, hier zu leben, und wie schade doch diese unerklärliche Notlage war, in die der Ort geraten war. Und da sah ich an einer der Straßenecken etwas, das mich nicht wenig in Erstaunen versetzte: Es stand ein Denkmal dort für den einstigen Gründer der Stadt, ein Ritter namens Tönerne Hand, der auf einem Pferde zu sehen war, seine weiße tönerne Hand nach vorne, sozusagen der Zukunft entgegengestreckt, doch ein feiner, undurchsichtiger Schleier bedeckte sie, Spinnweben hingen von ihr herab, und das Standbild sah insgesamt aus, als sei es schon lange nicht mehr gesäubert worden – ganz und gar von hauchdünn verwobenen Spinnennetzen überzogen. Und nun bemerkte ich auch, daß große grünliche Spinnen eilig umherkrabbelten und flink ihre Netze rundherum spannen.

Unweit des Standbilds war ein Haus, das ebenfalls von Spinnweben überzogen schien, und das war das Stadtarchiv, wie das Schild dort bezeugte. Ich stand davor und versuchte zu ergründen, woher all jene Spinnen auftauchen mochten, als zwei Leute herausstürzten, die feinmaschig eingesponnen schienen, entsetzt und verängstigt waren. Sie versuchten, das dichte Gewebe der Spinnennetze von ihren Augen zu entfernen, um etwas zu sehen, und riefen um Hilfe. Die Passanten eilten ihnen zu Hilfe, und sie erzählten, daß die Keller des Archivs zur Gänze mit Spinnweben versiegelt seien und es ihnen nur mit knapper Not gelungen war, zu entkommen.

Plötzlich gewahrte ich, daß die ganze Stadt trotz ihrer Sauberkeit von Spinnen befallen war. Die Spinnen liefen an den Mauern, Straßenecken, in den öffentlichen Parks herum und spannen überall ihre Netze.

Und mehr noch, jene Plätze, die mir zu Beginn strahlend vor Sauberkeit erschienen waren, zeigten sich mir ein paar Minuten darauf von feinmaschigen Netzen eingesponnen. In mir erwachte der Wunsch, die gesamte Stadt sauberzuscheuern, um ihr den früheren Glanz zurückzubringen, den zu sehen mir nicht vergönnt gewesen war. Aber allem Anschein nach war es nicht möglich, dies zu bewerkstelligen, denn die Spinnen waren schneller und flinker als jeder Mensch. Ich näherte mich dem Hauptplatz und sah, daß ich, je größer die Pracht, die sich vor meinen Augen entfaltete, um so mehr auch auf Spinnennetze stieß. Ein erstaunlicher Anblick, zweifelsohne.

Während ich noch dort stand, taten sich plötzlich die Tore des Palastes auf, ein Trupp Soldaten in prächtigen Uniformen marschierte heraus, und das ganze Volk lief auf dem Platz zusammen und scharte sich um die Tore. Nachdem alle versammelt waren, kam ein Gefolge von Höflingen heraus und nach ihnen, in einer großen Sänfte, der alte König und seine Tochter Mondauge. Die Menge jubelte, und der König winkte mit der Hand. Und ich, von meinem Standort aus, sah die Prinzessin und konnte kein Auge von ihr wenden. Sie war von einer Schönheit und Feinheit, wie ich sie zeitlebens noch nicht gesehen hatte, und in ihren

Augen – sah ich recht? –, in jedem einzelnen glänzte die Form des Mondes. Ich schaute und schaute und achtete nicht darauf, daß noch eine Fanfare ertönte. Stille senkte sich herab. Der König erhob sich und sprach: »Dies ist das viertemal, daß ich den Palast verlasse, um mich mit diesem Aufruf an euch, Angehörige meines Volkes, hier, von der königlichen Sänfte aus, zu wenden. Wer es zuwege bringt, den Zauber von der Stadt abzuwenden und uns alle zu erlösen, dem wird es vergönnt sein, meine Tochter, Mondauge, zu heiraten, und er wird nach mir über dieses Land herrschen. Wenn sich kein Ausweg findet – was wird unser Ende sein? Die Sache ist schwierig, denn hier handelt es sich um Zauberei und die Mächte der Finsternis. Und in der Tat haben schon drei ihr Glück versucht und sind gescheitert, und der Zauberfluch dauert an und zehrt an uns. Ich trete hiermit also das viertemal heraus und erkläre von dieser Bühne aus – jeder, der Mut in seinem Herzen und die Klugheit besitzt, gegen einen grausamen und tückischen Feind zu kämpfen, sei er ein Hiesiger oder ein Fremder, ist hiermit eingeladen, in den Palast zu kommen und vor mich zu treten. Wenn es ihm glückt, das Reich zu erretten, soll es ihm ganz gehören.«

So sprach der König, und seine Stimme war traurig und schwach. Nachdem er geendet hatte, erklang noch einmal eine Fanfare, und die Sänftenträger drehten sich um und kehrten zum Palast zurück, und ich, ich hatte während der ganzen Zeit unablässig Mondauges Gesicht betrachtet und kannte mich selbst nicht mehr.

Es war mir klar, daß die Worte mir gegolten hatten, daß ich derjenige war, der die Prinzessin gewinnen mußte. Ich mußte nur noch in Erfahrung bringen, worin dieser Zauber bestand. Ich wandte mich an einen der Bürger, der neben mir stand und mir wie ein zuverlässiger und kundiger Mann aussah, und fragte ihn, was das für ein Zauber sei.

»Hast du nicht bemerkt, daß die ganze Stadt mit einem Netz von Spinnweben bedeckt ist?« fragte der Mann.

»Gewiß habe ich das bemerkt, aber ist das Grund für eine solch schwere Not?«

Der Mann seufzte: »Sicher, ein paar wenige Spinnweben können nichts Schlimmes anrichten, aber diese Spinnen sind keine gewöhnlichen Spinnen, es sind Zauberspinnen. Sie verrichten ihr Werk blitzschnell, und es sind ihm keine Grenzen gesetzt. Wenn sie so weitermachen, werden sie nicht eher einhalten, bis sie die gesamte Stadt mit einer dicken Schicht Spinnweben zugedeckt haben, denen wir nicht mehr entrinnen können.«

»Und es gibt überhaupt keinen Weg, die Netze zu durchtrennen, sie abzureißen?«

»Nein, an jeder Stelle, wo man die Netze zerreißt, kommen sofort neue Spinnen und spinnen ihre Netze mit vermehrter Kraft.«

»Aber woher kommen sie, diese Spinnen?«

»Oh, das ist schwer zu beantworten. Ihr Ursprung liegt nicht im Hier und Jetzt, sondern im Anbeginn der Geschichte: Zuerst begann die Historie unseres Königsreiches sich in Widersprüche zu verwickeln, unsere Vergangenheit verdunkelte sich, Diskrepanzen zwischen den Geschichtsbüchern traten zutage, unsere Geschichte begann vor Spinnen zu wimmeln: All unsere großen Errungenschaften, all unsere herausragenden Persönlichkeiten, all unsere Werke, alles begann, dem Blick zu entschwinden und dem Vergessen anheimzufallen. Statt dessen tauchten grüne und graue Spinnen auf, die zwischen den Seiten der Dokumente in den Archiven herumspazierten, auf den Denkmälern, in den Chroniken. Blitzschnell füllten sie das Zentralarchiv, wie du selbst siehst, und nun tauchen sie schlicht und einfach aus der Erde auf und überziehen alle Ecken der Stadt. Wenn das so weitergeht – innerhalb kürzester Zeit wird die gesamte Stadt aus der Erinnerung getilgt sein, und nichts wird von ihr zurückbleiben.«

»Aber wer ist derjenige, der einen derart schrecklichen Fluch verhängt hat?«

»Hast du nicht von dem großen Zauberer Chaschbaz, dem Herrn der Meere, gehört und seinem furchtbaren Gehilfen Chaschmal? Sie waren mit unserer Stadt durch einen Vertrag aus uralter Zeit verbunden, tatsächlich ein sehr zweifelhafter Vertrag, verlangten bestimmte Abgaben für sich selbst, und im Gegenzug ließen sie uns unser Leben leben. Wozu viele Worte machen? Ein Streit entbrannte. Unser König behauptete, er habe alles, was ihnen zustehe, bezahlt, während sie mehr verlangten, und als sie es nicht bekamen – belegten sie uns mit dem Fluch der Spinnen. Und jetzt geh hin und finde einen Weg, gegen Zauberei zu kämpfen!«

Dies sagte mein Gesprächspartner, und ich zermarterte mir das Hirn, dachte angestrengt nach, und da fiel es mir ein. Die Namen Chaschbaz und Chaschmal waren mir von der seltsamen Begegnung auf dem Weg in die Stadt her bekannt, als ich Chaschmal aus der Notlage befreite, in der er, wollte Gott, für immer und ewig hätte bleiben sollen. Doch jetzt könnte ich meine Bekanntschaft mit ihm möglicherweise zum Wohle der Stadt nutzen. Ich dankte meinem Gesprächspartner und eilte, als ginge es um mein Leben, zum Palasttor.

»Wer bist du, und was ist dein Begehr?« fragte mich die Schildwache am Tor.

»Mein Name ist Sternenstirn, und es ist mein Begehr, dem König meine Dienste anzubieten, um die Stadt von dem Zauberfluch zu befreien.«

Der Wächter betrachtete mich mit einem mitleidsvollen Blick und sagte: »Es tut mir leid um dich, junger Mann, ich kann dich gerne einlassen, aber du sollst wissen, daß du dich in große Gefahr begibst. Noch steht es dir frei, dich zu besinnen.«

»Nein«, sagte ich, »mach auf, und bring mich zum König.«

Er schob den Torriegel zurück und befahl einem der Wachsoldaten, mich zum König zu begleiten. So gelangte ich in den Thronsaal, ein großer, lichtdurchfluteter Saal mit glitzernden Kristallüstern, wo zu beiden Seiten Reihen von Soldaten standen, auf deren Bajonetten Besen aufgepfropft waren, und sie fegten im Gleichtakt die Spinnennetze von den Wänden und aus den Ecken der Decke.

»Feee-gen, stellt ein!« rief ihr Kommandant, und sie alle standen still. Und der Hofmarschall näherte sich dem König und sagte: »Hier ist noch einer, der der Stadt seine Hilfe anbietet.«

Der König erhob vom Ende des Saales aus seinen Blick und bedeutete mir, näher zu kommen. Ich ging und ging, immer näher, bis mir der Soldat an meiner Seite ein Zeichen machte stehenzubleiben.

»Wer bist du, und woher kommst du?« fragte der König.

»Mein Name ist Sternenstirn«, sagte ich, »Vater und Mutter habe ich nicht, und ich bin zu Fuß aus einer ländlichen Gegend im Süden des Königreiches gekommen, um mein Glück in der Hauptstadt zu machen.«

Auf dem Gesicht des Königs breitete sich ein bedrücktes Lächeln aus.

»Und du meinst, daß dir das Glück in solchem Maße hold ist, daß du das gesamte Königreich retten kannst, mit einer Tat, die vor dir noch keinem gelungen ist?«

»Ich weiß nicht, ob mir das Glück wohlgesinnt sein wird«, sagte ich, »aber um Eure Tochter zu gewinnen, würde ich alles auf der Welt tun.«

»Sei kein Tor, ein netter Bauernbursche wie du, kehr in dein Dorf zurück und halte dich fern von allem Übel. Weißt du überhaupt, gegen wen du da in den Krieg ziehst? Der erste, der zum Kampf angetreten ist, war Prinz Ostwind. Er wurde aus allen Prinzen, die uns ihre Dienste anboten, erwählt, forderte die Zauberer zum Duell heraus und wurde uns am Ende als ein Fläschchen Asche zurückgebracht. Der zweite, Prinz Westwind, auserwählt aus allen Herzogtümern ringsherum, versuchte mit Gewalt, Chaschbaz' Palast zu erobern, und er wurde uns als ein Klumpen Kohle zurückgebracht. Der dritte, der Sohn des Präsidenten des städtischen Handelskontors, wurde aus allen noblen Persönlichkeiten am Ort ausgewählt. Er versuchte, die Zauberer mittels Diplomatie zu verführen, und ihn erhielten wir als Spinnennetzknäuel zurück. Und du meinst, ein unbekannter Bauernsohn könnte da Erfolg haben, wo alle anderen scheiterten? Wenn es dir gelingen sollte, unsere Stadt zu befreien, werde ich nicht zögern, dir meine Tochter zu geben, aber wenn du scheiterst, dann verschlimmert sich nicht nur unsere Lage, sondern auch dich wird ein unnatürlicher Tod ereilen. Es sei dir also Gelegenheit gegeben, die Sache noch einmal zu überdenken, wenn dir dein Leben lieb ist. Weißt du, gegen wen du kämpfst?«

»Ich weiß es sehr gut«, sagte ich, »denn auf einem völlig zufälligen Wege, den ich zu gegebener Zeit auch Eurer Majestät ausführlicher zu Gehör werde bringen können, sind mir gewisse Einzelheiten über die Zauberer bekannt geworden, und diese Einzelheiten sind dazu angetan, mir bei meiner Aufgabe zu helfen. Wenn Ihr mir ein Pferd und einen Trupp Soldaten gebt, der sich mit mir auf den Weg macht, werde ich gegen sie ziehen, und möglicherweise kann ich den Zauber besiegen.«

»Dann sei es so, wie du sagst«, sagte der König, »ich sehe, du weißt, was zu tun du im Sinn hast. Und vielleicht ist ja der Stern auf deiner Stirn ein gutes Zeichen? Es bleibt mir nur noch, meine Tochter Mondauge zu rufen, damit sie dir ihren Segen auf den Weg mitgibt, und ich hoffe, daß du wohlbehalten zurückkehrst und der Stadt die Erlösung bringst.«

»Mondauge!« rief der Zeremonienmeister.

Eine Seitentüre öffnete sich, und die Prinzessin, umringt von drei ihrer Hofdamen, trat in den Saal. Sie kam mir noch schöner und trauriger vor als beim ersten Anblick, und ich spürte, daß sich in meinem Herzen ein gähnender Abgrund der Sehnsucht auftat.

»Mondauge, meine Tochter«, sagte der König, »das hier

ist Sternenstirn, ein Bauernsohn. Nachdem alle Prinzen und Noblen der Stadt mit ihren Versuchen, die Stadt zu erlösen, gescheitert sind, hat sich unversehens dieser Mann in unserem Hause eingestellt. Wenn ihm die Sache gelingen sollte, ist dies nichts anderes als ein nachdrückliches Zeichen dafür, daß er deiner würdig ist, meine Tochter. Denn dieses Sternenmal auf seiner Stirn birgt das Versprechen für eine große Zukunft in sich. Mißlingt ihm die Sache, wird sein Leid das unsere sein. Es bleibt nur, daß du ihm den Segen für den Weg gibst und daß er unverzüglich zu seiner Mission aufbricht.«

»Teurer Bauernsohn«, sagte die Prinzessin, »ich weiß nicht, wer du bist, aber wer du auch immer seist, deine Bereitschaft zu helfen und der Blick deiner Augen legen Zeugnis davon ab, daß du nobler bist als alle Ritterssöhne. Du bist eines besseren Lebens würdig. Es wird mir schmerzlich leid um dich tun, wenn du scheiterst, und grenzenlos wird meine Freude sein, wenn du vermagst, die Stadt zu erlösen. Und dann werde ich auf immer und ewig deine Gefährtin sein. Sei gesegnet, und Glück auf den Weg!«

Die Monde in den Augen der Prinzessin glänzten und strahlten, und meine Seele schwebte im siebten Himmel.

Die Prinzessin kehrte in ihr Gemach zurück, der Trompeter stieß ins Horn und mobilisierte den Soldatentrupp, und wir machten uns auf den Weg. Zu Pferd war der Weg nicht allzu lang, und nach einer Stunde hatten wir die Dörfer rings um die Hauptstadt hinter uns gelassen und kamen in den Wald. Wir ritten bis zu jener Lichtung, auf der ich Chaschmal zum erstenmal begegnet war, als er an seinem Haar im Dickicht der Zweige hing. Dort saßen wir ab, und ich versuchte, die genaue Stelle zu finden, an der der Zauber vollzogen worden war.

Und dann schien mir, als hätte ich sie gefunden: Genau da hatte der Bösewicht gehangen, und hier hatte ich gestanden. Wenn ich hier die Beschwörung ins Werk setzen würde, die alle Bande und Verstrickungen löst, vielleicht könnte ich auch die Sadt aus der Verstrickung ihrer Spinnennetze lösen! Ich verfuhr genau auf die Weise, die mir Chaschmal gewiesen hatte, konzentrierte mich stark, richtete Herz und Sinn auf die Notlage der in Spinnweben eingehüllten Stadt, und dann sagte ich die Beschwörung auf, die ich erst tags zuvor auswendig gelernt hatte.

Ganz langsam sprach ich sie, und als ich geendet hatte, ereignete sich gar nichts. Doch mußte überhaupt etwas geschehen? Wenn die Stadt von dem Zauber befreit worden war – wie konnte ich dies denn von hier aus wissen? Und wenn irgendeine Gefahr auf mich lauerte, wie auf meine Vorgänger, wo war sie? Es herrschte absolute Stille, und nichts geschah. Ich verharrte ein paar Minuten – und mit einemmal ertönte ein explosionsartiger Laut und danach noch einer, und ein sengender Geruch verbreitete sich in der Luft. Vor mir standen zwei hohe, dunkle Gestalten, jener Chaschmal, den ich am Vortag aus dem Dickicht befreit hatte, und neben ihm eine noch höhere Gestalt, schlank, mit silbrigem Haar, und er war offenbar Chaschbaz!

Die beiden standen mir gegenüber und blickten mich schweigend an. Dann schüttelte Chaschmal seinen Kopf. »Nicht gut, gar nicht gut«, sagte er. »Ich habe dir eine Beschwörung anvertraut mit dem Ziel, daß du mir hilfst und sie danach schleunigst wieder vergißt, und nicht, damit du sie gegen mich verwendest. Dabei habe ich dir doch einen äußerst großzügigen Vorschlag gemacht – daß wir unverzüglich auseinandergehen, einander vergessen und Schluß. Nun sind keine zwei Tage vergangen, und wir treffen uns schon wieder. Das ist nicht gut, gar nicht gut.«

»Laß ihn«, sagte Chaschbaz, »hier hast du selbst voreilig und verantwortungslos gehandelt. Wer vertraut eine solch machtvolle Beschwörung den Händen eines gewöhnlichen Sterblichen an, nur um sich von ein paar Zweigen zu befreien? Hättest du nicht ein Weilchen auf mich warten können? Du weißt doch, daß ich alle siebzig Jahre durch diesen

Wald komme. War es so schwer, dich ein wenig in Geduld zu fassen? Statt dessen vertraust du all deine Macht den Händen des erstbesten an, der dir über den Weg läuft. Und da wunderst du dich jetzt, daß er uns besiegt hat?«

»Ja, junger Mann«, wandte sich Chaschbaz an mich, »ich muß zugeben, daß du diesmal über uns gesiegt hast, doch wir hegen keinen Groll gegen dich. Die Stadt ist vom Zauber befreit, dem Fluch ist ein Ende bereitet, und alles ist wieder wie zuvor. Die Spinnen sind vom Erdboden verschluckt, die Spinnennetze abgefallen, die Erinnerung hat sich wieder geklärt, du wirst in die Stadt zurückkehren, und Prinzessin Mondauge wird dir zur Frau gegeben werden, und wenn der Tag kommt, wirst du auch über das Land herrschen. Ich ziehe meinen Hut vor dir. Ich bin ein Verbündeter der Stadt, und auch mit dir möchte ich einen speziellen Bund schließen. Ich möchte nicht der Feind desjenigen sein, auf dessen Stirn das Zeichen des Sterns eingraviert ist.«

»Und was ist, wenn ich nicht wünsche, euer Verbündeter zu sein?« sagte ich. »Es genügt, daß der Zauber aufgehoben ist. Von nun an will ich mich an Chaschmals gestrigen Vorschlag halten: Ich ziehe meines Weges, und ihr des euren, und wollen wir alle hoffen, daß wir uns niemals mehr wiedersehen.«

»Dieser Vorschlag wurde dir gestern gemacht«, erwiderte Chaschbaz, »es war in der Tat der großzügigste Vorschlag, den man jemandem anbieten kann, und das nur zum Zeichen der Anerkennung des außerordentlichen Dienstes, den du meinem Gehilfen, der meine rechte Hand ist, erwiesen hast. Aber ich bin gezwungen, dir in Erinnerung zu rufen, daß du es warst, der den Vorschlag zurückwies, und daß du, statt die Begegnung zu vergessen, dich sofort darangemacht hast, die Beschwörung, die dir anvertraut worden, zu benutzen, um uns herbeizurufen. Was gestern gut war, wird heute nicht mehr frommen. Da du versucht hast, uns zu bekämpfen, können wir nicht mehr auseinandergehen.

Aber weil du klug und mutig in deinem Kampf warst, bringen wir dir alle Gefühle unserer Wertschätzung entgegen. Und nachdem beim jetzigen Stand der Dinge du der Sieger bist, bieten wir dir darüber hinaus ein Bündnis des guten Willens an, einen Bund, der nichts von dir verlangt. Im Gegenteil, du wirst nur profitieren, und wir werden die Gebenden sein. Du wirst in jeder Hinsicht als Gewinner daraus hervorgehen.«

»Und wenn ich von euch nichts haben möchte?« fragte ich.

»Dann steht es dir frei, nicht anzunehmen. Wir legen einfach nur alles, was wir haben, auf den Tisch, und du wählst aus, was immer du möchtest, nimmst, was immer du nimmst, und läßt, was immer du läßt. Verstehst du denn nicht, daß dies, obwohl du uns eine gewisse Enttäuschung bereitet hast, immer noch ein Entgegenkommen ohnegleichen ist, das nicht jedem vergönnt ist?«

»Ich werde von euch gar nichts annehmen«, wiederholte ich, »es genügt mir, daß der Zauber von der Stadt genommen ist. Ich bitte darum, meines Weges ziehen zu dürfen, und von euch, daß ihr eures Weges zieht – und genug damit.«

»Ja«, sagte Chaschbaz, »aber woher weißt du, daß das, was heute besteht, auch morgen Bestand haben wird? Es wird äußerst unangenehm sein, wenn plötzlich die Spinnen wiederkehren, um die Stadt zu überfluten, und das gerade nachdem du, der Sieger, Mondauge zur Frau genommen hast und dir der Thron versprochen sein wird. Äußerst unangenehm. Schließlich sollst du ja dereinst der Herrscher dieses Königreiches werden, und deine Untertanen werden sich alle zuflüstern, daß kein Verlaß auf das ist, was du zustande gebracht hast. Du weißt sehr gut, was böse Zungen anrichten können. Du hast zwar die Beschwörung in Händen und kannst sie immer wieder benützen, aber auch das nicht bis in alle Ewigkeit. Du mußt wissen, daß die Beschwörung, die dir anvertraut wurde, sich sehr gut für kurze und einmalige Lösungen eignet. Um die Verstrickung von Chaschmals Haar zu lösen, zum Beispiel. Aber um eine Stadt zu retten, auf lange Zeit? Ihre Wirkung wird schnell verpuffen. Schon unter dem Brautbaldachin könnten die Spinnen zurückkehren.

Doch es gibt einen Weg, dir die Früchte deines Erfolges zu sichern, einen bestimmten Weg, und wenn du ihn einschlägst, wirst du alle weiteren Angriffe der Spinnen verhindern und die Stadt für immer schützen. Du bist natürlich nicht verpflichtet, ihn zu beschreiten, und du bist auch nicht verpflichtet, irgend etwas als Gegenleistung dafür zu geben. Hör es dir nur an. Oder bist du etwa nicht einmal bereit, mir zuzuhören?«

»Ich höre also«, sagte ich, »ich habe schließlich schon mehr als genug gehört, und dies wird mich zu nichts verpflichten.«

»Alsdann«, sagte Chaschbaz, »du mußt wissen, daß die Braut, die dir bestimmt ist, Mondauge, einen geheimen Namen hat, einen Namen, den ich ihr gab, ich, der Pate aller Königskinder. Nur sie allein kennt diesen Namen. Wenn du sicherstellen willst, daß die Frucht deiner Beschwörung weiterhin und für immer bestehenbleibt, ist die Bedingung kinderleicht: Sprich diesen geheimen Namen, weder laut noch in Gedanken, niemals aus, und verrate auch keinem Menschen auf der ganzen Welt den Gegenstand dieser Unterhaltung zwischen uns. Wenn du das durchhältst, wird das Glück alle Tage deines Lebens anhalten. Hier, mein teurer Verbündeter, dies ist das Geschenk, das wir dir und der Stadt machen, und es steht dir frei, es anzunehmen oder nicht. Hast du etwas hinzuzufügen, Chaschmal? Ihr seid schließlich schon alte Bekannte.«

In Chaschbaz' Nähe sah Chaschmal kleiner aus. Seine Körperform und wahre Größe waren nicht genau zu bestimmen. Er überlegte kurz und sagte: »Wohl gesprochen, mein Herr, ich habe dem nichts hinzuzufügen außer meine herzlichen Glückwünsche zum Erfolg.«

»Dann laß uns also gehen«, sagte Chaschbaz. Wieder ertönten zwei explosionsartige Geräusche, Funken sprühten, in der Luft stand der Brandgeruch, und bevor es mir gelungen war, mich wieder zu fassen, waren beide bereits spurlos verschwunden, und nur eine Art lästiges Summen blieb von ihnen zurück.

Eine Minute oder zwei schaute ich hierhin und dorthin, danach kehrte ich zu meinem Soldatentrupp zurück, bestieg mein Pferd, und wir galoppierten in die Stadt zurück. Während der ganzen Zeit nagte die Sorge an meinem Herzen, gerade wegen der übermäßigen Leichtigkeit, mit der alles geglückt war. War mir wirklich Erfolg beschieden? Tatsache war, daß ich heil und gesund davongekommen war, kein Aschefläschchen, kein Kohleklumpen und kein Spinnennetzknäuel. Aber war die Stadt wirklich erlöst? Und was hatten die Worte zu bedeuten, die das Zauberergespann zu mir gesagt hatte? Sie hatten eine eigenartige Kälte und einen Schauder in mir ausgelöst, sie hatten ein zerstörerisches Geheimnis in mein Innerstes gepflanzt, das ich von nun an bis in alle Ewigkeit mit mir herumtragen würde wie eherne Fesseln. Aber was galt schon jenes Geheimnis? Es war doch nichts anderes als ein Weg sicherzustellen, daß der Fluch die Stadt nicht wieder befiel. So gesehen hatten sie nichts von mir verlangt und mir nur einen Rat mitgegeben. Und vielleicht hatten sie mir auch zusätzliche Macht verliehen, über die hinaus, die ich bereits besaß? Und falls nicht, falls nur die Stadt gerettet worden war und ich die Prinzessin gewonnen hatte, was konnte ich mehr für mich wünschen? Das beste war, nicht mehr weiter darüber nachzudenken. Ja, einfach aufhören, daran zu denken. Es blieb mir nichts anderes übrig, als mich meines Erfolges zu freuen. Je näher wir der Stadt kamen, desto bedeutungsloser erschienen mir diese Beeinträchtigungen, und als uns eine Delegation der Stadtnotabeln in Empfang nahm, war ich bereits voll und ganz guten Mutes und ungetrübten Sinnes.

Als wir die Tore der Hauptstadt erreicht hatten, empfing uns Freudenlärm von allen Seiten. Allerorten fegten die Menschen die restlichen Spinnenkadaver und Fetzen von Spinnennetzen weg. Die Standbilder wurden wieder sichtbar, die Geschichte der Stadt war zurückgekehrt und hatte sich wieder geklärt, und der Palast blitzte vor Sauberkeit. Wir ritten in den Hof, dann saß ich vom Pferd ab, und die Soldaten begleiteten mich zu den königlichen Gemächern.

Der König hieß mich mit strahlendem Gesicht willkommen: »Es ist dir gelungen, junger Bauernsohn!« sprach er zu mir. »Und all meine Glückwünsche seien mit dir. Sage nur, wie es dir gelungen ist, dies zu tun und unbeschadet zurückzukehren.«

»Das Glück war mir gnädig«, sagte ich, »denn auf meinem Weg hierher traf ich den Zauberer Chaschmal, als er sich im Dickicht verfangen hatte und sich nicht daraus befreien konnte. Es ist offenkundig, daß ich, wenn ich gewußt hätte, wer der Mann ist, ihn bis in alle Ewigkeiten so hätte hängen lassen, aber da ich nicht wußte, wer er war, kam es mir nicht in den Sinn, einem Menschen in Bedrängnis Hilfe vorzuenthalten, und er, wider seinen Willen lehrte er mich die Beschwörung, die alle Bande und Verstrickungen löst. Heute habe ich jene Beschwörung genau in der Art angewendet, die er mir gewiesen hat, und so gelang es mir, die Verstrickung der Netze zu lösen, die über der Stadt lagen.«

»Nun denn, wenn du dies überstanden hast und wohlbehalten daraus hervorgingst, dann ist doch niemand meiner Tochter würdiger als du!«

Der König befahl, Mondauge zu rufen, und sie traf im Königssaal ein, auch sie mit strahlendem Gesicht.

»Hier«, sagte der König, »Sternenstirn, der Bauernsohn, hatte Erfolg, wo die anderen gescheitert sind, und brachte uns die Erlösung. Jetzt, wo wir nicht mehr ins Dickicht der Spinnennetze verstrickt sind, das unsere Tage verfinsterte, jetzt, wo die Vergangenheit wieder hell und deutlich wie dieser Palast für uns sichtbar ist, jetzt liegt auch die Zukunft wieder offen vor uns wie eine freie Bahn, gereinigt von Gefahren und Bedrohungen, und daher ist es an der Zeit, zugunsten unserer Zukunft zu handeln. Als erstes löse ich hiermit das Versprechen ein, das ich in aller Öffentlichkeit gab, und gebe meine Tochter, Mondauge, Sternenstirn zur Frau, dem Erretter der Stadt. Sie wird seine Braut und er ihr Bräutigam sein, und er wird nach meinem Tode das königliche Zepter erben und der Herr über dieses Königreich sein. Ich verkünde hiermit, daß die Hochzeit genau in einem Monat stattfinden und das Festgelage sieben Tage lang dauern wird. Und bis dahin soll Sternenstirn das beste der Gemächer im Palast erhalten und bei uns wohnen, und es soll ihm ermöglicht werden, die Vorgänge in der Stadt und bei Hofe kennenzulernen. Glück und Segen euch beiden also, Sternenstirn und Mondauge!«

Diese Worte sprach der König, und ich sah, wie in Mondauges Augen der Mond zunahm und sich in seiner Fülle zeigte, und mein Herz schwoll. So gewann ich an einem Tag das königliche Zepter und die schönste aller Frauen. Die Freude, die Mondauge fast zu überschwemmen schien, überflutete auch mich wieder, und wir kamen uns vor wie zwei Menschen, denen das Glück mehr Gunst erwies als dem Rest der Sterblichen. Wir waren voller Vertrauen, daß es uns bis ins Greisenalter hold bliebe. Aber ach, wie kurz sind die Tage des Glücks! Nein, ich werde das Folgende nicht vorwegnehmen, sondern noch ein wenig bei den schönen Tagen verweilen, die mir zuteil wurden – jene wenigen Tage, bevor ich gezwungen war, von ihnen Abschied zu nehmen.

Man brachte mich in einem prunkvollen Zimmer unter, das auf einen schönen Park hinausblickte, man gab mir edle Gewänder, man wusch meinen Leib, servierte mir königliche Leckerbissen, aber was war all das schon gegen die Zusammenkünfte mit Mondauge im Palastgarten, auf Bällen, bei Festmahlen – und all dieses war noch gar nichts gegenüber dem, was mir noch zugedacht war. Unablässig wogte es in meinem Herzen: Mondauge, Mondauge. Ich trug kein anderes Verlangen in mir, als wie ein Perlentaucher in ihre Augen hinabzutauchen, bis ich auf ihrem Grunde die Gestalt des Mondes erreichte. Tage des Glücks und süßen Vergnügens verbrachte ich, und sie vergingen wie im Flug.

Es kam die Zeit der Hochzeitszeremonie. Ich will nicht erzählen, wie prachtvoll sie war, denn zu dürftig wären meine Worte. Die gesamte Stadt feierte zusammen mit dem Palast. Feuerwerke wurden in den Himmel geschossen, es wurde gehörig getrunken, es wurde glanzvoll getafelt, Tänzer und Sänger versüßten uns die Zeit, und all diesem Überfluß war kein Ende und keine Grenze gesetzt, außer dem Wunsch, zu guter Letzt ein wenig zu ruhen, allein in Mondauges Gesellschaft zu sein.

Auch dieser Augenblick kam, und in der ersten Nacht des Hochzeitsgelages sagte meine Gefährtin Mondauge zu mir: »Sternenstirn, mein teurer Mann, jetzt, wo wir rechtmäßig verheiratet sind, möchte ich dir etwas erzählen, das bis zum jetzigen Augenblick der Geheimhaltung unterlag. Mein Name ist nicht nur Mondauge, sondern mir wurde auch ein anderer, ein geheimer Name gegeben, den zu enthüllen ich einzig und allein vor dem Manne befugt bin, der mich heiratet. Wie ich mich freue, mich endlich von der Last dieses geheimen Namens zu befreien und ihn einmal mit lauter Stimme vor dir auszusprechen …«

»Bitte nicht, meine teure Prinzessin«, sagte ich erschrocken zu ihr, »wir haben noch viele Tage vor uns, und noch viele Dinge weiß ich nicht über dich. Erzähl mir zuerst von deiner Mutter, die kennenzulernen mir nicht mehr vergönnt war …«

Die Prinzessin begann, von ihrer verstorbenen Mutter und den Tagen ihrer Kindheit zu erzählen, und die Geschichten zogen sich in die Länge, bis sie in meinen Armen einschlief.

In der darauffolgenden Nacht sagte die Prinzessin wieder: »Da reden und reden wir, und ich habe dir meinen geheimen Namen noch immer nicht anvertraut …«

»Aber meine Geliebte«, erschrak ich heftig, »wir haben doch noch viele Tage vor uns, und ich weiß noch gar nichts über dich. Erzähl mir zuerst, wie du dir den Mann vorgestellt hast, dem du angetraut würdest, und was du empfunden hast, als du sahst, daß ein armer, mittelloser Bauerssohn dich gewann.«

»Du meine Güte«, schmunzelte die Prinzessin, »fast könnte man denken, du wolltest meinen Namen nicht wissen …« Aber sie gab sofort nach und erzählte mir, wie sie einen Traum gehabt hatte, in dem sie Gesichtszüge sah, die wie die meinen waren, und wie ihr Herz einen Freudensprung getan hatte, als sie mein Gesicht erblickte. Und die Geschichten zogen sich hin und hin, bis sie in meinen Armen einschlief und die Sache mit dem Namen in Vergessenheit geraten war.

In der dritten Nacht sagte die Prinzessin wieder: »Da haben wir nun geredet und geredet, doch meinen geheimen Namen habe ich dir immer noch nicht anvertraut.«

»Aber meine Herzallerliebste«, sagte ich bestürzt, »wir haben doch noch viele Tage vor uns, um uns über alles zu unterhalten, aber ich weiß immer noch nichts von dir. Was zum Beispiel hat es mit dieser winzigen und niedlichen Narbe auf sich, die ich an deiner Schulter sehe?«

»Du meiner Seel«, sagte die Prinzessin, »man könnte beinahe denken, du wolltest meinen Namen nicht wissen, doch es ist sehr gut möglich, daß meine Schulter interessanter ist.« Und so tauchten wir in eine lange Geschichte von ihrer Schulter und den anderen Reizen ihres Körpers ein, bis sie in meinen Armen einschlief und das Thema des Namens vergessen war.

In der vierten Nacht sagte sie: »Da haben wir nun drei Nächte lang geredet und geredet, doch meinen geheimen Namen weißt du immer noch nicht.«

»Aber mein Herzensschatz«, sagte ich entsetzt, »es gibt

bisher kaum eine Geschichte, die du zu Ende erzählt hast, und wir haben noch so viele Tage vor uns …«

»Nein«, sagte die Prinzessin, »ich werde gar nichts mehr erzählen und keine Geschichte beenden können, ehe ich mich nicht von der Last meines Namens befreit haben werde …«

»O weh«, sagte ich, und Furcht schnürte mir die Kehle zu, »es könnte sein, daß ich gerade diese Last nicht von dir nehmen kann …«

»Was soll das heißen, du kannst sie nicht von mir nehmen? Wie stellst du dir vor, daß wir unser Leben miteinander teilen könnten, wenn du nicht einmal meinen Namen wissen willst?«

»Teuerste«, sagte ich flehentlich, »ich kann dir keine Erklärung zu Gehör bringen, die dich zufriedenstellen wird, aber nimm all die Liebe zusammen, die in deinem Herzen ist, und versteh, daß die Sache nicht in meiner Macht liegt, daß es mir genügt, dich mit deinem ersten Namen zu lieben, und deinen zweiten Namen darf ich nicht wissen …«

»So soll es denn sein«, sagte die Prinzessin. Aber ihr Gesicht erlosch, die Monde in ihren Augen nahmen immer weiter ab, bis sie zu einem Paar schmaler Sicheln wurden, und in jener Nacht hatte sie mir keine einzige Geschichte zu erzählen.

In der folgenden Nacht sagte die Prinzessin zu mir: »Mein Liebster, es kann sein, daß wirklich etwas Dunkles an meinem zweiten Namen ist. Diesen Namen verlieh mir der Zauberer Chaschbaz, der sich selbst zum Paten aller Königskinder ernannt hat und sich so einen Zugriff auf ihre Seele verschafft. Er zeichnete den Namen auf einer versiegelten Papierrolle auf, die er in meine Wiege legte, und befahl, daß sie keiner außer mir öffnen sollte und daß ich dies zu tun hätte, wenn ich das dreizehnte Lebensjahr erreicht hätte. Als der Tag gekommen war, las ich meinen geheimen Namen darin, nebst einem Befehl, ihn niemandem zu enthüllen, und der erste und einzige, der berechtigt sei, ihn zu erfahren, würde mein mir gesetzlich angetrauter Ehemann sein. So belegte der Zauberer meine Seele mit einem großen Geheimnis, wie jemand, der einen Stein ins Innere eines Brunnens wirft und damit den freien Fluß des Wassers blockiert. Und du, der du bestimmt bist, diesen Stein aus meinem Herzen herauszuholen, willst es nicht. Aber du mußt wissen, dieser Name, mit all seiner ihm innewohnenden Finsternis, ist der meine, so wie die winzige Narbe an der Schulter und die Mondformen in meinen Augen. Und all dieses in deine Hände zu legen ist mein Wunsch und meine Pflicht, und wenn du nicht bereit bist, es anzunehmen, bedeutet das, du liebst mich nicht.«

Als ich das hörte, begannen sich meine Augen mit Tränen zu füllen, denn ich begriff, in welche Verstrickung mich Chaschbaz gelockt hatte, doch ich wußte, daß ich trotz allem zu schweigen hatte.

»Mein Augenstern«, sagte ich, »glaub mir, ich liebe dich so sehr, wie ich überhaupt lieben kann, und ich verstehe sehr wohl, wie schwer das Geheimnis wiegt, das in deinem Inneren verborgen liegt, aber womit könnte ich dir von Nutzen sein, denn schau, auch in meinem Inneren liegt ein Geheimnis verborgen, und dieses Geheimnis läßt keinen Raum für deines …«

»Im Gegenteil«, sagte die Prinzessin, »entdecke mir dein Geheimnis, und so wirst du Platz machen für mein Geheimnis …«

»Nein«, sagte ich, und ein schneidender Schmerz durchbohrte meine Eingeweide, »glaub mir, ich kann es dir nicht enthüllen.«

»Siehst du«, sagte die Prinzessin, »das ist der Unterschied zwischen uns: Mein ganzes Bestreben ist es, dir mein Geheimnis anzuvertrauen, doch du – dein Bestreben ist es, mir dein Geheimnis vorzuenthalten. Eine schlechte Aussicht für kommende Tage.«

Die Prinzessin kehrte mir ihren Rücken zu und versank

in Schweigen, und auch ich tat meinerseits das nämliche, und so brachten wir eine ganze Nacht in Seelenqualen, Kummer und ohne Schlaf zu. Doch als sich der Himmel an den östlichen Rändern rosa färbte, wandte sich die Prinzessin mir zu, legte ihre Hand auf meine Schulter und fragte, ob ich wach sei.

»Ja«, sagte ich, »ich habe kein Auge zugetan.«

»Auch ich habe kein Auge zugetan«, sagte die Prinzessin, »und ich bin zu einer Entscheidung gelangt: Niemals wird unser Leben so fortdauern können, wenn Geheimnisse trennend zwischen uns stehen, und ich werde alles tun, was mir möglich ist, um den Teufelskreis zu durchbrechen. Aber nachdem ich dir dein Geheimnis nicht aus dem Herzen reißen kann, werde ich mein Geheimnis herausreißen und es dir mit schierer Gewalt aufzwingen, und auch wenn es Schmerz bereiten sollte, so wird es nicht der Schmerz des Verleugnens, der Vergiftung und eines langsamen Sterbens sein.«

Die Prinzessin rüttelte an meiner Schulter und flüsterte in mein Ohr: »Also, ob du es willst oder nicht, mein Name ist –«

»Nicht!« schrie ich und versuchte mir die Ohren zuzuhalten, aber der Name war schon herausgefahren und in mich eingedrungen und echote zwischen meinen Schädelwänden.

»Weh mir, was hast du getan«, sagte ich zitternd und entfernte mich vom Bett.

»Ich habe überhaupt nichts Schlimmes getan, außer, daß ich meinen Namen dem Manne offenbart habe, dem ich rechtmäßig angetraut bin …« sagte die Prinzessin, aber ihre Stimme begann zu brechen, und ich sah, wie die Mondsicheln im Grund ihrer Augen versanken und finstere Nacht herrschte.

»Oh«, sagte ich, »manchmal genügt das, um ein Unglück heraufzubeschwören … schau, siehst du, da tauchen sie wieder auf …«

In einem Winkel meines Gedächtnisses, an den Schädelrändern, begann bereits eine Ansammlung von Spinnennetzen heraufzudämmern. Die Spinnen vermehrten sich, ihre Zahl wuchs an, sie wimmelten in meinem Gehirn und begannen aus meinen Augen, aus meinem Herzen herauszukriechen. Das Licht der Sonne, die bereits aufgegangen war, fiel auf feine Netze, die in den Ecken der Zimmerdecke gesponnen waren, und hurtig überzogen sie die Decke und die Wände mit einem zähen Gespinst.

Der Name, der Name der geliebten Frau, fuhr fort, in meinem Bewußtsein zu pochen, und ich konnte ihm keinen Einhalt gebieten. Und je öfter er wiederholt wurde, desto mehr graue und grüne Spinnen tauchten aus dem Erdboden auf, vermehrten sich mit schwindelerregender Schnelligkeit und spannen unablässig ihre Netze. Sie krabbelten auf mir herum, auf meinen Füßen und Händen, auf meinem Gesicht und dem ganzen Körper, und schon war ich gänzlich von Spinnennetzen überzogen. Meine Augen vernebelten sich und wurden fast blind. Ich konnte Mondauges Gesicht nicht mehr sehen, nur der Umriß war durch den Spinnwebenvorhang hindurch sichtbar, und ich strengte meinen Blick an, um sie nicht zu verlieren; und um sie nicht auch aus meinem Gedächtnis zu verlieren, damit sie mir nicht völlig abhanden käme, sagte ich mir unaufhörlich ihren Namen vor, doch der andere Name hallte von den Wänden meiner Seele wider, und das Echo brachte mir gegen meinen Willen ihren Namen ein weiteres Mal zurück, und dieser Name zog immer noch mehr Spinnen nach sich.

Kannst du dir solche Qualen vorstellen? Es wird dir etwas gegeben, das dir derart lieb und teuer ist, daß du nicht aufhören kannst, daran zu denken, doch je mehr du daran denkst, desto mehr trübt sich dein Sinn, und dein Körper überzieht sich mit ekelerregendem Gewimmel und einem klebrigen Gespinst von erstickenden Spinnweben. Du kannst dein Sehnen in Wut und Zorn verwandeln, du kannst dich bis ans Ende der Welt entfernen, du kannst die ganze Welt umrunden, bis du deiner Geliebten auf der anderen Seite wieder ansichtig wirst, aber den ganzen Weg lang wirst du nicht aufhören, Spinnen zu erzeugen. Du zerschneidest die Spinnweben mit einem Messer, um wenigstens eine Öffnung für deine Augen zu schaffen, damit du nicht völlig blind bist, doch eigentlich würdest du aus deinem Inneren dieses Wort herausreißen wollen, samt Herz, Gehirn und Lungen, nur damit es endlich aufhört, diese Martern zu erzeugen.

»Siehst du«, sagte ich mit heiserer Stimme zu Mondauge, »siehst du, das war der Grund, weshalb ich deinen zweiten Namen nicht wissen wollte. Denn dies war des hinterlistigen Chaschbaz Zauberwerk, daß der Name sich in dem Augenblick, in dem ich ihn in den Mund nehme oder er in meinem Denken auftaucht, sofort zu einer Beschwörung wandelt, die die Stadt mit Spinnen überflutet. Es war mir untersagt, dir dies zu offenbaren, aber jetzt ist es ohnehin zu spät, und uns kann nichts mehr helfen.«

»Und die Beschwörung, mit deren Hilfe du die Stadt das eine Mal gerettet hast, kannst du sie nicht noch einmal anwenden?« fragte meine Gemahlin mit Grauen.

»Ich erinnere mich nicht daran, es gelingt mir nicht, sie zu wiederholen, sie ist hinter einem Spinnwebenknäuel in meinem Gedächtnis verborgen.«

»Versuch's, versuch dich zu erinnern.«

Ich versuchte und versuchte es, aber sosehr ich mich auch abmühte – nur Mondauges zweiter Name kam mir in den Kopf, und immer noch mehr Spinnen umhüllten mich. Und Mondauge erbleichte, und ihr wurde das Herz im Leibe schwach.

Inzwischen waren auch die Bürger der Stadt aufgestanden, und sie waren ganz entsetzt über die Rückkehr der Spinnenplage. Menschen versammelten sich auf dem Platz vor dem Palast und wollten beim König vorsprechen. Ich sammelte meine Spinnenschwärme ringsherum ein, und zusammen mit Mondauge eilte ich zum König und setzte ihn über den Grund des Unglücks in Kenntnis. Der König schlug vor Kummer die Hände über dem Kopf zusammen, und die Prinzessin brach in bitterliches Weinen aus.

»Nur eines bleibt uns zu tun«, sagte ich, »damit sich die Plage nicht ausbreitet und die Stadt und das ganze Königreich überschwemmt. Jetzt bin ich der Verfluchte, und ich verbreite die Seuche. Ich muß sofort die Stadt verlassen, aber da ich überall, wo ich sein werde, einen Spinnenbefall verursachen und die Stadt weiterhin gefährden werde und weil es nicht in meiner Macht stehen wird, die Spinnen, die mich bedecken und an meinem Leib und meinem Gedächtnis nagen, zu ertragen, richte ich eine Bitte an Euch: Ich weiß aus eigener Anschauung, daß die Macht des Zaubers aus der Erde geschöpft wird, und die Beschwörungen funktionieren nicht, wenn man sie ausspricht, während die Füße nicht fest auf dem Boden stehen. Auch Chaschmal hat seine Zauberkräfte nicht anwenden können, als er an seinem Haar im Geäst festhing. Und nachdem ich mit einem Zauberwort verflucht wurde, das gegen meinen Willen in mir wirkt, bleibt mir nichts anderes übrig, als mich vom Erdboden zu lösen. Bitte, stellt mir den königlichen Ballon zur Verfügung, rüstet ihn mit Speis und Trank aus, und ich werde die Stadt schwebend verlassen. Solange ich am Himmel schwebe und nicht den Erdboden berühre, werdet auch ihr vor den Spinnen sicher sein, und gebe Gott, daß die dunklen Spinnennetze, die meine Erinnerung behindern, am Ende auch diesen teuren Namen versiegeln werden, an den ich unaufhörlich denken muß, so daß ich ein Unglück nach dem anderen herbeirufe.«

Dies sprach ich zum König, und der König befahl seinen Dienern, mir den königlichen Ballon, meiner Bitte entsprechend, bereitzustellen, und ich stieg in den Korb ein. Ich verabschiedete mich von Mondauge, und Tränen näßten die Spinnweben, die meine Augen bedeckten. Die Stadt begann schon, gänzlich grau zu werden. Mondauge umarmte mich wieder und wieder, und es kümmerte sie nicht, daß ihre reinweiße Haut und ihr königliches Gewand mit Spinnen und Netzen befleckt wurden. Dann nahm sie eine goldene Kette von ihrem Hals und legte sie um meinen, damit mir, auch wenn ich mein Gedächtnis ganz verlieren sollte, immer noch ein Zeichen von ihr in Händen bliebe.

Und dann wurde das Seil gekappt, mit dem der fliegende Ballon ans Palasttor gebunden war, und ich begann ganz langsam aufzusteigen. Gleich nachdem ich mich von der Erde gelöst hatte, verlor die Kraft des Fluches ihre Wirkung, der Name hallte immer noch in meinem Bewußtsein wider, doch er ließ keine weiteren Spinnen mehr entstehen. Die Spinnennetze, die ich an mir hatte, wehten im Wind davon, die Spinnen schüttelte ich ab, und ich war wieder ein ganzer Mensch. Auch mein Kopf klärte sich ein wenig, die Erinnerung befreite sich von Spinnweben, Mondauges Gesicht zeigte sich mir wieder wie zuvor und erfüllte mein Herz mit Freude, Sehnsucht und brennendem Schmerz. Aus einem der Winkel meines Gedächtnisses tauchte sogar wieder jene Beschwörung auf, die alle Verstrickungen löst, doch auch ihre Macht war jetzt außer Kraft gesetzt. Von meinem Sitzplatz im Korb aus war die Stadt zu sehen, klein und immer ferner. Von oben war sie zauberhaft schön. Bald verschwand sie ganz in der Ferne, und sogar ihre Türme waren nicht mehr am Horizont zu sehen.

Und so treibe ich seit Monaten vor mich hin, hierhin und dorthin, getragen von den Winden. Manchmal lande ich irgendwo, um die Nahrungsvorräte aufzufüllen, doch ich bin sofort wieder unterwegs, denn sonst beginnt die Beschwörung erneut zu wirken. Manchmal frage ich mich, weshalb ich dazu verurteilt bin, so zwischen den Wolken zu schweben, um den Spinnen der Erde zu entkommen. Hier, zwischen Himmel und Erde, bin ich frei von jedem Fluch, aber auch kein Segen harrt meiner. Ich bewege mich im leeren Raum, und ich kann nur noch Dinge, die ich verloren habe, gegen die Dinge, die ich nie hatte, aufrechnen.

Ich weiß nicht, wie lange ich diese Pein noch werde ertragen können, von Tag zu Tag erscheint mir das Leben weniger lebenswert, und wie leid es mir tut, daß ich ausgerechnet mit diesen Worten eine Geschichte beenden muß, die so ganz anders hätte sein können …

Dies erzählte Sternenstirn, und sein Gesicht sah wirklich schmerzzerfurcht aus. Er saß am Rande des Daches, seine Beine baumelten in der Luft, und seine Hand glitt über die goldene Kette, die ihm Mondauge gegeben hatte. Er sah erschöpft und vom Schicksal geschlagen aus, und ich hatte Mitleid mit ihm. Es schien, als hätte die Geschichte seines Schicksals irgendeinen Kummer in ihm wiederaufleben lassen, den er vielleicht schon überwunden hatte, doch nun war er wieder aufgerissen wie eine alte Wunde, die noch nicht ganz verheilt war. Eine solche Geschichte hatte ich noch nie gehört. Nicht alles war mir verständlich, aber ich scheute mich, Fragen zu stellen. Warum hatte er mir diese Geschichte erzählt? Das gehörte doch eigentlich zu den Dingen, über die die Erwachsenen untereinander reden. Noch niemals hatte man mich an einer Notlage solcher Art Anteil nehmen lassen. Sein Kummer jedoch wirkte so gewaltig, daß ich nicht übermäßig viel zu verstehen brauchte. Ich hatte das Gefühl, als wären die Dinge mir selbst widerfahren, und wußte nicht, warum.

Jetzt bemerkte ich, daß auch von der Stelle, an der er saß, ein paar lose Spinnennetze herabbaumelten, nicht allzu viele. Allem Anschein nach war das nicht völlig zu vermeiden, auch wenn die Beine in der Luft hingen. Ich pustete, damit sie sich zerstreuten.

»Du hattest eine Bitte«, erinnerte ich ihn, »du wolltest, daß ich dir den Wasserschlauch auffülle. Inzwischen ist das Wasser, scheint mir, wirklich ausgegangen. Ich bringe dir gleich welches.«

Ich drehte mich ihm zu, um den Wasserschlauch aus seinen Händen entgegenzunehmen, aber plötzlich erstarrte ich auf der Stelle, um zu lauschen. Ein vertrauter Laut erreichte mich, zart und zerbrechlich – ein weißer Vogel mit schwarzem Schopf erhob sich aus den Zweigen des Baumes, war es seine Stimme?

»Piep, piep, pratjola, pratjola, pratjola …«

»Hörst du?« sagte ich zu Sternenstirn.

»Was soll ich hören?« fragte er, und ich sah, daß er in schwerem Grübeln versunken war.

»Da«, sagte ich, »da, hörst du? Pratjola, pratjola, pratjola.«

»Was für ein Wort hast du da gesagt?« fragte er mit plötzlich erwachtem Interesse, und sein Gesicht leuchtete.

»Pratjola, pratjola«, sagte ich, »hast du nicht gehört, was der Vogel vorhin gezwitschert hat?«

»Das ist ein Wunder«, sagte Sternenstirn, und seine Augen blitzten, »ein echtes Wunder, und ich verstehe wirklich gar nichts mehr: Ich habe dieses Wort kaum gehört, und schon spüre ich, wie ein Lichtstrahl mein Gedächtnis durchfährt, der überall, wo sie noch vorhanden sind, die Reste der Spinnweben zerreißt. Plötzlich gelingt es mir, glasklar und deutlich Prinzessin Mondauge zu sehen, jenseits der Schleier, die mich umschlossen. Ich habe das Gefühl, daß ich es mit den beiden Zauberern aufzunehmen vermag und daß ich etwas in Händen habe, das ich jener vernichtenden Beschwörung entgegenstellen kann.«

Sternenstirn geriet in Begeisterung. Mit einer jähen Bewegung nahm er die Kette, die ihm Mondauge gegeben hatte, von seinem Hals und begann sie um seine linke Hand zu wickeln, schlang herum und zog so fest daran, bis fast das Blut stockte und die goldenen Glieder wie in sein Fleisch gekerbt wirkten. Sein Verhalten erschien unverständlich und ganz und gar absonderlich, aber sein Gesicht leuchtete und strahlte wilde Freude aus.

»Hier«, sagte er und schwenkte seine Hand mit der Kette, »so werde ich in mein Fleisch meißeln, was dem Sinn in Vergessenheit zu geraten droht. Gebe Gott, daß ich nicht noch etwas verliere. Ich werde dieses Wort, das ich von dir erhielt, auf das strengste hüten. Ein seltsames Wort, ich habe es noch nie im Leben gehört und kenne seine Bedeutung nicht, aber ich spüre, daß es mir die Türen öffnen wird, die mir verschlossen waren. Bitte, bring mir schnell Wasser, und auch einen Brotring, falls möglich, und ich werde keine weitere Minute säumen. Ich werde unverzüglich mit dem Ballon aufsteigen und zurück zur Hauptstadt navigieren, denn dort ist mein Platz, sei es, wie es sei.«

Ich kletterte hastig die Leiter hinunter, um das Brot und das Wasser zu holen, doch ich stellte fest, daß ich in meinem Schrecken vergessen hatte, den Schlauch mitzunehmen, den mir Sternenstirn gereicht hatte. Ich hob meinen Blick und wollte umkehren, und da sah ich, daß er bereits das Seil löste, das an die Leiter gebunden war, in seinen Korb sprang und davonzuschweben begann.

»Sternenstirn!« rief ich. »Und was ist mit dem Wasser und dem Brot?«

»Ich brauche es nicht«, rief er mir zu, »ich hab's mir überlegt, ich brauche es nicht. Ich habe es eilig, und ich könnte gar nichts zu mir nehmen. Mein ganzes Streben ist nur, so schnell wie möglich zum Palast und zu Mondauge zurückzukehren, und dir sei aus tiefster Seele gedankt für das Wort, das du mir gabst!«

Die letzten Worte ließ Sternenstirn bereits aus sehr großer Höhe vernehmen, und man konnte sie nur noch mit Mühe auffangen. Der fliegende Ballon stieg und gewann immer mehr an Höhe, der Wind trug ihn davon, und schon sah er aus wie ein winziger schwebender Punkt am Rande des Horizonts.

Ich kletterte die Leiter hinunter, kletterte hinauf und wieder hinunter. Wahrhaftig, keine Spur von einem Ballon. Vielleicht war das, was ich gesehen hatte, in Wirklichkeit nie dagewesen? Wie kann man so etwas erklären? Ein fliegender Ballon, einfach so, mitten am Tag, und darin ein Mann mit einer derart merkwürdigen Geschichte, und dann verschwindet das Ganze plötzlich und ist nicht mehr da. Und jener Punkt dort, am Rande des Horizonts, vielleicht ist er ja ein fliegender Ballon, aber vielleicht ist er auch ein kleines Flugzeug oder vielleicht ein durch die Lüfte gleitender Reiher: Aus einer solchen Entfernung kann man nichts mehr so richtig unterscheiden. Das einzige, was blieb, war eine unbestimmte Erregung. Ich steckte meine Hände in die Taschen und schlenderte im Hof auf und ab, um mich zu beruhigen. Sternenstirns Leid hatte mich überwältigt, und ich war ganz aufgewühlt, daß es mir gelungen war, ihm irgendwie behilflich zu sein, obgleich ich nicht die leiseste Ahnung hatte, wie ich das zuwege gebracht hatte. Was bedeutete jenes Wort, das ich ihm gegeben hatte? Was würde er jetzt damit machen?

Ich ging nach Hause und begann, durch die Zimmer zu wandern. Großmutter war immer noch mit der Säuberung der Zimmerdecken beschäftigt.

»Ich weiß nicht«, sagte sie, »soviel ich auch saubermache und fege – die Spinnennetze kommen ständig wieder.«

Ich erschrak ein wenig, denn es war mir ja klar, was die Spinnennetze zurückkehren ließ, aber ich dachte nicht, daß ich befugt war, es zu verraten. Ich kreiste ruhelos um mich selbst, bis Großmutter ein wenig ärgerlich zu werden begann, glaube ich.

»Nu, was ist los mit dir? Hast du schon wieder nichts zu tun?« fragte sie.

»Nein«, sagte ich, »es ist nicht so, daß ich nichts zu tun habe. Ich habe mir nur einfach Gedanken gemacht.«

Aber ich ging ins Zimmer, um Großmutter mit meinen Gedanken nicht zu stören. Und dort, im Zimmer, begannen sie sich etwas besser zu ordnen: Da hatte ich jetzt zwei unvollendete Geschichten; eine davon in einem Buch gelesen und die andere mit eigenen Ohren gehört. Es konnte sehr gut sein, daß ich, suchte ich nach der Fortsetzung von Sternenstirns Lebensgeschichte, vielleicht auch sie in jenem Buch fände. Zwar fehlten siebenundzwanzig Seiten, aber es war klar, irgendeine Fortsetzung mußte es ja geben. Hoffen wir also, daß jener sonderbare Kunde noch nicht in den Laden zurückgekommen war, um das Buch mitzunehmen!

Ich ging – nein, ich ging nicht, ich rannte! – zu Großvaters Laden und war augenblicklich dort.

»Großvater«, sagte ich, »das Buch!«

»Was ist passiert?« – Großvater war richtig erschrocken.

»Nein, nein, nichts ist passiert«, versuchte ich gelassen zu sagen, während sich meine Rippen hoben und senkten, »ich habe einfach beschlossen, daß ich trotzdem, obwohl es alt und zerfleddert ist und Seiten fehlen, noch ein bißchen weiter darin lesen möchte, das ist alles.«

»Bitte sehr«, sagte Großvater, »aber gib dir Mühe, daß es nicht noch mehr auseinanderfällt als jetzt, denn wir haben ja gesehen, daß es nicht gerade zu den besterhaltenen Büchern gehört – und gib dir auch Mühe, schnell zu Ende zu lesen, denn der werte Herr kann noch heute nachmittag kommen und das Buch zurückfordern.«

Großvater reichte mir wieder die Hülle mit den Buchseiten, und ich rannte mit wahnsinniger Geschwindigkeit nach Hause. Nur der ramponierte Zustand des Buches hielt mich davon ab, es unterwegs schon aufzuschlagen. Ich stürmte in mein Zimmer, sprang aufs Bett und begann zu blättern. Da, ich war bei *Sternenstirn und Mondauge* angelangt. Schnell überflog ich, was ich schon gelesen hatte, bis ich zu jener Stelle kam, an der die Seiten fehlten, und ich begann von Seite 88 an zu lesen:

– – – und als die Zeit ihrer Niederkunft gekommen war, schmückte sich die gesamte Stadt mit Fahnen und Wimpeln, und an jeder Straßenecke standen Musikanten, die aus ganzem Herzen jubilierten und musizierten. Denn trotz der Trauer am Königshof, trotz der Schicksalsschläge, die die Stadt durchgemacht hatte, obwohl der Erretter der Stadt in dem fliegenden Ballon entschwunden war und seine Frau allein zurückgelassen hatte, trotz alledem war der König entschlossen, die Geburt so freudig wie möglich und einem Königshause angemessen zu feiern.

Und so traten die Fahnen gegen den Herzenskummer an, das Musizieren gegen die Trauerstille, und eine große Menge versammelte sich auf dem Platz, um zu hören, was zur Welt gekommen war.

Und in den königlichen Gemächern lag Prinzessin Mondauge, zu ihrer Linken die Hebamme, zu ihrer Rechten der Arzt und dahinter der König, und alle Hofbeamten standen an der Wand. Und der Arzt hob zu sprechen an: »Es ist ein Mädchen«, schnitt die Nabelschnur durch, und die Nachgeburt trat aus, und die Hebamme überreichte Mondauge den Säugling.

»Glück und Segen«, sagte der König mit bewegter Stimme, »wie schön ist doch dieser Lichtstrahl, den du in solch schweren Tagen in unser Haus gebracht hast.«

Mondauge schwieg und sagte nichts, sie hielt nur den Säugling und drückte ihn an ihre Brust.

Und dann, während das Zimmer noch ganz in Schweigen gehüllt war, öffnete sich die Türe, und herein trat ein Wesen, das man nur in Ermangelung eines anderen Namens als Mensch bezeichnen konnte, von deformierter Gestalt wie ein überdimensionaler Golem, gräuliche Fäden umwanden ihn, und Spinnen krochen auf ihm herum; und er hielt ein Messer in seiner Rechten, mit dem er von Zeit zu Zeit die Spinnweben durchschnitt und Öffnungen für seine Augen und Füße riß.

Alles schreckte zurück und fürchtete sich, und die Schildwache am Toreingang wollte ihn davonjagen, doch der Mann schwenkte seine linke Hand, deren Handfläche ganz und gar mit einer goldenen Kette umwickelt war, die ins Fleisch einschnitt, und er sagte: »Bitte, fürchtet euch nicht und erschreckt nicht. Trotz meines erbärmlichen Anblicks könnt ihr mich nicht vergessen haben. Ich bin der unglückliche Sternenstirn, dem es vergönnt war, die Prinzessin Mondauge zur Frau zu nehmen, und noch bevor die Tage der Hochzeit um waren, fiel ein Fluch über mich und verurteilte mich zur Verbannung. Doch nun bin ich hier, denn ich bin fest entschlossen, nach Hause zurückzukehren, komme, was da wolle. Mögen die Spinnen ihre Netze weben, soviel sie wollen, ich fürchte mich nicht, gegen sie zu kämpfen, sie von mir zu reißen und zorneswütig zu zertreten, meine Frau aber, Mondauge, und meine neugeborene Tochter will ich nicht mehr aufgeben. Und wenn ich einmal die Stadt vor dem Fluch zu retten vermochte, bin ich felsenfest überzeugt, daß ich auch mir selbst Erlösung zu bringen vermag.«

Da sprach der König: »Wenn du das vermagst – dann bist du meiner Tochter um ein Zehnfaches wert. Gelingt es dir jedoch nicht, dann wirst du den Fluch ein zweites Mal über uns bringen, und wir werden, obgleich schweren Herzens, auf ewig die Verbannung über dich verhängen.«

Da sagte Mondauge: »Nie und nimmer. Dieser Mann hat unsere Stadt einmal erlöst, er hat mich auch zur Frau genommen, und ich habe ihm eine Tochter geboren – wie könnten wir ihn da zwischen den Wolken treiben lassen, wäre er auch von allen Flüchen der Welt verfolgt? Nicht doch, wir sollten ihm zu Hilfe eilen und unseren Mut nicht sinken lassen, so wie ihn sein Mut nicht verlassen hat, als er zu unserer Rettung kam, und er sollte sich nicht weiter die Verbannung auferlegen. Und auch ich bin felsenfest davon überzeugt, daß wir ihm und uns zu helfen vermögen.«

Und während sie noch sprach, da tauchte die Sichel des Mondes in ihren Pupillen wieder auf und leuchtete aus der Finsternis heraus. Und Sternenstirn sagte: »Mondauge, mein Herzenslieb, ich würde dich und das Kind ja küssen, würde mein Leib nicht von grünen Spinnen wimmeln. Doch es ist besser für mich, wenn ich mich keinem Menschen nähere und euch nicht erschrecke, sondern mich in einer Ecke des Zimmers verberge und gegen die Spinnennetze kämpfe, die mich umhüllen, und ich schwöre bei der Kette, die du mir gabst, und dem Zeichen des

Sterns auf meiner Stirn, daß es nicht allzulange dauern wird!«

Und Sternenstirn zog sich in eine Ecke des Zimmers zurück, und die Diener stellten einen kleinen Wandschirm für ihn auf, hinter dem er sich verbarg.

Eben hatte sich Sternenstirn zurückgezogen, und der Säugling war gewickelt und in seiner Wiege zur Ruhe gelegt worden, da kam ein kalter Wind aus allen vier Ecken des Palastes, obgleich die Türen fest verschlossen waren, und blies die Kerzen aus. Darauf ertönten zwei explosionsartige Geräusche, Feuerfunken blitzten auf, die Luft ward von Gestank nach Rauch und Schwefel erfüllt, und im Zimmer wurden zwei hochgewachsene, schwarzgekleidete Gäste sichtbar, und es waren der Zauberer Chaschbaz, der Herr der Meere, und Chaschmal, seine rechte Hand, und sie standen da wie zwei steinerne Statuen.

Und Chaschbaz sagte: »Wozu und warum dieses Schweigen? Ist das eine Art, ehrenwerte Gäste zu empfangen? Wir sind doch keine Feinde! Das alte Bündnis, das all die Jahre lang zwischen uns bestand, existiert und hat immer noch Gültigkeit, und soweit es in meiner Macht steht, habe ich euch den Weg gewiesen, euer Haus auf ewig zu schützen. Und heute bin ich nur gekommen, wie es unter Freunden und Verbündeten Brauch ist, um der Prinzessin, die gerade geboren wurde, Pate zu stehen und dem Königshaus und dem gesamten Königreich Achtung und Ehre zu erweisen.«

Das Schweigen hielt an, und keiner öffnete den Mund.

Da sagte Chaschbaz ein zweites Mal: »Werte Anwesende, Freunde und Verbündete. Ich gebe der Neugeborenen meinen Segen, und mein Werk ist schnell beendet, denn ich habe es eilig. Ich werde bloß den geheimen Namen auf eine Pergamentrolle schreiben und ihn in die Wiege legen, und danach ist es euch überlassen, sie mit jedem Namen zu benennen, der euch beliebt.«

Und Chaschmal hielt Chaschbaz eine Pergamentrolle hin und reichte ihm Feder und Tintenfaß. Chaschbaz tauchte die Feder in das Fäßchen und schrieb etwas auf das Pergament, rollte es zusammen und holte ein Wachssiegel hervor, um es aufzuprägen.

Da trat Sternenstirn aus seiner Zimmerecke hervor, eine Bahn von Spinnweben hinter sich herschleifend wie eine Schleppe. Und Sternenstirn rief: »Halt! Bevor du das Siegel aufprägst, kann auch der Vater des Mädchens ein eigenes Wort aufschreiben?«

Und Chaschmal schlug die Hände zusammen und rief: »Bist du es, Sternenstirn? Weh meinen Augen, die solches erblicken! Wie hat man dir übel mitgespielt! Vor langer Zeit, als du uns auf die Waldlichtung bemüht hast, da war der Anblick deines Gesichtes weitaus hübscher ...«

Und Sternenstirn sagte: »Auch der Anblick deines Gesichts, als du an Haupt- und Barthaar im Dickicht festhingst, war mir zehnmal angenehmer als der, den ich jetzt sehen muß. Aber wartet nur ab. Ganz leicht kann das Rad sich drehen. Nur wenige Dinge sind unwandelbar, und eins davon ist, daß ich der Vater des Kindes bin und daß ich entschieden habe, daß es keinen geheimen Namen mehr haben wird außer dem Namen, den ganz allein ich ihm geben werde.«

Und Chaschbaz sagte: »Hochverehrter Sternenstirn, du weißt wohl nicht, daß dies nicht der Gepflogenheit des Ortes entspricht!«

Und Sternenstirn sagte zu ihm: »Wohlan, hochverehrter Zauberer, lassen wir die Gepflogenheiten des Ortes doch diejenigen wahren, die dessen würdiger sind als du. Und damit fordere ich mein Recht ein, denn der Rechte, deren ich verlustig ging, sind zu viele, als daß ich auch auf dieses verzichten würde.«

Darauf sagte Chaschbaz: »Gut gebrüllt, Löwe. Und damit die Leute nicht sagen, ich hätte Sternenstirn all dessen beraubt, was ihm zusteht, werde ich hier eine Ecke des Pergaments umknicken. Den geheimen Namen werde ich nicht tilgen, und auch du wirst ihn nicht zu Gesicht bekommen, doch in dem Eckchen, das ich dir zuteile, kannst du jeden Namen, der dir beliebt, niederschreiben, und wenn du es vermagst, kannst du dort auch das komplette neue Wörterbuch der walachischen Sprache und das Gebetsbuch für Fest- und Feiertage abschreiben, nur beeil dich, und erledige hurtig dein Werk, denn es drängt uns ins Königreich der Kirschen, wo wir eine uralte Schuld eintreiben wollen.«

»Ich werde mich nicht mit langen Reden aufhalten und euch keine Mühe bereiten«, sagte Sternenstirn, »ich werde bloß kurz die Feder schwingen, und schon könnt ihr euch auf den Weg machen.«

Und er nahm die Feder aus Chaschbaz' Hand, tauchte sie in das Tintenfaß, das Chaschmal in Händen hielt, und zeichnete ein einziges langes Wort auf, und seine Lippen bewegten sich und formten tonlos drei unhörbare Silben. Und als er seine Hand von der Pergamentrolle wegzog, da sprang augenblicklich eine blaue Feuerflamme aus dem Papier, die Rolle fiel Chaschbaz aus den Händen und zu Boden, kringelte sich, wurde schwarz und verwandelte sich, aufgezehrt von der Flamme, in ein Aschehäufchen.

Und im Nu fielen die Spinnen von Sternenstirns Körper, von den Wänden des Zimmers und der Decke ab und wurden vom Erdboden verschluckt, als wären sie nie gewesen.

Und Chaschbaz sagte: »Hübsch, hübsch. Sieh an, du hast auf deiner Wanderschaft etwas gelernt. Ich werde dich also nicht mehr bedrängen und nicht weiter stören. Lebe wohl. Mangelt es der Welt etwa an Dummköpfen, die mir ihre Türen sperrangelweit öffnen? Und was brauche ich Türen, mir ist auch mit einem Spalt durchaus schon gedient. Überall wo ein Mann eine Frau heiratet, ihm ein Sohn geboren wird, er sich ein Haus baut oder von dieser Welt scheidet, dort wird sich auch ein Spalt auftun, breit genug, daß ich in eure Welt eindringen und darin Fuß fassen kann. Aber genug der Worte. Niemals wird es vorkommen, daß ein Mensch ein ganzes Leben lang verbringt, ohne mir eine Bresche zu schlagen, einen Spalt oder wenigstens ein klitzekleines Löchlein aufzutun. Und daher werden wir uns zweifelsohne wiedersehen. Und wenn nicht du, dann deine Kinder und Kindeskinder sowie deren Kindeskinder. Doch einstweilen sei glücklich in deiner Welt, und du, Chaschmal, los, auf den Weg, denn wir wenden uns dem Königreich der Kirschen zu!«

Augenblicklich erklang ein Knall, Feuerfunken waren zu sehen, Gestank nach Rauch und Schwefel, und die beiden Zauberer waren spurlos verschwunden, hinterließen nur ein leises Summen.

Und in Mondauges Pupillen ging der volle Mond auf und ließ ihre ganze Umgebung erstrahlen, und auch das Zeichen des Sterns, das Sternenstirn trug, leuchtete auf und erhellte sein Gesicht, und ein wundersames Staunen erfaßte alle. Und was konnte sich mit der unermeßlichen Freude vergleichen lassen, die die Stadt und den Königspalast überkam! Das Königreich war wieder frei von jeder Plage, die Königsfamilie vereint und Sternenstirn und Mondauge ein Leben in Glück und Frieden bereitet. Und so lebten sie auch tatsächlich. Ihre Tochter wuchs heran und wurde zu einem Mädchen, schön und klar wie die Sonne, und ihr folgten noch sieben Söhne, einer schöner und stärker als der andere. Und als der König dahingeschieden war, ging das königliche Zepter auf Sternenstirn über, und er herrschte noch viele Jahre mit Vernunft und Edelmut über das Reich.

Und einmal, als Mondauge die Wiege des Sprosses ihres Alters schaukelte, fragte sie ihren Mann: »Sternenstirn, mein Liebster, willst du mir nicht sagen, wie das Wort lautete, das du auf die Pergamentrolle in Chaschbaz' Hand geschrieben hast?«

Und da sagte Sternenstirn zu ihr: »Mein Herzenslieb, du weißt doch, daß – – –

Bis hierher gingen die geschriebenen Worte, und wieder – eine Seite fehlte und war herausgerissen, und auf der nächsten befand sich die Überschrift einer neuen Geschichte.

Diesmal wenigstens war die Geschichte fast zu Ende, und ich blieb nicht in der Luft hängen, aber schon wieder zeigte sich an diesem seltsamen Buch eine Beschädigung, und auch das mußte ich Großvater zeigen. Ich schloß das Buch behutsam, steckte es in die Hülle und ging zum Laden hinunter.

Im Laden war auch schon der sonderbare Kunde.

»Ein Glück, daß du jetzt kommst«, sagte Großvater, »gerade hatte ich vor, dich zu rufen. Hast du das Buch mitgebracht? Wir müssen es dem Herrn zurückgeben.«

»Da ist es«, sagte ich.

»Und wie war es«, fragte der Mann, »hat dir das Lesen Spaß gemacht?«

»Ich habe es nicht geschafft, alles zu lesen«, sagte ich, und aus irgendeinem Grund schämte ich mich ein bißchen.

»Natürlich nicht, ich werde dich auch nicht ausfragen – aber du hattest genügend Zeit, um eine Geschichte bis ans Ende zu lesen, nicht wahr?«

»Ja«, sagte ich, »aber genau bei der Geschichte, die ich gelesen habe, fehlen wichtige Seiten, schau, hier, von Seite 61 bis Seite 88, und auch da, die letzte Seite fehlt. Und das hat von Anfang an gefehlt; so habe ich das Buch bekommen – zerrissen. Nicht daß ich es herausgerissen habe.«

Der Mann schmunzelte und überprüfte nicht einmal die Anzahl der Seiten.

»Keine Sorge«, sagte er, »die fehlenden Seiten sind doch die Hauptsache. Denn die geschriebenen Seiten dienen allenfalls als Einband oder Rahmen. Alles, was du gelesen hast, befindet sich in Wahrheit auf den fehlenden Seiten. Oder sollte ich mich irren?«

Ich schüttelte lange und ausgiebig meinen Kopf, ohne eigentlich zu wissen, was ich damit sagen wollte. Ich erzählte nichts, bestätigte nichts, leugnete nichts.

»Das ist in Ordnung«, sagte der Mann, »du brauchst gar nichts zu sagen. Und jetzt nehme ich mein Buch wieder mit, denn hier habe ich deinem Großvater das Buch gebracht, das er so unbedingt dafür wollte, beide Bände des moldawischen Wörterbuchs, und damit ist, wie mir scheint, das Geschäft zwischen uns perfekt, nicht wahr?«

»Aus meiner Sicht schon«, sagte Großvater, »und ich hoffe, Sie haben Interesse und Nutzen an dem Buch über die fliegenden Ballons gefunden.«

»Großes Interesse, großes Interesse«, sagte der Mann, »und wenn Sie alte Bücher ähnlich besonderer Art brauchen – ich habe viele Beziehungen, und ich kann Ihnen die interessantesten Dinge besorgen. Hier ist meine Visitenkarte.«

Er reichte Großvater eine Karte, und ich warf einen Blick darauf. Ich war ganz und gar nicht erstaunt. Hätte man denn etwas anderes erwarten können?

S. Stirn
Milchstraße
Planungs- und Beratungsdienste
für innere und äußere Angelegenheiten

Er verabschiedete sich mit einer Art Salut, wie es seine Art war. Für einen Augenblick schien mir, als versuchte er mit seiner Handfläche irgend etwas Glänzendes zu verbergen, das von seiner Stirn herrührte. Aber vielleicht habe ich mich getäuscht: Ein Sonnenstrahl fiel durch das Oberlicht der Türe ein, und das war es, was plötzlich sein Gesicht aufleuchten ließ.

»Alles Gute und auf Wiedersehen«, sagte der Mann und verließ den Laden.

»Das war's«, sagte Großvater, »jetzt haben wir das praktische Wörterbuch für Altmoldawisch. Das ist die Gelegenheit, der Frage nachzugehen, die mich heute morgen gequält hat. Wie war dieses Wort, das du zu mir gesagt hast – du erinnerst dich? Ich fürchte, die Jahre beginnen mein Gedächtnis zu schädigen. Es gelingt mir nicht, mich jetzt daran zu erinnern, dabei wußte ich es doch! Ich hatte so ein Gefühl, es sei eine alte moldawische Mobilisierungsparole.«

Großvater blätterte in dem Wörterbuch herum, blätterte und blätterte. »Wie war dieses Wort, zum Teufel? Es will mir nicht mehr einfallen, und ich weiß nicht, wo ich suchen soll.«

Ich wollte Großvater helfen und öffnete schon den Mund, um es ihm zu sagen, aber es kam nichts heraus. Zu meinem größten Erstaunen war auch mir das Wort völlig entfallen – als wäre es nie dagewesen. Ich gondelte die Räume meiner Erinnerung auf und ab, versuchte, die morgendlichen Klänge am Fenster heraufzuholen, die Begegnung mit Sternenstirn, die Gespräche mit Großvater, aber das Wort fand ich nicht wieder – wie eine entschwundene Melodie war es aus meinem Kopf entflohen.

Großvater zuckte mit den Schultern und schlug die Hände zusammen. Er konnte nicht verstehen, was vor sich ging. »Gut«, sagte er, »ich werde das Wörterbuch mitnehmen, und wir gehen nach Hause zum Mittagessen. Es ist sowieso schon Zeit. Vielleicht gelingt es uns auf dem Weg, uns daran zu erinnern.«

Doch auch auf dem Heimweg gelang es uns nicht. Und während des Essens fragte ich Großmutter, ob sie sich zufällig an das Wort erinnerte, das ich in der Früh zu ihr gesagt hatte. Großmutter zuckte die Achseln und sagte, sie könne sich an so etwas keinesfalls erinnern; den ganzen Vormittag habe sie aus den Ecken der Zimmerdecken Spinnweben ohne Ende wegfegen und danach kochen müssen – nein, sie sehe sich nicht in der Lage, ein solches Wort, dessen Bedeutung sie nicht kenne, im Gedächtnis zu behalten.

»Macht nichts«, sagte Großvater, »vielleicht sollte man sich nicht gar zu sehr anstrengen. Wir lassen die Sache auf sich beruhen und werden nichts erzwingen. Das Wörterbuch lassen wir hier, zwischen den Büchern, und wenn das Wort wieder aus dem Gedächtnis auftaucht – dann finden wir's.«

Das sagte Großvater und wischte sich den Mund mit der weißen Serviette ab, die ihm Großmutter reichte.

Doch seitdem ist das Wort nicht wiedergekehrt und nicht wiederaufgetaucht. Um ehrlich zu sein, ich gab mir auch keine Mühe, mich daran zu erinnern. Ich vergaß es einfach. Meine Erinnerung baute sich zunehmend um die Dinge auf, an die man glauben kann. Alles Unglaubliche ist entschwunden und vergessen.

Viele Tage sind seitdem verstrichen. Großvater und Großmutter weilen schon längst nicht mehr unter den Lebenden. Großvaters Buchladen wurde geschlossen. An der Stelle, wo ihr Haus stand, steht jetzt ein anderes, eine Art Geschäftszentrum. Und wer sollte denn auch auf die Idee kommen, sich an irgendein unbekanntes Wort zu erinnern, das einst wie eine Eintagsfliege unseren Kopf streifte und sich wieder trollte?

Aber hier nun, an diesem Abend, als ich auf der Fensterbank saß, den Vogelstimmen lauschte und diese Töne aufschnappte – ganz sachte: piep, piep, pratjola, pratjola, pratjola –, da plötzlich hatte ich das Gefühl, als spalte ein Lichtstrahl mein Gehirn und reiße die Spinnennetze weg, überall, wo welche waren. Plötzlich klärte sich alles, und alle Dinge offenbarten sich mir deutlich durch alle Schleier hindurch, die sie vor mir verschlossen hatten.

Ich begriff die ganze Geschichte, wie sie sich abgespielt, sich einen Weg jenseits aller Vernunft gebahnt hatte, wie alle ihre unglaublichen Fäden zusammenliefen, ich verstand auch, was sich hier und jetzt in der Endsumme daraus ergab: Ein Mensch sitzt auf der Fensterbank, seine Füße baumeln herab, ohne den Boden zu berühren, und in einem anderen Land, in zwei Tagen Entfernung von der Stelle, wo der Mond aufgeht, gibt es eine Prinzessin, die er nicht kennt und die ihn nicht kennt, aber kein anderer hat ihr ihren Namen gegeben, und unfreiwillig ist er mit ihr verbunden.

Nun verstand ich das genau und war völlig außer mir: Ich fühlte mich wie jemand, der mit ungeahntem Reichtum beglückt wurde, und zur gleichen Zeit wie einer, der all seiner Besitztümer verlustig gegangen ist. Ich wußte, das eine wie das andere ist die Wahrheit, doch ich wußte nicht, welches von beiden die gültigere Wahrheit ist.

Und unterdessen wußte ich mir keine andere Lösung, als auf der Fensterbank sitzen zu bleiben, zu sehen, wie die Landschaft allmählich dunkelte, wie eins nach dem anderen die Lichter aufleuchteten und danach die Sterne. Es war möglich, ganz langsam und wohltuend zu atmen und dabei am Rande auch ein langes Spinnennetz zu entfernen, das sich vom Fenstersturz nach unten zog.

Inhalt